D1688915

kremayr
scheriau

Norbert Maria Kröll

ARCUS

Roman

KREMAYR & SCHERIAU

ERSTER TEIL

Zum Erben muss man geboren sein.
Margret Kreidl

Sie dachten, wir würden unser Geld verwenden,
um eine Aussage über Kunst zu machen,
und in Wirklichkeit haben wir mit unserer Kunst
eine Aussage über Geld gemacht.
Bill Drummond

1

Der Familiennotar hatte ihm die Geldsumme genannt. *... und vierundsiebzig Cent*, hatte er gesagt, und Arcus hörte aus der Art, wie er die Summe aussprach, einen Hauch von Stolz heraus. Und vierundsiebzig Cent. Das war alles, was sich Arcus von diesem Gespräch merken konnte. Es war im Grunde kein Gespräch gewesen. Arcus hatte nichts gesagt, bloß still genickt, nachdem er den Betrag und die Firmennamen gehört oder eigentlich nicht gehört hatte. Und vierundsiebzig Cent. Mit einem leisen Seufzer unterzeichnete er die Dokumente, als wären die Informationen, die darin festgehalten waren, eine unangenehme Bürde. Als er den goldenen Füllfederhalter, dessen Protzigkeit ihn beinahe zum Lachen brachte, vorsichtig neben die aufgeklappte Ledermappe legte, fiel sein Blick auf das fein geschliffene Wasserglas, das ihm ein Gehilfe des Notars kurz nach seinem Eintreffen wortlos auf einem Tablett serviert hatte. Die späte Nachmittagssonne spaltete ihre Strahlen in den Verwerfungen des kostbaren Gefäßes, als würde sie aus purer Freude ihre Essenz preisgeben und auf der spiegelnden Oberfläche auffächern. Arcus dachte sogleich an Pink Floyds Albumcover von *Dark Side of the Moon*, und dann – natürlich – an den Song *Money*.

Er fühlte sich auf einmal, als stünde hinter ihm ein Sumoringer und würde sein ganzes Gewicht auf Arcus' Schultern pressen. Und vierundsiebzig Cent. Arcus erhob sich, schüttelte die Hand des Vermögensverwalters und des Finanzberaters, dann die des Notars, der Arcus' Hand in seine nahm, wie um ihm mitzuteilen, dass nun er der Chef sei und sich gut überlegen müsse, wie er mit der Erbschaft verfahren wolle. Ein Gehilfe öffnete ihm schwungvoll die massive Eichentür, während der Notar selbst seine Hand auf Arcus' Rücken legte, sodass er den Eindruck bekam, sanft aus dem Büro hinausgeschoben zu werden. Womöglich hatte der Notar, der ihm noch vor der Unterzeichnung mit feuchten Lippen mitgeteilt hatte, dass es sich in solchen Fällen wieder mal auszahle, in einem Land ohne Erbschaftssteuer zu leben, instinktiv gespürt, dass Arcus ihn so schnell nicht wieder besuchen kommen würde. Dass er sich um Leute wie ihn nicht kümmerte, dass sie für ihn, wenn überhaupt, ein unvermeidliches Übel waren, das er von nun an zu ertragen hatte, ganz im Gegensatz zu Ulrich, Arcus' kürzlich verstorbenem Vater, von dem der Herr Notar Zeit seines Lebens tiefste Wertschätzung erhalten hatte.

Die Tür wurde lautlos hinter dem Erben geschlossen. Der Vermögensverwalter und der Finanzberater waren beide im Büro des Notars geblieben. Kurz war dumpfes Gelächter zu vernehmen. Lachten sie über ihn? Am Empfang schenkte man Arcus ein lautloses Abschiedslächeln. Seine Sneakers, deren rechter vorn am Zeh ein Loch im Stoff hatte, glitten ebenso lautlos übers polierte Parkett. Die warme Luft, die draußen in seine Lungen strömte, nahm ihm, wie bei einem kräftigen Saunaaufguss, kurz den Atem. Und konnte es sein, dass er die Hitze des Asphalts durch die kaum mehr vorhandenen Sohlen seiner Sneakers hindurch spürte? Ob es gar an der Zeit war, fragte sich Arcus, ein neues Paar zu erwerben? Im Halbschatten einiger halbhoher Bäume ging er die steile Parkstraße hinan und bog dann in eine enge Gasse ab. Doch anstatt nun sein Schritttempo zu erhöhen, blieb Arcus plötzlich stehen, drehte sich zur Seite, öffnete seine Hose und pinkelte durch den Maschendraht eines Gartenzauns. Ein älterer Herr, der ihm auf der anderen Straßenseite entgegenkam, brummte etwas Unverständliches. Ob sein Urin als Dünger für die Rosen gleich hinter den dunkelgrünen Metallstreben herhalten konnte oder aber einen langsamen Tod der Pflanzen hervorrief?

Ein paar Tropfen landeten auf seinem Zeigefinger. Als Kind war ihm das oft passiert. *Deine Hose stinkt schon wieder nach Urin. Dass du das, im Gegensatz zu allen anderen Gleichaltrigen, noch immer nicht beherrschst!? Schämst du dich denn nicht, Marcus?* Die Stimme seiner Mutter war in seiner Erinnerung mit einem langen, dumpfen Hall versetzt. Er kniff die Augen fest zusammen, öffnete sie wieder und trocknete den benetzten Finger am Hosenbein ab. Arcus war kein Schwein. Er wusste, wie man sich benahm, wie man sich zu benehmen hatte. *Sei kein Ferkel, Marcus!* Sich mit Urin zu rächen, war – er musste kurz über sich selbst lachen – ein mickriges Aufbegehren. Vor allem, da Arcus bewusst war, dass egal, was er unternahm, ein Teil von ihm für immer mit diesem System der Bevorzugten verbunden bleiben würde. Er mochte noch so kritischer Künstler sein, das Leben eines Punks nachspielen und über die unsozial agierenden Reichen wettern; die Wir-sind-besser-als-die-anderen-DNA und die nicht abzuschüttelnde Aura des Privilegs hatte Arcus mit der Muttermilch aufgesogen, wohlgemerkt, ohne je gestillt worden zu sein. Warum aber fühlte sich seine kümmerliche Rache trotz allem gut an, fundamental richtig? Und überhaupt: War er denn von nun an, fragte sich Arcus, nicht wieder einer von ihnen, einer von den Ungerechten, die von oben herab durch eine absurd verzerrte Optik auf die Gesellschaft blickten?

Erst jetzt wurde ihm bewusst, dass es das alte Grundstück der Liebochs war, das er begossen hatte. In wenigen Tagen würde er sie gesittet weinen sehen beim Begräbnis seiner Eltern, mit denen sie stets gut befreundet gewesen waren. Er konnte sich noch gut daran erinnern, wie er von Vater gezwungen worden war, mit den gleichaltrigen Lieboch-Zwillingen einen Tenniskurs zu belegen. Ach, wie gerne hatten sie ihn verlieren sehen!

Als ein Radfahrer um die Ecke kam, bemerkte Arcus, dass ihm noch der Penis aus der Hose hing. Er packte ihn in die Boxershorts, knöpfte die Jeans zu und schloss den Gürtel. Mit müden Beinen schleppte er seinen schmalen, großgewachsenen Körper weiter, und als wollten seine Schuhe sich nicht vom Asphalt trennen, schabten sie über die raue, dunkle Oberfläche. Nachdem Arcus einige Villen passiert hatte, kickte er mit der Schuhspitze gegen einen vor ihm liegenden Stein; dieser knallte gegen die Motorhaube eines parkenden Oldtimers. Niemand kam aus dem Haus gerannt, um ihn zu rügen. Arcus überlegte, ob er den Mercedes-Stern herunterreißen sollte, und ob dann jemand erscheinen würde, um ihn anzuzeigen und ihn bei der Gelegenheit auch gleich zu beschuldigen, dass er das ganze Geld nicht verdient habe, was der Wahrheit, so dachte Arcus, ziemlich nahekam. Niemand verdiente es, so viel Geld zu besitzen. Niemand. Mit gesenktem Blick, und dabei eine kaum hörbare Melodie pfeifend, setzte er seinen Weg fort.

Arcus schüttelte den Kopf, als auf dem Straßenschild vor ihm das Wort *Fürstenstraße* in verschnörkelter Schriftart aufblitzte, dahinter der strahlend blaue Himmel, als begrüße man ihn, den verlorenen und nun endlich heimgekehrten Fürsten mit in der Kehle steckengebliebenem Jubelgeschrei. Für den Abend nahm er sich, um die Mühen des Tages vergessen zu machen, als kleines künstlerisches Projekt vor, die Fürstenstraße – wie zu Kindheitstagen – mit ein paar Pinselstrichen in *Furzenstraße* umzubenennen. Das würde ihn zumindest bis zum Einschlafen glücklich stimmen.

Als Arcus schließlich vor dem hohen, schwarzen Gittertor mit der Hausnummer 42 stehenblieb und auf dem Klingelknopf *Himmeltroff-Gütersloh*, seinen Familiennamen las, griff er, ohne zu wissen warum, in seine Hosentaschen und suchte darin nach Münzen. Hastig, und als hinge von dieser Tat irgendetwas Bedeutsames ab, addierte er ihren Wert: *... und vierundsiebzig Cent*. Arcus musste lachen, zuerst zaghaft, dann immer lauter. Er hielt sich vor Lachen an den von der Sonne erhitzten Stahlstreben fest. Ein Mann mit blauem Arbeitsmantel, der soeben aus dem geöffneten Garagentor der Villa kam und wegen des Gelächters in Richtung Straße blickte, trat ihm, wohl um ihn zu verscheuchen, ein paar Schritte in der Einfahrt entgegen. Dann erst erkannte der Mann seinen neuen Arbeitgeber und nickte mit angewidertem Gesichtsausdruck – Arcus konnte sich auf die Entfernung aber auch getäuscht haben – in seine Richtung, streckte auf halbem Weg zum Gitter einen Arm aus und drückte auf ein Gerät an seinem Schlüsselbund. Räuspernd richtete sich Arcus auf. Seine zu Fäusten geballten Hände umklammerten die Münzen. Das Tor öffnete sich mit leisem Rattern.

2

Seit beinahe drei Stunden saß Arcus auf dem mit Pölstern und Decken überladenen Sofa und versuchte, sich nicht zu bewegen. Nur sein Brustkorb bewegte sich mit seinem Atem. Jahrelang hatte er hier nicht mehr gesessen. Arcus' Augen waren weiter geöffnet, als man es um diese Uhrzeit vermuten mochte, er starrte geradeaus zum Kamin und auf den riesigen Flachbildfernseher darüber, den noch Johannes, sein sechs Jahre älterer Bruder, kurz vor seinem Tod um knappe hunderttausend Euro gekauft und an der Backsteinwand hatte anbringen lassen. Arcus war zu Ostern zufällig ein paar Tage zuhause gewesen und hatte bei der Montage behilflich sein wollen. Johannes hatte durch seine perfekten Zähne gezischt und gemeint, dass es dafür doch Arbeiter gebe, Idioten mit Schweißflecken unter den Achseln, die für eine gute Ausbildung zu dumm seien.

»Du bist doch nur unfähig, mit einem Bohrer umzugehen«, hatte Arcus gesagt.

»Bullshit.«

»Außerdem bist du herablassend, um deine Unfähigkeit zu vertuschen.«

»Und du bist ein dreckiger Verräter«, hatte Johannes gesagt, mit der Faust ausgeholt und so getan, als würde er in Arcus' Gesicht schlagen. »Nein, du bist den Hieb nicht wert.«

»Du hast Angst, dir einen Fingerknochen zu brechen«, hatte Arcus festgestellt. »Deshalb schlägst du nicht zu.«

»Schnauze!«

Über dem Fernseher prangte ein Hirschkopf mit seinem beinah unrealistisch groß wirkenden Geweih. Die dunklen, ausdruckslosen Glasaugen des ausgestopften Tiers, die schwarz spiegelnde Fläche des Bildschirms und die rußigen Rückstände im Kamin bescherten Arcus Gänsehaut. Rechts neben dem Hirsch war eine silberne, am Lauf mit einem Blumenmuster verzierte Pistole befestigt. Ob der Hirsch mit diesem Mordgerät erlegt worden war? Arcus musste an Tschechow denken.

Eine dicke Fliege brummte zum dritten Mal dicht an seinem Kopf vorüber. Arcus bildete sich ein, an seiner linken Schläfe einen sanften Luftzug von den Flügelschlägen verspürt zu haben. Das Brummen verstummte. Dann hob es wieder an, entfernte sich nach hinten in den Speisesaal. Von Zeit zu Zeit blinzelte Arcus, wie um seine Gedanken in kurze Kapitel zu gliedern.

Die ersten Sonnenstrahlen fielen durch die für die Größe des Wohnzimmers relativ kleinen Fenster horizontal auf Arcus' rechte Wange, glitten einige Zeit darüber hinweg und verfingen sich schließlich in den halbtransparenten, türkisen Vorhängen, die Mutter ausgesucht hatte, um dem schweren Holz der Wandvertäfelung, ein – wie sie es auszudrücken pflegte – frohes Gegenüber zu bescheren. Arcus' Mutter hatte, bevor sie seinen Vater kennengelernt hatte, eineinhalb Semester lang Inneneinrichtung an einer niederösterreichischen Privatuniversität studiert. Sie hatte nach der Hochzeit, die – wie damals auch in überreichen Familien üblich – das Ende des Studiums und ihrer Eigenständigkeit sowie den Beginn einer gewissen Abhängigkeit von ihrem Mann bedeutete, nicht aufgehört, sich einzubilden, eine Meisterin dieses Fachs zu sein, was sie, ihrer Ansicht nach, ohnehin bereits vor dem Studienbeginn gewesen war. Schließlich hatte sie sich in der Ausübung des Feng Shui verloren und aus dem Haus, in der besten Absicht, die blockierten Energien der Räumlichkeiten zu entfesseln und das Qi frei zum Fließen zu bringen, das gemacht, was es heute war: ein Horrorkabinett und Dorn im Auge jedes Ästheten und jeder Minimalistin. Vollgestopft nicht nur mit teurem, aber billig aussehendem Krempel aus aller Welt, der offenbar den Familienstatus für Besuchende zementieren sollte, sondern auch mit Kitsch-Kunstwerken, die Arcus bereits in seiner Jugend, als der Wunsch, Künstler zu werden, sich konkretisierte, täglich die Netzhaut verbrannt hatten. Mutters abgebrochene Ausbildung war nichts als Ablenkung, Zerstreuung gewesen, denn jemand, der von einer altadeligen Familie abstammte, führte einen Beruf ohnehin nur als Zeitvertreib aus, als nettes Spiel, bei dem man mit solch einer Startposition nicht verlieren konnte.

Wäre nicht zufällig ein Blaumeisenjunges gegen die Scheibe geflogen, hätte ein heimlicher Beobachter denken können, Arcus wäre kein lebender Mensch, sondern konserviert, wie die Tiere rings um ihn, die sein Vater im Laufe seines Lebens erlegt und hier, zum Leidwesen der restlichen Familienmitglieder, zur Schau gestellt hatte. Arcus zuckte zusammen, er riss den Kopf zur Seite und schoss in die Höhe, als hätte ihm jemand ein glühendes Eisen in den Rücken gebohrt. Ihm schwindelte vom langen Sitzen. Er griff nach einem Lampenstiel, der sich im Halbkreis über das Sofa in Richtung des kniehohen Tischchens bog, doch die Stange war zu dünn, um ihm ausreichend Halt zu geben. Er riss die Lampe um, kam dabei in eine Schräglage und hielt sich stöhnend an der Armlehne des Sofas fest. Das Ledersofa kommentierte jede Bewegung seiner Hand mit einem leisen Knarzen. Als sich das Zimmer in seiner Wahrnehmung wieder langsam zusammengesetzt hatte, ließ er die Armlehne los und richtete den Oberkörper auf.

Er sah die gebleckten Zähne eines Fuchses, der ihn mit bedrohlichem Blick fixierte. Seine um zwei Jahre ältere Schwester Judith hatte als Kind stets einen großen Bogen um dieses Raubtier gemacht, das Vater direkt neben dem Sofa platziert hatte. So komme es wegen des Lichteinfalls besser zur Geltung, hatte Mutter ihm beigepflichtet, als Judith sich wieder einmal über den bösen Blick des Tiers beschwert hatte, der ihr Angst machte.

Wie eine Peitsche fuhr Arcus die Wut aus dem Bauch in den rechten Arm. Er schlug dem Fuchs von unten auf die Schnauze. Der ausgestopfte Kopf war härter als erwartet. Auch beim zweiten Schlag, diesmal von der Seite, gab er nur wenig nach, sodass sich zumindest die Vorderpfoten aus dem Holzsockel lösten. Arcus bemerkte, dass seine blasse Haut, da er die Zähne des Fuchses erwischt hatte, an den Knöcheln des Mittel- und Ringfingers aufgerissen war. Er steckte sich die verletzten Stellen in den Mund und saugte das Blut weg. Erneut kroch eine Welle von Wut in ihm hoch. Mit dem rechten Ellbogen holte er, wie er es als Kind bei den Wrestlern nicht ohne Staunen beobachtet hatte, aus und schlug dem Tier von oben aufs Genick. Da knickte der Fuchs endlich ein und krachte zu Boden. Wie von Sinnen trat Arcus darauf ein und ärgerte sich gleichzeitig darüber, dass es ihm so leichtfiel, die gelassene

Stimmung, die er sich in dreistündiger Meditation mühsam erarbeitet hatte, in weniger als drei Minuten zunichte zu machen. Seine Augen beschlossen, zu weinen, sein Mund beschloss, zu lachen, er tat beides zur selben Zeit, stolperte über den doppelt getöteten Fuchs in Richtung Fenster und öffnete zuerst die inneren, dann die äußeren Flügel. Und dort, am Fensterbrett, lag der kleine Vogel, der vorhin gegen die Scheibe geflogen war. Er bewegte sich nicht. Arcus fragte sich, wie man feststellte, ob ein Vogel gestorben war. Er nahm ihn in die Hände. Der Körper fühlte sich weich an, zerbrechlich und zart. Er hielt das kleine Ding an sein linkes Ohr. Ob er den Herzschlag vernehmen konnte? Nichts zu hören. Sollte er ihn zu seinen ausgestopften Freunden legen? Nein, er würde ihn dort liegen lassen, wo er ihn gefunden hatte. Ein Fuchs würde kommen, um den noch warmen Kadaver zu fressen.

3

Arcus beobachtete, wie die Sonne ihre Strahlen durch die vom Wind sanft bewegten Blätter der Linde stieß, sodass er seine Augen zusammenkneifen musste, um nicht geblendet zu werden.

»Der Fernseher bringt in HDR viertausend Nits auf den Teller«, hatte Johannes zu ihm gesagt, nachdem er, mit dem exakt gleichen Stolz wie sein Vater, wenn er ein frisch ausgestopftes Tier ins Wohnzimmer gestellt hatte, ihn das erste Mal in Betrieb genommen hatte. »Achtundneunzig Zoll, 8K-Auflösung, eine künstliche Intelligenz rechnet die Bilder hoch. Der spielt alle Stücke.«

Die Arbeiter hatten den Raum gerade eben verlassen mit ihren Leitern und Bohrmaschinen und all dem anderen Werkzeug, für das Johannes mit Sicherheit keine genaue Bezeichnung gefunden hätte.

»Und viertausend Nits sind gut?«, hatte Arcus seinen Bruder gefragt, der ihn mit einem verächtlichen Blick bedachte.

»Wenn ich dir erzähle, dass mein Porsche Cayenne Turbo GT sechshundertvierzig PS hat, fragst du mich dann auch, ob sechshundertvierzig PS gut sind?«

»Willst du die Antwort darauf wissen?«, hatte Arcus gemeint und versucht, die Beleidigung wie an einem aufgespannten Regenschirm abperlen zu lassen. Johannes, hörte er nicht auf, sich einzureden, war eben pathologisch gehässig und konnte nichts für seine Art.

»Warum interessierst du dich eigentlich nicht für normale Dinge?«, hatte Johannes Arcus gefragt.

»Du meinst, damit wir uns unterhalten können?«, fragte Arcus.

»Vielleicht«, meinte Johannes. Kurz sah er enttäuscht aus.

»Ich weiß es nicht«, gab Arcus zu verstehen. »Ich weiß ja nicht einmal, was du unter normal verstehst. Für mich ist es normal, nicht über Autos zu reden, nicht über die neuesten Spielzeuge der Tech-Companies, nicht über…«

»Ich verstehe schon«, hatte Johannes ihn unterbrochen. »Nicht über Partys, nicht über Drogen, nicht über Girls, nicht über Geld. Du sprichst über nichts, das Spaß macht.«

Arcus hatte schmunzeln müssen und die Schultern gehoben.

»Langweiler«, hatte Johannes hinzugefügt. Er hatte seine Fassung mittlerweile wiedererlangt, seine Coolness, seine Maske, und sein Blick hatte sich verhärtet.

»In meinem Kopf«, hatte Arcus darauf entgegnet, »ist es nicht langweilig.«

Arcus senkte den Kopf, sein Blick fuhr über den dicken Baumstamm der Linde. Dann weiter nach unten, zu den Ansätzen der Wurzeln, die neben dem furchtbar exakt geschnittenen Gras in die Erde fuhren, bis er wieder am Fensterbrett direkt vor ihm ankam, wo der tote Vogel, sagte sich Arcus, hätte liegen müssen. Aber er lag nicht mehr da, der Vogel, hatte sich still und heimlich aufgerappelt, hüpfte auf der Stelle im Kreis und war auch nicht mehr tot! Er drehte Arcus den Kopf zu, neigte ihn ruckartig nach links und rechts, als frage er sich, wie er auf die wahnwitzige Idee gekommen war, einem Menschen so nahezukommen. Und dann hob er ab und flog zum nächstgelegenen Ast. Einfach so.

Arcus blieb kaum Zeit, dieses kleine Wunder einzuordnen, da vernahm er ein leises Klopfen. Überrascht zog er seinen Oberkörper zurück ins Horrorkabinett, ins Wohnzimmer, ins Jagdzimmer und fragte sich, ob es ein Einbrecher war, der erfahren hatte, dass das Haus neuerdings leer stand und geplündert werden konnte. Aber dann sagte er sich, dass ein Einbrecher mit ziemlicher Sicherheit nicht anklopfen würde. Ein höflicher Einbrecher?

Eine Frau stand im Schatten der Tür. Sie nickte, sagte *hallo* und fragte vorsichtig, ob sie hereinkommen könne.

»Ah, Maria«, sagte er, nachdem er sie an der samtenen Stimme erkannt hatte. »Komm doch herein! Ich stehe, wie du dir denken kannst, dieser Tage etwas neben mir.«

»Verständlich«, meinte Maria. »Mein herzliches Beileid wegen Ihres großen Verlusts.«

»Bitte«, sagte Arcus, »wollen wir nicht endlich per du sein? Sonst entsteht hier ein eigenartiges, hierarchisches Gefälle, mit dem ich nichts zu tun haben will.«

»Wenn Sie wollen«, sagte Maria. Und grinste. »Ich meine: Wenn du willst, sehr gerne.«

»Ich habe übrigens nichts Großes verloren«, meinte Arcus mit ernsten Gesichtszügen. »Zumindest nichts, das ich nicht schon vor langer Zeit verloren hätte.« Maria schaute Arcus an, als könne sie seine Gedanken nicht nachvollziehen.

»In drei Tagen findet das Begräbnis statt«, sagte Maria.

»Ja.«

»Ich werde für die Blumen sorgen«.
»Ja, danke. Aber bitte keine Blumenkränze. Ich kann sie nicht leiden.«
»Dann muss ich die stornieren«, sagte sie und zögerte.
»Ich bitte darum.«
»Und in zwei Wochen…«, stammelte sie.
»Ja? Was ist in zwei Wochen?«
»In zwei Wochen beginnt der August. Und da frage ich mich… also ich frage mich, ob Sie… ich meine du… ob du mich weiterhin als Gärtnerin benötigst?«
»Ach so«, rief Arcus aus, räusperte sich und wirkte im ersten Moment von der Frage überrumpelt. »Aber natürlich!«, presste er hervor.
Als wäre eine Last von Marias Schultern gefallen, atmete sie erleichtert auf.
»Wie viel haben dir meine Eltern eigentlich bezahlt?«, fragte Arcus nach einer kurzen Pause.
Maria antwortete nicht sofort. »Um die zweitausendfünfhundert«, sagte sie schließlich leise, als wäre es ihr peinlich.
»Brutto?«
»Ja. Und das ist ein gutes Gehalt, ich weiß…«
»Nein«, unterbrach er sie. »Das ist kein gutes Gehalt für einen Fulltime-Job, kein gutes Gehalt für die Betreuung solch eines Anwesens.«
Maria zog die Augenbrauen hoch.
»Maria?«
»Ja?«
»Du bist eine wunderbare Gärtnerin.«
»Danke«, meinte Maria.
»Aber kannst du auch kochen?«
»Äh… ja«, sagte sie zögerlich. »Ich koche sogar sehr gerne.«

»Gut«, sagte Arcus. »Das ist sehr gut. Und wie sieht es mit Saugen und Staubwischen aus?«

»Du willst wissen, ob ich es mag?«, fragte Maria und musste lachen.

»Schau, Maria«, begann Arcus. Er machte einen Schritt auf sie zu. »Ab August verdienst du um zweitausendfünfhundert Euro mehr, also fünftausend.«

»Wie bitte?«

»Netto«, sagte Arcus. »Versteht sich von selbst. Und dann gibt es zusätzlich zum Weihnachts- und Urlaubsgeld ein doppeltes Gehalt zum Geburtstag. Wann hast du Geburtstag? Oder bevorzugst du den Namenstag? Wir können beides nehmen, ja, das machen wir. Außerdem wäre es nicht verkehrt, die Vier-Tage-Woche einzuführen, meinst du nicht auch? Und sieben anstatt fünf Wochen Urlaub erscheinen mir angemessen. Sieben Wochen Mindesturlaub, ja, so machen wir das, und darüber hinaus kannst du ihn verlängern, solange du willst, unbegrenzt und nach eigenem Ermessen.«

Maria sagte nichts, hielt sich an der Rückenlehne des Sofas fest.

»Ich brauche etwas zu essen«, sagte Arcus. »Ich meine nicht jetzt, sondern generell. Deshalb hätte ich gerne, dass du für mich kochst. Und auch andere haben Hunger. Wir werden eine Gulaschkanone besorgen, damit du regelmäßig am Mödlinger Bahnhof die Obdachlosen und Bedürftigen sättigen kannst.«

Maria sah ihn mit großen Augen an und wollte schon etwas sagen, da sprach Arcus weiter: »Und ich will nicht, dass das Haus völlig verdreckt, wenn du verstehst, was ich meine. Diese Aufgabe wäre also auch noch zu übernehmen. Und wenn du willst, kannst du gerne, anstatt hier in der Villa die obersten Regalbretter abzustauben, alleinerziehenden Müttern in Mödling unter die Arme greifen. Ich weiß, das ist viel, was ich von dir verlange. Aber ich will einfach keine Armada von Koch- und Reinigungsmenschen, die hier täglich herumwuseln. Die muss ich leider alle entlassen. Natürlich mit einer mehr als angemessenen Abfertigung. Du übernimmst den Staubwedel, den Kochlöffel, die Gartenschere. Du übernimmst das Ruder. Kannst du das? Ich mag es simpel.«

»Du magst es simpel«, wiederholte Maria und räusperte sich.

»Und es gäbe noch ein, zwei Bedingungen.«

»Ja?«, fragte Maria vorsichtig. »Welche?«

»Du lässt das Gras etwas wachsen«, sagte Arcus. »Ich möchte nicht, dass es hier aussieht wie in einem Golfclub. Und du stutzt die Thujen bitte nicht mehr. Weißt du was? Wie wäre es, wenn du sie gleich entwurzeln lässt und etwas anderes entlang des Zauns hinpflanzt? Wäre das möglich?«

In Marias mandelförmigen, braunen Augen, zwei von einem Fluss glatt geschliffenen Steinen, begann etwas dunkel zu leuchten. Sie nickte.

»Und ich hätte gerne andere Blumen«, meinte Arcus. »Ich mag keine Rosen, keine Narzissen, keine Orchideen. Das ist mir alles zu hübsch, zu hochgezüchtet, zu unecht. Pflanzen, die auch im Wald auf einer Lichtung wachsen könnten, kommen mir in den Sinn. Etwas Knorpeliges. Etwas Wildes, Natürliches. Etwas, das nicht auffällt, zumindest nicht auf den ersten Blick, verstehst du, was ich meine? Narzissen und dergleichen sind solche penetranten Hingucker. Als würden sie immerfort schreien: Seht mich an, wie schön ich bin, wie perfekt. Aber das Leben ist nicht perfekt, es ist manchmal ganz grauslich. Und dann ist es wieder so einzigartig schön, dass es einem weh tut.«

Marias Blick war nach innen gerichtet, als ließe sie die Enzyklopädie aller Pflanzen, die sie in ihrer Berufslaufbahn kennengelernt hatte, durch ihren Kopf ziehen.

»Was meinst du? Wären die neuen Aufgaben, zusätzlich zum Gärtnern, bewältigbar? Macht dich dein Job überhaupt glücklich? Gibt es auf dieser Welt auch Menschen, die ihre Arbeit tatsächlich gerne machen und nicht ab Montagmorgen in Richtung Freitagabend schielen? Entschuldige«, sagte Arcus. »Das waren zu vielen Fragen auf einmal und die letzte rein rhetorisch. Möchtest du mir die, die nicht rhetorisch gemeint waren, beim Frühstück beantworten?«

»Ich habe schon gefrühstückt«, antwortete Maria. »Aber gegen einen Kaffee hätte ich nichts einzuwenden.« Sie blickte lächelnd zu Boden und fügte, den Kopf wiederaufgerichtet, hinzu: »Eine Frage kann ich gleich beantworten: Ja, das Gärtnern macht mich wirklich, wirklich glücklich. Ich habe mich ja im zweiten Bildungsweg dafür entschieden.«

»Gut, dass du Pflanzen magst«, sagte Arcus. »Denn ich kann mit ihnen keine Beziehung aufbauen. Wenn ich sie angreife, sterben sie. Ich verstehe ihre Sprache nicht.«

»Das kann ich kaum nachvollziehen«, meinte Maria. »Ich habe von klein auf mit den Pflanzen gesprochen.« Sie umrundete das Sofa und setzte sich rein zufällig in die Mulde, die Arcus in den letzten Stunden hineingedrückt hatte. Von diesem Winkel aus sah sie den zerstörten Fuchs am Boden liegen, tat aber so, als hätte sie ihn nicht bemerkt.

»Mein Papa hat mir später erzählt, dass er sich Sorgen gemacht hat, da ich manchmal stundenlang auf einem hohen Ast gehockt bin und nicht mehr herunterklettern wollte. Noch heute informiere ich einen Baum oder einen Strauch, wenn es darum geht, ihn am nächsten Tag abzusägen oder zu entwurzeln.« Sie blinzelte ein paarmal, wie um sich zu fragen, ob es eine gute Idee gewesen war, sich so weit zu öffnen. »Es sind Lebewesen«, fügte sie erklärend und kaum hörbar hinzu.

»Wenn das so ist«, sagte Arcus, »dann wirst du in den nächsten Tagen und Wochen sehr viele Gespräche mit deinen Palliativpatientinnen führen müssen.«

Maria wirkte nachdenklich und fuhr sich mit ihren von der Erde verfärbten Fingerspitzen durch die dichten Haare.

»Komm«, sagte Arcus, »lass uns in die Küche gehen. Vielleicht sind noch ein, zwei Eier übrig. Oder drei. Viereinhalb Minuten sollten sie gekocht sein. Nicht länger!«

4

»Ich muss Wege finden, das Vermögen loszuwerden«, sagte Arcus und biss in ein knuspriges, mit reichlich Butter bestrichenes Toastbrot. »Das Geld sollte nicht mir gehören. Nicht mir allein. Niemand sollte so viel besitzen dürfen.«

Maria schwieg, während sie sich vorstellte, wie es sich anfühlen würde, Milliarden zu erben.

»Die Top-Manager des Familienkonzerns wetteifern bereits um die Spitze. Alle haben sie Todesangst, ich könnte auf die Idee kommen, die Leitung des Geschäfts zu übernehmen.«

»Und, kommst du auf die Idee?«

»Ich werde sie eine Zeitlang in dem Glauben lassen«, sagte Arcus und fügte hinzu: »Wusstest du, dass ich in meiner Ausstellung *money sells* in der Belvertina jeder einzelnen Person ohne Gegenleistung fünfzig Euro – und später sogar hundert Euro gegeben habe?«

Maria schüttelte den Kopf.

»Mich jetzt schon wieder damit auseinandersetzen zu müssen, kommt mir wie die Rückkehr eines geworfenen und längst vergessenen Bumerangs vor.«

»Kannst du dich nicht einfach besteuern lassen? Das Geld dem Staat geben?«

»Dafür gibt es kein Gesetz. Wüsste ich, dass es in den Bau eines Krankenhauses fließt, wäre das begrüßenswert. Im Moment aber wäre es ein Risiko, denn es könnte genauso gut die Geburtstagsfeier eines Ministers finanzieren, die Wahlkampagne einer Partei, deren Programm ich verachte; es könnte der

Korruption zum Opfer fallen, es könnte eine Flut sinnloser Umfragen damit bezahlt werden und Inserate in verachtenswerten Zeitungen geschaltet, die niemand braucht, es könnte in die Beschaffung von neuen Kampfjets fürs Bundesheer investiert werden. Und es könnten damit Zäune und Mauern errichtet werden. Mit dem Geld könnten patriarchale Strukturen in der Kunst fortgeschrieben, könnte hauptsächlich *männliche* Kunst angekauft und gefördert werden. Oder noch Schlimmeres, wie zum Beispiel eine Autobahn oder ein Tunnel unter einem Naturschutzgebiet. Es braucht bloß die falsche Partei an den Hebeln zu sitzen – und die Wahrscheinlichkeit dazu ist, wie wir leider wissen, extrem hoch.«

»Du glaubst nicht an Demokratie?«, fragte Maria und neigte ihren Oberkörper nach links, dann nach rechts, wie um abzuwägen, wie weit sie mit ihren Fragen gehen konnte.

»Ich denke, ich misstraue den Machthabenden.«

»Misstraust du dann nicht auch dem Volk, das wählt?«, meinte Maria, ließ ihren Oberkörper nun aufrecht, als frage sie sich, ob sie mit dieser Aussage nun doch zu weit gegangen war.

»Du hast recht«, sinnierte Arcus und biss von seinem Toast ab. »Ich kann nicht raus aus meiner Haut und bin, auch wenn ich seit meinem achtzehnten Geburtstag für mich selbst sorge, im Grunde nur ein dummes Rich Kid, das die Welt retten will, also um keinen Deut besser als meine Eltern, die davon überzeugt waren, sie würden über dem Staat stehen. Das sehe ich ein. Mir ist etwas wichtig und das will ich erledigen, anstatt mich für Lösungen struktureller Probleme einzusetzen. So gesehen bin ich ein Arschloch.«

»So habe ich das nicht…«, stammelte Maria.

»Schon gut«, meinte Arcus. »Ich denke, dass ich wirklich eines bin. Nicht fähig, über den Tellerrand zu blicken. Die Kunst ist mir wichtig, sonst nicht viel. Das ist meine Welt und ich will, dass es ihr gut geht. Ich mache es mir in meiner Bubble gemütlich und lobe mich für meine guten Taten, während ich anderen misstraue.«

Maria wollte etwas sagen, doch Arcus kam ihr zuvor: »Du verachtest mich«, sagte er. Maria schüttelte den Kopf. »Kein Problem«, sprach er weiter. »Ich verachte mich ja selbst dafür, dass ich tatsächlich glaube, etwas Besseres zu sein. Diese Erziehung bekomme ich nicht mehr raus aus meinem System, verstehst du? Fast ein Jahrzehnt lang habe ich so getan, als wäre ich ein Kunst studierender Punk ohne Sicherheitsnetz, wie die meisten anderen in meiner damaligen Klasse auf der Akademie. Dass ich nun die reichste Person Österreichs und unter den zehn reichsten Europäern bin, bestätigt nur, dass ich die letzten Jahre lediglich meine Wunschvorstellung eines Durchschnittsmenschen performt habe. Lächerlich, ich weiß.«

»Nein«, sagte Maria.

»Doch, doch«, sagte Arcus.

»Du hast nur… also ich kenne dich ja eigentlich nicht, aber ich schätze, dass du den besten Weg für dich gesucht hast.«

»Nein«, sagte Arcus, »ich verhalte mich, auch wenn ich mich nach außen hin sozial gebe, unsolidarisch und egozentrisch. Die Leute haben allen Grund, mich und meinesgleichen zu hassen. Wir nehmen an einem Tag um etliches mehr ein als der durchschnittliche Vollzeitangestellte im ganzen Jahr! Da tue ich mir doch unheimlich leicht, mich selbst zum Heiligen hochzustilisieren, nicht wahr? Während der Großteil der Leute sich nicht für den Klimaschutz interessiert, weil sie es sich nicht leisten können. Abgesehen davon will niemand etwas am eigenen Lebensstil verändern; die allermeisten interessieren sich nicht für eine Aufwertung aller Bildungseinrichtungen, für den Mut, ein neues Modell, einen neuen Zugang zum Lernen zu erdenken, und für Fair Pay im Kunstbereich, für Transparenz in allen politischen Institutionen, und absurderweise nicht einmal für eine radikale Erbschaftssteuer für Überreiche... für all das gibt es zu wenig breites Verständnis.« Arcus sprach mit vollem Mund weiter: »Was schade ist, denn allen würde es besser gehen, wenn einige dieser Punkte mehr Beachtung fänden.«

Beide schwiegen einige Zeit. Maria betrachtete den kunstvoll verzierten Porzellanhenkel ihrer Tasse und fragte sich, ob sie Arcus tatsächlich verachtete. Seine Eltern hatten ihren Sonderstatus, den sie als eigene Leistung sahen, niemals verneint. Dass Arcus nun vorgab, auf Marias Seite zu stehen, in Wahrheit aber anscheinend demokratieskeptisch war und etwa hundert Etagen über ihrer Lebensrealität hauste, gab seiner zwiespältigen Haltung in der Tat einen unangenehmen Beigeschmack.

»Und was willst du nun tun?«, fragte Maria.

Nachdem er den letzten Bissen hinuntergeschluckt und Zeigefinger und Daumen an einer Serviette abgewischt hatte, sagte er: »Irgendwo muss ich anfangen. Wieso nicht hier? Die Villa muss untersucht werden, auf den Kopf gestellt.«

»Wie meinst du das?«, fragte Maria, die nun an ihrem noch heißen Kaffee nippte.

Schön sieht sie aus, dachte Arcus bei sich. Einfach. Natürlich. Als wäre sie eben erst im Garten von jemandem aus lockerer Erde erschaffen worden.

»Die Villa ist ein Rätsel. Mein Rätsel. Und ich werde es lösen«, orakelte Arcus, als würde er einem Kind eine geheimnisvolle Geschichte erzählen. »Das Haus, musst du dir vorstellen, ist wie eine Fotografie. An ihr haftet der Stempel der Zeit. Auf meinem ersten Kontrollgang nach vielen Jahren habe ich mit Bestürzung festgestellt, dass die Zimmer von Johannes und Judith so aussehen, als würden sie bis heute dort wohnen. Es ist geradezu pervers! Dass die beiden als Erwachsene noch immer hier gewohnt haben, grenzt schon an Wahnsinn. Aber dass meine Eltern, nachdem meine Geschwister gestorben waren, rein gar nichts verändert haben, grenzt schon an eine Art des Wahnsinns, die wehtut. Wenn ich die Gläser auf Judiths Nachttischchen sehe, an denen noch zwei Jahre nach ihrem Tod ihr rosaroter Lippenstift klebt, bekomme ich Gänsehaut.«

»Ich bilde mir ein«, sagte Maria und stockte. »Ich bilde mir ein, dass Marvin vor Kurzem von einem Künstler geschwärmt hat, der Gläser und Teller auf eine Leinwand klebt und …«

»Marvin?«, unterbrach sie Arcus.

»Ach, entschuldige, das ist mein Freund. Ich kenne ihn erst seit ein paar Wochen. Er ist auch Künstler.«

»Ach ja? Wie heißt er denn mit Nachnamen?«

»Marvin Gangler«, murmelte sie.

»Wie bitte?«

»Gangler«, sprach sie etwas lauter.

»Gangler«, flüsterte Arcus, der plötzlich, als hätte er eine schlechte Nachricht verdaut, mit der er nicht gerechnet hatte, wieder gefasst erschien.

»Er ist bei der Galerie Grohlinger unter Vertrag und hat vor Kurzem ebenfalls in der Belvertina ausgestellt, aber soviel ich weiß nur in einem kleinen Nebenraum.«

»Ah«, machte Arcus. »Malerei?«

Maria nickte.

»Dann wundert es mich nicht, dass ich ihn nicht kenne. Ich habe die Malerei hinter mir gelassen, noch bevor ich damit angefangen habe.«

»Aha«, machte Maria. »Was ist schlecht an Malerei?«

»Diese Frage ist nicht so leicht zu beantworten«, gab Arcus ihr zu verstehen und fand, dass ihre Unkenntnis in Kunstdingen sie nur noch anziehender machte. Vielleicht hatte sie nichts gegen einen Seitensprung? »Jedenfalls hat es nichts mit *gut* oder *schlecht* zu tun, sondern mit einer Sinnhaftigkeit, die dahintersteckt, oder eben gerade nicht dahintersteckt«, sagte er und löffelte eines der weich gekochten Eier in ungewöhnlich hohem Tempo aus.

»Malerei ist ein zu kleiner Ausschnitt«, sprach Arcus weiter, nachdem Maria nichts dazu gesagt hatte. »Ein zu kleiner Ausschnitt aus dem Leben. Wenn du aus dem Fenster siehst, dann steht dort keine Staffelei.«

»Ich verstehe leider nicht«, sagte Maria mit leicht geröteten Wangen.

Sollte er sich die Mühe machen, es ihr zu erklären? Arcus tippte mit dem Finger auf den Tisch und studierte eingehend Marias Gesichtsausdruck. Eine Beziehung mit ihr hätte ohnehin nicht länger als ein paar Wochen, jedenfalls höchstens drei bis sechs Monate gehalten. Erst vor Kurzem hatte sein bester Freund Matthias ihm in betrunkenem

Zustand offenbart, dass er auf ihn nicht wie jemand wirke, der eine lange Beziehung führen und eine Familie gründen wolle. Etwas an dieser von außen kommenden, schmerzhaft nach innen wandernden Erkenntnis hatte ihm noch Tage danach Stiche versetzt und ihn, ja, auch traurig gestimmt.

»Was ich damit sagen will«, meinte Arcus und nahm den Faden wieder auf, »ist, dass ich mich dazu entschieden habe, nicht einfach Kunst zu produzieren, sondern... Kunst zu *sein*.«

Nachdem er es ausgesprochen hatte, fühlte sich das Gesagte hölzern an, unecht, peinlich auch. Maria runzelte die Stirn.

»Indem ich mich bewege, indem ich etwas tue, die Welt verändere, produziere ich bereits Kunst. Ich bin eine Kunst-Maschine, die mit jeder bewusst ausgeführten Handlung sich selbst reproduziert, dabei in ein Zwiegespräch mit der Umgebung tritt und diese auf artifizieller Ebene darstellt, sie ausstellt.«

»Ich verstehe«, sagte Maria mit gequältem Lächeln.

Überhaupt nichts versteht sie, dachte Arcus, ärgerte sich dabei aber über sein eigenes Geschwurbel und verlor für den Moment die Lust, komplexe Gedanken verständlich zu machen, zumal er sich von etwas so Simplem wie Sex an diesem Morgen eine größere Befriedigung erhoffte. Arcus spitzte die Lippen.

»Maria, was hältst du eigentlich davon, wenn wir...«

»Hast du eigentlich schon die Geheimtür untersucht?«, fragte sie ihn im selben Moment.

Arcus reagierte nicht. Erst Sekunden später drang das Wort *Geheimtür* in sein Bewusstsein, als wäre es in seiner Gehörschnecke ziellos im Kreis gewandert, ohne den Weg ins Gehirn zu finden.

»Wie bitte?«, fragte Arcus. »Welche Geheimtür?«

»Vielleicht ist es gar keine Geheimtür«, scherzte Maria. »Ich nenne sie halt so, seitdem ich Ulrich... ich meine Herrn Himmeltroff-Gütersloh, damals habe in einem Gang verschwinden sehen.«

»Wann?«, fragte Arcus und spürte, wie sich Arme und Beine anspannten. »Wo?«

»Weiß nicht«, meinte Maria. »Vor ein paar Jahren war das. Ich hatte es eigentlich schon wieder vergessen. Vor Dienstschluss, an dem Tag wohl etwas später als sonst, habe ich die große Stehleiter zurück in die Garage gebracht, die ich mir von Willibald ausgeliehen hatte. Mit der kleinen im Schuppen, die ich normalerweise verwende, habe ich...«

»Wo genau?«, unterbrach Arcus Maria und knallte den Löffel auf den Tisch. »In welcher verdammten Garage?«

»Na, die vom Haupthaus«, sagte Maria, lehnte sich zurück und verschränkte die Arme, wie um sich vor Arcus' plötzlich aufbrausendem Gehabe zu schützen. »Diese Tür halt, die sich nahtlos in die Wandvertäfelung einfügt. Die wirst du sicherlich kennen?«

Dass die Gärtnerin sein Haus besser zu kennen schien als er selbst, kränkte ihn. Arcus spürte, wie ihm das Blut in den Kopf schoss. Aber dann zwang er sich, Ruhe zu bewahren. Maria konnte ja nichts dafür. Und seit wann war ihm das Anwesen so wichtig? Er konzentrierte sich auf den Atem, wie er es im Meditationskurs gelernt hatte, lockerte die geballten Fäuste unter dem Tisch.

»Marcus?«, fragte Maria, da Arcus wie eingefroren auf sie wirkte. »Ist alles okay bei dir?«

»Du zeigst mir jetzt«, sagte Arcus und räusperte sich. »Du zeigst mir jetzt sofort diese Geheimtür.« Arcus wurde bewusst, dass ein Wort gefehlt hatte. Er öffnete den Mund und sprach in ruhigem Ton: »Bitte.«

Maria nickte und sagte freundlich lächelnd: »Klar. Kein Ding. Es ist dein Haus.«

»Ja, leider«, bemerkte er.

Maria griff sich ins Gesicht, bedeckte kurz ihre Augen, und als sie Arcus wieder ansah, lag ein Anflug von Ekel in ihrem Blick. Hatte er etwas Falsches gesagt?

»Was wolltest du mich vorhin eigentlich fragen?«

»Ach, nichts«, sagte Arcus leise.

»Okay. Wollen wir?«, fragte Maria, die bereits aufgestanden war.

»Wir wollen«, antwortete Arcus und fügte mit einem Blick, der Maria Gänsehaut bescherte, hinzu: »Übrigens, ich heiße nicht Marcus. Schon lange nicht mehr. Nenn mich Arcus.«

5

Stéphanie. Er sah sie schon von Weitem, wie sie mit ihrem eigenwilligen Look zwischen den schwarz gekleideten Langweilern hindurchschien: mintgrüner, weit geschnittener Hosenanzug, dessen Stoff im Wind an ihren Beinen flatterte, Sonnenbrille (immerhin war es ein Begräbnis!), ebenfalls mintgrüner, breitkrempiger Hut, darunter ihre glatten, dunkelblonden Haare, die ihr bis über die Schultern reichten. An sie geschmiegt ihre zwölfjährige Tochter Anouk, mit einem ins Lachsrot gehenden, ähnlich geschnittenen Hosenanzug, einer braunen, zu groß wirkenden Lederjacke, und hellblonden, sehr kurz geschnittenen Haaren, die ihr igelartig vom Haupt abstanden. Als Stéphanie Arcus auf sich zukommen sah, legte sie eine Prise Traurigkeit in ihr Lächeln. Warum sie keine Darstellerin geworden war, blieb Arcus bis zuletzt ein Rätsel. Die Trauergäste versperrten Arcus den Weg zu Stéphanie; sie streckten ihm ihre vom Geldsammeln schmutzigen Hände entgegen, als wäre er der nächste Heiland, der unbedingt berührt werden musste.

»Herzliches Beileid«, pressten die Liebochs, denen Arcus noch ein paar Tage zuvor durch den Zaun in den Garten gepisst hatte, mit geschwollenen Tränensäcken hervor. »Sie können sich nicht vorstellen, wie sehr es uns schmerzt...«

»Ja, danke«, unterbrach sie Arcus. »Aber ich sage es Ihnen gleich: Ich werde Ihnen nicht die Hand geben. Ich brauche Ihr Mitleid nicht. Ich verspüre kein Leid. Sie können Ihres, wenn Sie unbedingt wollen, bei einer anderen Person abladen. Bei einem Priester vielleicht. Abgesehen davon möchte ich nichts mit Ihnen zu tun haben.«

Die Liebochs (und alle anderen, denen gegenüber er ähnliche Aussagen tätigte) waren konsterniert. Sie glaubten, die Worte, die aus seinem Mund kamen, falsch verstanden zu haben. Es musste so sein! Er, Arcus, war doch nun einer von ihnen, ja, war es im Grunde immer gewesen, auch wenn er viele Jahre hindurch vorgegeben hatte, er sei woandershin abgebogen. Von Geburt an war er Teil des Geldes. Würde es immer bleiben. Wer einmal so ein Vermögen besaß, konnte es nicht mehr verlieren, konnte es nur vermehren. Daran führte kein Weg vorbei. Vor den Kopf gestoßen fühlten sich die Trauernden, als sie ihr Bedauern dem Erben nicht mit einem Händedruck kundtun konnten. Arcus spürte, dass man hinter ihm kollektiv mit dem Zeigefinger an die Stirn tippte. Dass sie seine Aussagen als eine Art künstlerisch pathetischer Trauer interpretierten. In Wahrheit aber interessierte sich Arcus gar nicht für diese Zeremonie. Er hatte in der Tat nicht das Gefühl, trauern zu müssen. Wäre es nach ihm gegangen, hätte das Begräbnis erst gar nicht stattgefunden. Der testamentarische Wunsch seiner Eltern, neben dem rechterhand der Kapelle begrabenen Klemens Maria Hofbauer bestattet zu werden, war an Peinlichkeit kaum zu überbieten. Als würde der Standort ihrer Särge sie im Nachhinein in fromme Menschen verwandeln. Die Kirchengemeinde, die sich auf diese Weise für die finanzielle Unterstützung mehrerer, jahrelang sich hinziehender Renovierungen ihrer Gotteshäuser dankbar zeigen wollte, war hier klar anderer Ansicht. Sie wäre gar beleidigt gewesen, hätte sie die Familie Himmeltroff-Gütersloh nicht auf ihrem Friedhof in unmittelbarer Nähe *ihres* Heiligen begraben dürfen, der mittlerweile – das wussten Arcus' Eltern wahrscheinlich nicht einmal – ironischerweise in Wien ruhte.

»Hallo Stéphanie, hey Anouk«, sagte Arcus, als er ihnen endlich gegenüberstand. »Ihr seid, wie ich sehe, passend angezogen«, lächelte er.

»Worauf du einen furzen kannst«, entgegnete Anouk mit ihrem Sommersprossengesicht, das jeden, der sie ansah, augenblicklich entwaffnen musste.

»Ich dachte mir schon, dass dir unsere Kleidung gefallen würde«, sagte Stéphanie und fügte an Anouk gerichtet hinzu, dass es *einen lassen* heiße und nicht *einen furzen*, und dass Fäkalsprache – ob sie ihre Abmachung vergessen habe? – erst nach dem Begräbnis wieder erlaubt sei. Anouk verdrehte die Augen und verschränkte die Hände. »Ich habe nichts Schwarzes gefunden, das zu diesem Anlass passen würde«, sagte Stéphanie zu Arcus. »Abgesehen davon kann ich mir von meinem Gehalt keine neuen Kleider leisten.«

»Aber du hättest ja mich ...«, begann Arcus, doch dann verstummte er, da er genau wusste, dass sie sein Geld nicht haben wollte, auch nicht, wenn er es sich mit seiner Kunst selbst verdient hatte, was erfreulicherweise bald nach seinem Umzug nach Wien der Fall gewesen war.

Stéphanie neigte ihren Kopf etwas zur Seite und nahm ihre Sonnenbrille ab, betrachtete Arcus' Schultern, seinen Hals, den Mund und die Augen und schien etwas zu erkennen, das Arcus beim Blick in den Spiegel verborgen blieb. »Du solltest mich umarmen«, sagte sie dann. »Schnell, komm! Da steckt was in deiner Brust. Es wird dir danach besser gehen.«

Arcus schloss die Augen und sah sich plötzlich als Kind vor sich. Wie er Stéphanie im Kindergarten das erste Mal gesehen hatte. Und sie ihn. Wie sie ihn noch am selben Tag gefragt hatte, ob er für immer ihr Freund bleiben wolle und er, ohne überlegen zu müssen, mit einem schüchternen Ja geantwortet hatte. Wie sie ihm erklärt hatte, dass ihre Mama aus Frankreich komme und ihr Name daher auf keinen Fall so auszusprechen sei wie der von Stefanie aus der Marienkäfer-Gruppe.

Arcus hatte seine Eltern nie gefragt, warum sie ihn im Gegensatz zu seinen Geschwistern nicht in den Privatkindergarten und später in die Privatschule geschickt hatten. Nicht, weil er es nicht wissen wollte (vielleicht war er kein Wunschkind, vielmehr ein *Unfall*, jedenfalls nicht der Erstgeborene und daher nicht so viel wert wie sein Bruder?), sondern weil er, rückblickend, froh darüber war. Froh, dort seine beste Freundin kennengelernt zu haben, einen Menschen, der ihn seither begleitete. Froh, mit Personen außerhalb der Welt der Superreichen in Kontakt gekommen zu sein, etwas, das Judith und Johannes verwehrt geblieben war und sie für Arcus zu ärmeren Menschen gemacht hatte. Froh auch, miterlebt zu haben, wie die meisten Eltern mit ihren Kindern umgingen: gewiss nicht immer liebevoll, doch stets mit einer ihm unverständlichen, ja rätselhaften Art von Nähe, die ihm vor Augen führte, dass es etwas Zwischenmenschliches gab in dieser Welt, das er bei sich zuhause niemals erfahren hatte. Arcus war froh, damit konfrontiert worden zu sein, dass es in derselben Stadt Menschen gab, die nicht wussten, wie sie bis zum Ende des Monats mit ihrem Einkommen auskommen sollten und er war froh, zumindest von einigen wie ein Mensch und nicht wie ein privilegierter Gottgleicher behandelt worden zu sein.

Als Stéphanie Arcus in die Arme nahm, ihre Hände mit sanftem Druck auf seinen Rücken legte und sie dort kreisen ließ, brach dieser, als hätte sie mit ihren Berührungen behutsam einen Wasserhahn aufgedreht, in Tränen aus. Seinen ganzen Körper schüttelte es, er schluchzte laut und immer lauter, sodass die Anwesenden ihre Flüstergespräche unterbrachen und nicht anders konnten, als sich zu ihm umzudrehen. Das Weinen schlich sich an diesem Ort wie ein unangenehmer, weil viel zu emotionaler Eindringling in die Realität der Zugeknöpften.

Anouk hörte sich das eine Zeitlang an, zeichnete mit den Schuhspitzen eine Spirale in den Kiesweg und fragte sich, ob sie sich die weißen Stöpsel ins Ohr stecken sollte, die sie für alle Fälle stets dabeihatte, überlegte es sich dann aber anders und sagte: »Peinlich.«

Augenblicklich war es still. Arcus löste seinen Körper von Stéphanies und es wirkte, als käme er von einer weiten Reise zurück.

»Du hast vollkommen recht«, meinte Arcus zu Anouk. »Aber weißt du, manchmal muss man auch den Mut haben, peinlich zu sein.« Er wischte seine Tränen weg, als ihm ein Mann auffiel, der ihn anstarrte. Warum bekam Arcus plötzlich Gänsehaut? Der Mann stand etwa zwanzig Meter entfernt aufrecht und mit herausgestreckter Brust da und wirkte in seiner Warteposition auf Arcus, als hätte er eine Botschaft zu überbringen. Dunkelbraune, schulterlange Haare, gedrungener, kräftiger Körper. Anzug trug er keinen. Als sich der Mann sicher war, Arcus' Aufmerksamkeit zu haben, nickte er ihm kaum merklich zu. Und verließ den Friedhof durch einen der Seitenausgänge.

»Wer war das?«, fragte Stéphanie, die nur noch den Rücken des Mannes zu Gesicht bekam.

»Ich weiß es nicht«, meinte Arcus, und wiederholte leise: »Ich weiß es nicht.«

Er schüttelte kurz den Kopf, drehte sich zu Stéphanie und bedankte sich für die Umarmung.

»Ich habe doch nichts getan«, antwortete sie mit zuckenden Mundwinkeln. Sie sahen sich lange in die Augen.

»Schon wieder peinlich«, meine Anouk. »Die Leute schauen blöd.«

»Das macht nichts«, sagte Arcus. »Die schauen immer blöd.«

»Vorhin«, erzählte Stéphanie, »hat jemand Anouk gefragt, wo ihr Vater sei. Warum er das wissen wolle, habe ich den Typen gefragt. Na, ihr Vater wüsste wahrscheinlich, wie man der Tochter beibringe, sich zu benehmen, hat der dann gemeint. Es war nämlich so, dass Anouk getanzt hat und dabei einmal unabsichtlich auf die Blumen neben einem Grab gestiegen ist.«

»Das war volle Absicht«, warf Anouk ein.

»Ja, ja, meine Liebe. Dann war es eben Absicht. Jedenfalls hat Anouk geantwortet…«

»Ich habe dem alten Sack gesagt, dass mein Vater nicht hier und daher ein Arschloch ist.«

»Sei.«

»Hä?«

»Es heißt nicht Arschloch *ist* sondern Arschloch *sei*. Indirekte Rede oder Konjunktiv eins. Merken.«

»Aber er *ist* ein Arschloch! Du hast es doch selbst gesagt.«

»Wenn du es so formulierst, ist es eine korrekte Aussage, sowohl grammatikalisch als auch inhaltlich.«

»Ich bin die Beste in der Klasse«, sagte Anouk zu Arcus. »Aber das genügt ihr nicht.«

Arcus warf Stéphanie einen ernsten Blick zu.

»Das stimmt nicht«, erwiderte diese. »Du bist richtig, genau so, wie du bist. Das sage ich sehr oft zu dir.«

»Aber meinst du es auch so?«

»Wie alt bist du nochmal?«, fragte Arcus.

»Morgen Abend um zwanzig Uhr fünfzehn bin ich dreizehn.«

»Du hast dir damals für deine Geburt eine gute Uhrzeit ausgesucht.«

»Sehe ich genauso«, grinste Anouk.

»Es war eine schlechte Uhrzeit«, meinte Stéphanie. »Eigentlich wollte ich mir im Vorabendprogramm einen seichten Liebesfilm anschauen. Wie hieß der nochmal schnell?«

Anouk drückte ihren Ellenbogen in die Hüfte ihrer Mutter. Stéphanie lächelte und küsste Anouks Scheitel.

In diesem Moment begannen die Glocken zu bimmeln. Arcus ließ seinen Blick in den Himmel schweifen. Ein paar Schwalben stießen ein Gekreische aus ihren dünnen Kehlen, das an den Friedhofsmauern sich brach und wieder brach, während sie über die gebeugt dastehenden Menschen halsbrecherische Bahnen zogen. Eine kleine Wolke verdeckte die Sonne. Zwei Kondensstreifen kreuzten sich in der Nähe des Horizonts. Arcus hob die Hände vors Gesicht und formte, wie er es von den

Regisseuren aus *behind the scenes* kannte, ein Viereck, durch das er den grellen Tag in seine Augen fallen ließ. Irgendwie hatte er gehofft, einen Sinn, irgendeine Bedeutung aus diesem Anblick herausdestillieren zu können. Doch er musste sich getäuscht haben. Der Himmel sagte ihm nichts, während in Anouks Grübchen die Wahrheit der Welt vergraben zu liegen schien.

6

»So ein Schloss habe ich noch nie gesehen«, sagte Matthias, der mit gekrümmtem Rücken vor dem schwarz-silbernen Knopf stand und diesen mit der Taschenlampe seines Handys von allen Seiten beleuchtete. »Muss alt sein. Ich mein, ich bin kein Profi, ein paar Safeknacker-Serien und einschlägige Filme habe ich gesehen.«

»Das ist kein neuer Safe«, bestätigte Arcus, der hinter Matthias kniete und seinen Kopf nach rechts und links beugte, um zwischen Matthias' Beinen hindurch einen Blick aufs Schloss zu ergattern – als hätte er es nicht schon selbst stundenlang begutachtet. Aufs Schloss, das in der Mitte einer dicken Stahltür befestigt war, die sich an der Wand eines seitlichen, langen Gangs der Garage befand, hinter einer Holzvertäfelung, zwischen zwei Regalen, in denen Willibald, der Hauswart, sein Werkzeug aufzubewahren pflegte. Eine Tür mit sehr großen Ausmaßen. Eigentlich unmöglich, sie zu übersehen, wenn man wusste, worauf zu achten war. So betrachtet, dachte Arcus, war es keine Tür; es musste ein begehbarer Tresor sein. Arcus kannte die zwei elektronisch verriegelbaren Safes im Schlafzimmer seiner Eltern – einer für Henriette, einer für Ulrich –, in denen sie, bevor sie zu Bett gingen oder das Haus verließen, die allernötigsten Diamantringe und -Colliers, die goldenen, mit Edelsteinen besetzten Armreifen, die Rolex-Uhren, Manschettenknöpfe und Diademe aufzubewahren pflegten, und vielleicht, wie Arcus sich als Jugendlicher gedacht hatte, das eine oder andere Schmuddelheft. Aber dieser Tresor in der Garage war von einem völlig anderen Kaliber und wirkte auf Arcus wie das Requisit eines Nachkriegs-Spionagethrillers.

Arcus' Handy piepste, Maria wollte kurz mit ihm sprechen. Er steckte das Handy wieder zurück, sah zum Tresor und blinzelte.

»Das alles ergibt keinen Sinn.«

»Du hörst dich genervt an«, meinte Matthias.

»Bist du genervt? Du wirst doch nicht etwa genervt sein.«

»Das gerade nicht«, antwortete Arcus. »Außer du wiederholst das Wort noch ein paar Mal. Aber ich muss zugeben, dass ich etwas nervös bin.«

»Weshalb?«, fragte Matthias, drehte sich zu Arcus um und leuchtete ihm mit dem grellen Licht seines Handys ins Gesicht. Arcus schirmte die Augen mit dem Unterarm ab. Matthias entschuldigte sich und deaktivierte die Taschenlampe.

»Weshalb?«, sagte Arcus etwas lauter als beabsichtigt. »Na, das liegt doch auf der Hand.«

»Ja? Tut es das?«

»Kinderleichen«, gab Arcus zu verstehen und schloss seine Augen. Für ein paar Sekunden war es still, dann öffnete er sie wieder und bemerkte Matthias' sanfte, fragende Gesichtszüge. »Riechst du das auch? Ja, Kinderleichen, das wird es sein. Oder Fotos von missbrauchten und gefolterten und grausam ermordeten Frauen. Sowas in der Art hat mein Vater darin versteckt. Was sonst? Nazi-Memorabilien wären eine weitere, vergleichsweise harmlose Möglichkeit. Dass er sich täglich hierhin zurückgezogen hat, um ein Führer-Gemälde zu küssen. Dass meine Urgroßeltern Verehrer Hitlers waren, ist ja kein Geheimnis. Werden sie wohl das eine oder andere an meinen Vater weitergegeben haben.«

»Du hast eine blühende Fantasie«, merkte Matthias an und richtete sich leise stöhnend auf. »Das ist gut. Sehr gut ist das. Künstler wie du und ich müssen eine blühende Fantasie haben. Ohne die würde man uns die Daseinsberechtigung entziehen. Wir wären nutzlos.«

»So ein Blödsinn! Und außerdem: Was ist schlimm daran, nutzlos zu sein?«, fragte Arcus seinen Freund und richtete sich ebenfalls auf. »Warum muss auf dieser Welt alles, jede Tat, jede Arbeit immer einen Nutzen haben und zu etwas führen? Wieso kann man nicht einfach ohne Ziel existieren, ohne Grund, ohne Zweck?«

»Schon gut«, beschwichtigte Matthias.

»Es ist nicht gut«, sagte Arcus. »Und das Wort Fantasie im Zusammenhang mit unserer Profession ist extrem abgelutscht. *Gedanken, gestohlen aus dem Land der Fantasie.* Das gefällt dir, habe ich recht? Klingt poetisch, kitschig, schön. Es geht runter wie süßer Sirup. Aber so bin ich nicht. So kann ich nicht sein. Du magst so denken, ich weiß, deshalb ist deine Kunst auch nicht so tiefgehend und du magst deine Gemälde gut verkaufen, aber du wirst mit deiner Malerei niemals über einen gewissen Wert hinauskommen.«

Matthias hatte Arcus mit gereiztem Gesichtsausdruck angehört und atmete schneller als zuvor. Es hatte den Anschein, als würde er jeden Moment einen Schritt auf Arcus zumachen, um ihn zu würgen, und er rang offenbar mit sich, ob er sich durch diese verletzenden Worte provozieren lassen sollte. Aber dann schien er sich daran zu erinnern, dass

Arcus nichts für seine – wie Matthias es nannte – *Krankheit*, immer die Wahrheit sagen zu müssen, konnte.

»Na, wenn du meinst«, sagte Matthias schließlich. »Aber hey«, er atmete tief ein und ließ die Luft pfeifend aus seinem Mund entweichen, »nicht jede Person nimmt die Kunst so ernst wie du. Nicht bei jedem Menschen geht es um Leben oder Tod. Mir ist es egal, wer sich nach meinem Dahinscheiden an mich erinnert.« Er gab Arcus einen Klaps auf den Rücken. »Ich fühle mich frei, wenn ich male. Das genügt. Kannst du das auch von dir behaupten?«

»Freiheit ist kein Parameter für Kunst. Wenn überhaupt, dann fühle ich mich etwas weniger unecht, wenn ich Kunst produziere.«

»Manche machen es einfach nur, weil sie Freude daran haben.«

»Ja, das ist schade«, versetzte Arcus und lehnte sich an die Motorhaube eines Rolls-Royce-Oldtimers. »Deshalb gibt es so viel schlechte Kunst auf dieser Welt.«

»Aha«, machte Matthias, ging ein paar Schritte auf die andere Seite des Wagens, beugte sich nach vorn und legte seinen Kopf auf die Arme, die er auf dem dunklen Blech der Motorhaube gekreuzt hatte. »Wir wären alle depressiv und nähmen uns viel zu ernst«, nuschelte er aus seiner Armbeuge heraus. »Ich will einfach nur ein bisschen Spaß haben. Malen, gut wohnen, gut lieben, gut essen. Deshalb tun mir deine Aussagen nicht weh. Deshalb muss ich nicht mit dir streiten. Weil sie mich nicht tangieren, deine Erwartungen an die Kunst, weißt du?«

»Das kann ich nicht nachvollziehen«, gab Arcus zu verstehen. »Es gibt nichts Wichtigeres als die Kunst.«

»Siehst du?«, sagte Matthias. »Und dann wunderst du dich, warum du keine Freundin hast? Seit wann wünschst du dir eine feste Beziehung? War es nicht beim ersten längeren Gespräch zwischen uns beiden, dass du diesen Wunsch geäußert hast? Und wie viele Jahre ist das nun her?«

»Ich hatte nie Angst, die Wahrheit auszusprechen«, meinte Arcus.

»Das nicht«, meinte Matthias. »Aber Angst, jemanden an dich ranzulassen, die hast du. Vielleicht hat Liebe nämlich nichts mit Wahrheit zu tun. Und vielleicht ergibt sie auch gar keinen Sinn, da ist nichts zu ergründen. Nada. Zulassen, das ist das Einzige, was du tun müsstest. Zumindest ist es mir mit Richard so gegangen. Aber dafür hast du zu wenig Mumm.«

»Ich freue mich für dich.«

»Obwohl du es ironisch meinst, danke ich dir. Denn ich weiß, was ich habe. Weißt du, was du hast?«

»Ich bin niemals ironisch. Wie ein Kind bin ich. Das kann auch nicht ironisch sein. Aber um auf deine Frage zurückzukommen: Leider weiß ich auch, was ich habe«, sagte Arcus und blickte zu Boden. »Du hättest dich gut mit meiner Schwester verstanden«, meinte er dann. »Sie hat sich für nichts anderes interessiert als für gelungene Selfies mit möglichst viel nackter Haut, sodass die Künstlichen Intelligenzen, die im Hintergrund zwischen pornografischen und nicht pornografischen Inhalten unterscheiden, die Posts gerade nicht gelöscht haben.«

»Was hat das mit meinem Leben zu tun?«, fragte Matthias, der – und das hatte Arcus sehr früh herausgefunden – so gut wie nie beleidigt war.

»Sie kümmerte sich um nichts«, sagte Arcus. »Nahm das Leben locker.«

»Aber das ist doch etwas Wertvolles, Erstrebenswertes«, meinte Matthias. »Die meisten anderen sind steif und verkrampft. So zu leben ist, nun ja, ungesund.«

»Aha«, machte Arcus, stand auf, ging zum Kühlschrank und kam mit zwei Flaschen Bier zurück. Er öffnete beide, reichte eine davon Matthias und lehnte sich wieder an die Motorhaube, die unter seinem Gewicht knirschte.

»Ich dachte, du trinkst nicht?«, fragte Matthias.

»Tue ich auch nicht«, antwortete Arcus. »Ich stoße mit dir an. Das mag ich. Anstoßen. Austrinken kannst du beide.«

Leise quietschend öffnete sich das Garagentor. Licht drang in den schummrigen Raum und Arcus fragte sich, warum er nicht selbst auf die Idee gekommen war, das Tor zu öffnen, anstatt die Taschenlampenfunktion des Handys zu benutzen.

Anfangs war nur die Silhouette von Willibald zu sehen, dann, als der Hauswart langsam nähertrat, erkannten Arcus und Matthias die blaue Arbeiterkluft und das Werkzeug in den Taschen an beiden Hosenbeinen.

»Runter vom Wagen«, zischte Willibald, als er vor ihnen stehengeblieben war. »Bitte«, fügte er leise hinzu, da er sich nicht sicher sein konnte, ob er in diesem Tonfall mit seinem Arbeitgeber und dessen bestem Freund reden durfte.

Matthias nahm sofort die Hände vom Auto, trat einen Schritt zurück und erhob mit gespielter Furcht beide Hände. Arcus ließ sich Zeit, um von der Motorhaube zu steigen.

»Dieser Wagen, ein Rolls-Royce 10 hp, ist schon gefahren, da waren wir alle noch lange nicht auf der Welt. Es gibt nur noch ein paar Stück weltweit. Nicht mehr als sechzehn Stück wurden 1904 gebaut. Er soll noch länger fahren. Soll uns überdauern.«

»Er bedeutet dir viel«, stellte Arcus fest.

Willibald nickte.

»Nicht nur einmal habe ich ihn repariert.«

»Ich mag keine Autos«, sprach Arcus und beobachtete, was diese Aussage mit Willibalds Gesicht tat. »Sorry, aber ich werde das Auto dem Technischen Museum schenken«, sagte Arcus zu Willibald. »Bitte leite alles Nötige in die Wege.«

»Aber …«, stammelte dieser sichtlich schockiert. »Dieses Fahrzeug hat schon deinem Großvater gehört. Du kannst es nicht einfach …«

»Ich kann«, gab Arcus in ruhigen Worten zu verstehen. »Ich kann sehr wohl. Und ich kapiere es schon. Der Rolls-Royce bedeutete einigen Menschen etwas, die mir nichts bedeuten. Und dir liegt es nach wie vor am Herzen. Es hat aber auch einen Wert, der nicht in Geld gemessen werden kann. Umso mehr ein Grund, es einem Museum zu übergeben.«

»Aber ich …«, stammelte Willibald.

»Du persönlich hast dann nichts mehr vom Auto, das ist mir bewusst. Dafür haben alle anderen etwas von ihm, sofern es ausgestellt wird.«

Willibald nickte nach ein paar Sekunden und sah in diesem Moment aus wie ein Soldat, der von einem Vorgesetzten einen Befehl entgegennahm, der sich grundlegend falsch anhörte, aber doch auszuführen war.

»Willibald?«, fragte Arcus vorsichtig.

»Ja«, sagte dieser nach einiger Zeit.

»Du hast nicht zufällig eine Ahnung, was das hier drinnen zu suchen hat?«

Erst jetzt fiel Willibald die geöffnete Geheimtür auf und der Tresor dahinter. Er sagte lange nichts, starrte auf das silbrig glänzende Metall.

»Ich habe keinen blassen Schimmer«, sprach er mit langgezogenen Vokalen und als hätte er plötzlich eine schwere Zunge.

»Aber du bist doch der Hausmeister«, drängte Arcus. »Niemand kennt dieses Anwesen besser als du. Es muss dir doch irgendwann aufgefallen sein, auch wenn es gut versteckt ist?«

Dieser schüttelte den Kopf, ging etwas näher hin zum Tresor, besah das Schloss und zog, als würde es sich bei seiner Berührung auf wundersame Weise öffnen, am stählernen Henkel.

»Eigenartig, nicht?«, meinte Arcus mit zusammengekniffenen Augen.

Willibald stand wie versteinert vor dem Tresor. Er drehte sich um und sagte:

»Ja, eigenartig.«

»Du weißt wirklich nichts von diesem Ding und was dahinter verborgen sein könnte?«

»Nein, nichts«, sagte er und blickte zu Boden. »Ich sehe das zum ersten Mal.«

»Nun gut«, sagte Arcus lächelnd. »Dann hätte ich eine Bitte: Soweit ich weiß, müsste heute Maria im Haus sein. Richte ihr von mir aus, sie soll heute nichts kochen, nichts säen und vor allem nichts reinigen. Eher das Umgekehrte sollte sie tun. Chaos darf einziehen in unsere Villa. Alle Kästen, Kommoden, Schränke und Läden, einfach alles öffnen, die Kleider durchsuchen, die Besteckläden, die Nachtkästchen und Truhen am Dachboden ausleeren. Ich will keine Tür ungeöffnet vorfinden. Am Ende des

Tages soll es hier so aussehen, als hätte ein Dutzend Einbrecher das Haus durchwühlt und jede Matratze umgedreht.« Arcus hielt kurz inne und fügte dann hinzu: »Dieser Schlüssel muss gefunden werden.«

»Doppelbartschlüssel«, murmelte Willibald.

»Wie bitte?«, fragte Arcus.

»Er hat Doppelbartschlüssel gesagt«, meinte Matthias, woraufhin er von Willibald einen abschätzigen Blick erntete.

»Sieht nach einem Schloss aus, das einen Doppelbartschlüssel benötigt«, sagte Willibald, nachdem er sich geräuspert hatte. »Mein Vater hatte einen ähnlichen Tresor in Miniaturformat.«

»Fein«, sagte Arcus und googelte den Schlüssel. Die drei starrten auf das kleine, zerkratzte Display seines Handys.

»Ich kann kaum etwas erkennen auf diesem antiken Ding«, sagte Matthias. »Immer so geizig, diese Reichen!«

Arcus antwortete nicht. Matthias holte seines aus einer mit Regenbogen bestickten Tasche hervor, das, fragte man Arcus, von der Größe her beinahe als Tablet durchgehen würde.

»Ja«, sagte Willibald. »So ungefähr müsste der Schlüssel aussehen. Ich gehe Maria suchen.«

»Dein Hausmeister«, meinte Matthias, als dieser mit sicheren Schritten die Garage verlassen hatte, »ist ein extrem schlechter Schauspieler.«

Arcus blinzelte nur. »Hast du Lust, mitzuhelfen?«, fragte er.

»Beim Chaosstiften?«, rief Matthias. »Aber klar doch!« Sein Gesicht strahlte, nachdem er das Bier mit wenigen Schlucken geleert hatte. Er griff nach Arcus' Bier, das dieser immer noch in den Händen hielt. »Darf ich?«

»Wir könnten uns die alten Strumpfhosen meiner Mutter über den Kopf ziehen«, sagte Arcus und reichte Matthias die Flasche. Noch einmal schaute er zum Tresor. Der Anblick des dicken Stahls ließ ihn frösteln.

7

Arcus und Stéphanie waren von der Schulsprachwoche aus Bristol zurückgekehrt. Stéphanies Eltern, deren Wohnung im südlichen Teil Mödlings lag, hatten Arcus vorgeschlagen, ihn nach Hause zu bringen, da sie ohnehin an der Fürstenstraße vorbeikamen. Arcus befürchtete zwar, dass seine Eltern *not amused* sein würden, aber es war ihm ziemlich egal. Vielleicht waren sie gar nicht *not amused*, vielleicht waren sie *delighted* und freuten sich, da sie so Sprit sparten und Willibald mit der Limousine zu einer ganz wichtigen Besorgung (denn alle Besorgungen waren ganz wichtig) woandershin schicken konnten.

Alle paar Minuten drehte sich Stéphanies Mutter Louise um und fragte mit ihrem starken französischen Akzent und diesem unglaublich offen wirkenden, strahlenden Gesicht, wie es ihnen ergangen sei, offenbar in der Hoffnung, ein paar schräge Anekdoten zu hören zu bekommen. Wie der Ausflug nach London gewesen sei. Ob sie den Tower besucht hätten. Wie die Zimmer gewesen seien, ob die Toiletten sauber gewesen seien und das Essen gut. Ob sie genug geschlafen hätten. Hier meinte Arcus, ein Zwinkern in Louises Augen erkannt zu haben.

Hinten links saß Stéphanies kleiner Halbbruder Jules. Er schlief mit zur Seite geneigtem Kopf und offenem Mund in seinem Kindersitz. Etwas Sabber tropfte ihm vom Kinn. Mal hörte man ihn laut atmen, mal leise seufzen. Der Mensch stammt wirklich vom Affen ab, sagte sich Arcus, als er Jules beim Schlafen beobachtete.

Stéphanies Stiefvater Frederik saß am Steuer. Er war ein ruhiger, freundlich wirkender Mann, der mit seinem fülligen Körper, seinen grauen Haaren und dem dichten Bart um einiges älter wirkte als die zierliche Louise. Direkt neben Arcus saß Stéphanie. Ihre Schultern berührten sich jedes Mal, wenn das Fahrzeug in der Kurve beschleunigte.

Arcus drehte sich zur Seite und sah, wie Stéphanies Mund sich bewegte, wie sie auf alle Fragen ihrer Mutter geduldig antwortete. Sie war voller neuer Erfahrungen, die sie unbedingt mit ihren Eltern teilen wollte. Und sie interessierten sich für sie. Sie hatten tatsächlich Interesse daran, wie es ihrer Tochter ging. Sie hörten sich Stéphanies Schilderungen vom Tagesausflug nach London und den schwarzen Raben im Tower an, und dass sie sich die Tower Bridge irgendwie größer vorgestellt hatte. Sie hörten sich an, wie Stéphanie sich abschätzig über das Essen äußerte – Louise schien beinahe beruhigt, zu hören, dass es ihr nicht geschmeckt hatte; wie könnte auch britisches Essen besser sein als französisches? – und von den langen Nächten erzählte, in denen sie Flaschendrehen gespielt hatten (die Details, die Louise hören wollte, sparte sie zum Glück aus). Stéphanie drehte sich zu Arcus, grinste ihn komplizenhaft an, und als dieser nicht reagierte, zwickte sie ihn ein paar Zentimeter oberhalb des Knies, sodass er laut auflachte und nach ihren Händen griff, um sie kurz darauf wieder loszulassen. Frederik warf einen Blick in den Rückspiegel, sah die Augen seiner Stieftochter leuchten und wusste Bescheid. In Arcus' Augen konnte er kein Leuchten entdecken. Aber ihn kannte er nicht so gut. Sein Leuchten mochte dunkler sein, und dennoch von derselben Intensität. Frederik legte eine Hand auf Louises Oberschenkel, schaute kurz zu ihr hin, dann wieder auf die Straße.

Stéphanie hatte verschwiegen, dass Arcus beim Flaschendrehen die Aufgabe bekommen hatte, Stéphanie mindestens dreißig Sekunden lang im Kleiderschrank zu küssen. Mit Zunge! Und welche Aufgabe wäre leichter gewesen? Sie kannten sich bereits über zehn Jahre lang, wobei das Wort *kannten* eine glatte Untertreibung darstellte, denn sie waren unzertrennlich, nur waren sie – und darüber wunderten sich alle Mitschülerinnen und Mitschüler – kein Paar. Das sollte sich jedenfalls ändern, fanden Stéphanies kichernde Freundinnen. Den unter Schock stehenden Arcus schoben sie in den Schrank, Stéphanie war freiwillig vorausgegangen.

Die Jugendlichen schlossen die Türen und schrien *Start*. Arcus, endlich wieder fähig zu atmen, wollte Stéphanie gerade noch fragen, ob sie bloß so tun sollten, als würden sie sich küssen, da hatte sie bereits ihren Mund auf seinen gedrückt. Draußen zählten sie sehr langsam von dreißig abwärts... drei, zwei, eins... null! Stéphanie wunderte sich, dass es schon vorbei war, während Arcus das Gefühl hatte, die Sekunden hätten sich in Minuten verwandelt. Es war nicht so, dass Arcus Stéphanie nicht hübsch fand. Ein Teil von ihm hätte sie gerne mit Hingabe geküsst. Der bedeutend größere Teil aber wollte sie als Schwester sehen, als Schwester, die er gerne gehabt hätte, als Teil seiner *erweiterten* Familie. Dieser Teil wollte von Stéphanie umarmt werden, wenn er Nähe und Halt suchte. Er wollte sich aber gewiss nicht von ihr angezogen fühlen.

Als Volksschulkind hatte er sich nichts sehnlicher gewünscht, als Teil von Stéphanies Familie zu sein. Warum? Nicht, weil es eine gewöhnliche Familie war, was auch immer das sein sollte, nein, weil es eine gesunde Familie war. Weil sie auf Augenhöhe miteinander sprachen, weil sie versuchten, sich zu verstehen, weil sie sich entschuldigten, wenn sie sich gegenseitig mit Worten verletzt hatten. Wie oft hatte Arcus sich gefragt, warum er der Einzige in seiner Familie war, der die anderen nicht verstand und von den anderen nicht verstanden wurde? Wie oft hatte er sich nachts unter Tränen gewünscht, Stéphanies Eltern wären seine und Stéphanie und Jules seine Geschwister? Im Gymnasium schließlich hatte er erkannt, dass das Wünschen zu nichts führte, dass es ihm Energie entzog und es darum ging, die Tatsachen anzunehmen und daraus das Beste zu machen. Dass er seinen eigenen Weg gehen würde. Seinen eigenen, der ganz gewiss ein anderer wäre als der, den Johannes und Judith eingeschlagen hatten.

Dass Stéphanie ihn seit dem Kuss im Kleiderschrank anders ansah als zuvor, war Arcus nicht entgangen. Sie brauchte es nicht auszusprechen. Er wusste, dass sie bereit wäre. Warum sah sie nicht, wohin dieser Schritt führen würde? Nach einem Jahr: die Trennung. Oder nach zwei oder drei Jahren oder zehn. Es machte keinen Unterschied. Er hatte es bei seinen Schulkollegen gesehen. Gerade die erste Beziehung geht früher oder später – wohl eher früher als später – in die Brüche. Und nach der Trennung, die nur furchtbar sein konnte, wäre solch eine tiefe Freundschaft nicht länger denkbar. Nein. Sie durften nicht zusammenkommen. Das konnte er nicht riskieren. Er musste mit ihr reden. Sie würde es verstehen. Ganz sicher.

8

Marvin könne sich seine Wohnung nicht mehr leisten, meinte Maria und bedankte sich, dass sich Arcus für sie Zeit genommen hatte. Sie biss sich auf die Lippen, wodurch deren dunkles Rot heller wurde und direkt neben den Zähnen beinahe weiß erschien. Marvins geplante Ausstellung in der Galerie Grohlinger habe sich aufs nächste Jahr verschoben, da die Galeristin mit seinen kleinformatigen Werken, die er neulich präsentiert hatte, nichts anfangen konnte. Sein Atelier müsse er sich um jeden Preis erhalten. Und sie wisse schon, eigentlich liege es an ihr, ihn mit dem besseren Gehalt, das sie nun bekomme, zu unterstützen, aber sie habe erst kürzlich einen Kredit aufgenommen, um die Schulden ihrer Schwester zu begleichen, die sich nach der Scheidung ein komplett neues Leben…

»In Ordnung«, sagte Arcus und schrieb mit einem leisen Seufzer die Hoffnung, mit ihr zu schlafen, endgültig ab. »Soll er halt kommen, der arme Marvin, der sich von seiner Galeristin vorschreiben lässt, welche Werke er abzuliefern hat. Er kann eines der vielen Gästezimmer beziehen. Such dir eines für ihn aus und bereite es vor, ja?«

Ohne groß nachzudenken, machte Maria einen Schritt auf Arcus zu und umarmte ihn. Ihre dichten, langen Haare legten sich durch den Schwung der Bewegung auf Arcus' Gesicht. Sie kitzelten ihn an der Nase und er fragte sich, ob er die Chance auf Sex doch zu früh zu Grabe getragen hatte. Dann überlegte er, was er mit seinen Armen tun sollte. Ihr Parfum roch ihm zu süßlich, zu intensiv. Hatte sie sich etwa die halbe Flasche über den Kopf geleert? Plötzlich, als kippten die Farben eines Fotos ins Negative, ekelte es ihn. Als Maria bemerkte, dass Arcus die Umarmung nicht erwiderte, ließ sie schnell wieder ab von ihm.

»Danke«, sagte sie. »Wirklich.«

»Schon gut«, meinte er. »Liegt dir sonst noch etwas auf dem Herzen?«

»Nein, denke nicht.«

»Du hast nicht zufällig einen Doppelbartschlüssel herumliegen sehen?«

Arcus deutete mit dem Kopf ins angrenzende Wohnzimmer, das nun tatsächlich, wie von ihm gewünscht, aussah, als wäre es von ein paar wildgewordenen Einbrechern auf den Kopf gestellt worden. Die Kästen geöffnet, Bücher, Unterlagen, Pölster und Nippes kreuz und quer am Boden verstreut.

»Leider«, murmelte Maria. Es wirkte auf Arcus, als wäre sie mit ihren Gedanken bereits woanders, als dächte sie an die bevorstehenden Mittagspausen, die sie bald mit Marvin machen würde. Sie hob lächelnd den Kopf und entschuldigte sich, da sie noch einigen Helfern Instruktionen geben musste, die wegen der geplanten Entwurzelung der Thujen mit einem Lastwagen in der Einfahrt auf sie warteten. Kurz nachdem sie gegangen war, drang ein leiser Freudenschrei aus dem Garten durch die gekippten Fenster. Arcus entschied sich mit einer bejahenden Geste, sich mit ihr zu freuen.

Er ging über die breite, leicht knarzende Holztreppe ins erste Obergeschoß und streifte durch die Räume. Die Bücher im Bibliothekszimmer waren in der Mitte zu mehreren Türmen geschlichtet. Er legte die Hand auf den Stapel, der ihm am nächsten war und sah sich den Buchumschlag an: *Essais* von *Michel de Montaigne* in der ersten modernen Gesamtübersetzung, ein großes, dickes Buch mit dunkelblauem Leineneinband und goldener Schrift. Das Lesebändchen wies darauf hin, dass jemand das Buch – mindestens bis zum ersten Drittel – gelesen haben musste. Er schlug das Buch dort auf, wo es zwischen zwei Seiten eingeklemmt gewesen war. Die Blätter fühlten sich angenehm an zwischen seinen Fingern. Er las den Titel: *Über die zwischen uns bestehende Ungleichheit.* Und einen Absatz später: *Wir loben ein Pferd wegen seiner Stärke und Wendigkeit ... nicht aber wegen seines Sattelzeugs; einen Windhund wegen seiner Schnelligkeit, nicht wegen seines Halsbandes, einen Jagdfalken wegen der Kraft seiner Schwingen und nicht wegen seiner Riemen und Schellen. Warum beurteilen wir einen Menschen nicht genauso nach dem, was ihm eigen ist? Da hat einer ein zahlreiches Gefolge, einen schönen Palast, hohes Ansehen und große Einkünfte – aber all das ist um ihn, nicht in ihm.*

Arcus fragte sich, ob sein Vater diese doch recht eindeutigen Worte gelesen hatte, bevor er von den Sanitätern abgeholt worden war, um Mutter auf die Intensivstation zu folgen. Er hoffte es. Seine Mutter Henriette, das wusste Arcus, hatte sich mit sogenannten *Pageturnern* begnügt. Johannes, sein Bruder, hatte, außer Machiavellis Büchern, die er nicht verstand, kaum gelesen. Judith, seine Schwester, war, das stand für Arcus fest, um einiges intelligenter als Johannes. Nicht ohne Kalkül, nicht ohne Geschäftssinn. Und doch hätten auch ihr die klaren Gedanken Montaignes gutgetan. Vielleicht hätte sie länger gelebt, wäre clean geworden, hätte die Welt nicht von oben herab mit zynischem Blick seziert. Manchmal überraschte es Arcus, dass er sie immer noch vermisste. An Johannes dachte er kaum, doch um Judith tat es ihm leid. Und das, obwohl sie sich, wann immer es ihr möglich gewesen war, über ihn lustig gemacht hatte.

Mehrmals war Judith – er musste etwa dreizehn Jahre alt gewesen sein, sie sechzehn – nach dem Duschen zu ihm ins Zimmer gekommen, den ohnehin knappen Bademantel auf den Boden geworfen, sich auf Arcus' Bett gesetzt und die Beine gespreizt hatte. Sie denke, sie habe dort ein Wimmerl, hatte sie dann gemeint. Ob er nicht nachsehen könne. Sie habe auch eine Lupe mitgebracht, falls er blind sei. Und ein andermal: Er solle bitte kontrollieren, ob sie sich unten überall schön rasiert habe, da sie das von ihrer Perspektive aus nicht so gut überprüfen könne. Und noch ein andermal: Ob er eigentlich finde, dass sie schöne Schamlippen habe? Arcus waren solcherlei Aktionen stets unglaublich peinlich gewesen. Warum musste sich Judith bei jeder Gelegenheit ausziehen und bei schönem Wetter durch ihr Zimmerfenster nach draußen steigen und sich auf dem Gitter, das zum Dach führte, sonnen, für alle Passanten mehr oder weniger gut sichtbar? Was gab es ihr, andere mit ihrer Nacktheit zu konfrontieren? Ihre Vulva sehe jedenfalls nicht entstellt aus, hatte Arcus damals kurzatmig geantwortet, als sie ihn gezwungen hatte, hinzusehen. Er hatte gewusst, dass er diesen Anblick nicht mehr würde vergessen können. Und nein, da sei kein Wimmerl und auch Haare könne er keine entdecken. Sie solle bitte ihre Beine wieder zusammentun und gehen. Und das hatte sie dann auch getan, stets mit triumphierender Miene und einem herablassenden Lächeln auf den Lippen. Arcus klang noch das Gelächter am Flur in den Ohren, als Judith Johannes davon erzählte. »Und er hat tatsächlich hingeschaut?«, hatte Johannes gefragt und war in ein noch lauteres Gelächter gefallen. »Er hat ja sonst nichts zu schauen, der Freak, weil er so arm ist, so introvertiert, so schüchtern!«

Sonnenstrahlen fielen durch die Fenster der Bibliothek, sodass sich das Licht und die Stimmung im ganzen Raum veränderten. Wenige Sekunden später war es wieder dunkel wie zuvor, nur um im nächsten Augenblick wieder hell zu werden. Die Wolken zogen schnell und tief über die Dächer der Stadt. Der Wind pfiff durch ein gekipptes Fenster. Arcus' Blick fiel auf die Regale, die bis aufs Letzte leergeräumt waren. Mit Neugierde ließ er seine Finger über das rotbraun geäderte Mahagoniholz gleiten. Maria hatte, zu Arcus' großer Überraschung, keinem Staubkorn erlaubt, sich hier niederzulassen. Vielleicht putzte sie doch lieber als gedacht? Wie kam sie überhaupt mit dieser Trinität – Gärtnern, Reinigen, Kochen – zurecht? Hatte er an ihr Augenringe entdeckt, die zuvor noch nicht vorhanden waren? Dieses Chaos habe auch etwas Gutes, hatte Maria ihm gestern mit verschwitztem Gesicht gesagt. Wo nun alles auf den Kopf gestellt sei, könne sie wenigstens jeden erdenklichen Winkel mit dem Waschlappen erreichen. Und nach dem Schlüssel für den Safe suchen, hatte er hinzugefügt. Ach ja, hatte sie fiebrig geantwortet, ja, das auch.

Logisch betrachtet, sinnierte Arcus, konnte er nur in Ulrichs Arbeitszimmer zu finden sein. Aber dort war er nicht. Genauer noch als alle anderen Räume hatte Arcus diesen durchsucht. Wie zum Trotz trugen ihn seine Füße in den angrenzenden Raum, der ohne die physische Anwesenheit seines Vaters nicht nur leblos, sondern beklemmend auf ihn wirkte. Als er hinter sich ein Rascheln vernahm, drehte er sich alarmiert um.

»Ich hoffe, ich habe Sie nicht erschreckt«, sagte Elsbeth mit monotoner Stimme.

Erst nach ein paar Sekunden erkannte Arcus in ihr die private Buchhalterin seines Vaters. Auf sie hatte er völlig vergessen. War sie überhaupt auf dem Begräbnis gewesen? Arcus wusste von Judith, dass Elsbeth und Ulrich einander nahegestanden waren, sogar *sehr nahe*, sofern die Anekdoten seiner Schwester der Wahrheit entsprochen hatten. Aber wo waren die tiefen Falten hingekommen, die sich noch vor einem halben Jahr über Elsbeths Stirn, und beiderseits ihres Mundes und ihrer Augen gezogen hatten? Hatte sie mit ihrer Schönheits-OP ein schlechtes Timing gehabt? War sie unter dem Messer gelegen, während ihr nicht ganz so geheimer Liebhaber auf der Intensivstation sein Leben ausgehaucht hatte?

Auf Stöckelschuhen schritt Elsbeth, die Haare am Hinterkopf zu einem Knoten zusammengebunden, um den exklusiv wirkenden Schreibtisch aus Nussholz, den Ulrich extra nach ihren Anforderungen von einem Tischler hatte anfertigen lassen. Sie setzte sich auf den Drehstuhl und faltete die Hände. Die OP hatte sie in Arcus' Augen zweifelsfrei älter gemacht, jedenfalls unnatürlicher.

»Nicht über Ihre Anwesenheit bin ich erschrocken«, sagte Arcus schließlich, »sondern über die Abwesenheit Ihrer einstigen Gesichtszüge.«

»Was ich mit meinem Körper mache, geht Sie nichts an«, gab Elsbeth zu verstehen.

Sie wirkte nicht überrascht. Sie zog eine Schublade auf, holte einen dunkelgrünen, dicken Ordner daraus hervor, legte ihn behutsam auf den Schreibtisch und öffnete ihn, blätterte in etwa in die Mitte der eingehefteten Zettel und gab vor, etwas zu überprüfen.

Arcus drehte sich um und ging zu Ulrichs Schreibtisch, der ungleich größer war, zog seinerseits eine der Schubladen auf und knallte einen Ordner auf die Tischplatte.

»Was fällt Ihnen ein«, sagte sie plötzlich und nahm Arcus' Gesicht ins Visier. »Was fällt Ihnen ein, all diese Unterlagen«, ihre Hand zeichnete eine Kreisbewegung in den Raum, der, wie alle anderen Räume, nach dem Schlüssel durchsucht worden war, »so durcheinanderzubringen? Haben Sie denn nichts gelernt von Ihrem Vater?«

»Zum Glück habe ich nichts von ihm gelernt«, gab Arcus zu verstehen.

Elsbeth schüttelte den Kopf, als stellte das Chaos im Arbeitszimmer eine persönliche Kränkung dar, äußerte ein knappes *Aha*, und schloss den Ordner, den sie vor sich liegen hatte.

»Sie haben recht«, sagte Arcus. »Ich hätte das Zimmer nicht durchwühlen lassen sollen. Ich benötige weiterhin Ihre Hilfe, da ich mich mit Finanzen nicht auskenne.«

»Ach, was Sie nicht sagen«, meinte Elsbeth mit bitterem Lächeln. »Ich werde Ihnen sicherlich nicht dabei helfen, das Familienvermächtnis zu zerstören.«

»Das Familienvermächtnis?«, lachte Arcus. »Mit Verlaub, aber die Besitztümer meiner Familie gehen Sie ebenso wenig an wie mich ihr Körper.«

Arcus versprach ihr, sie keinesfalls zu feuern, sondern ihr wie den anderen Angestellten eine Gehaltserhöhung, Sonderzahlungen zu Geburtstag und Namenstag, frei wählbaren, unbegrenzten Urlaub und eine Viertagewoche zuzugestehen. Im Gegenzug verlangte er Informationen über alle in seinem Besitz befindlichen Kunstwerke, die seine Eltern Zeit ihres Lebens angehäuft hatten. Arcus wusste vom Kunstarchiv, das Mutter hatte anlegen lassen. Er wusste, dass neunundneunzig Prozent davon kitschige, mehr oder weniger wertvolle Gemälde sein mussten. Er würde sie über ein Auktionshaus verkaufen lassen. Außerdem bat er Elsbeth – und bemühte sich dabei um einen gleichgültigen Ton –, sich mit dem Vermögensverwalter und dem Finanzberater zusammenzusetzen, um alle bestehenden Aktien zu versilbern, die Yacht zu verkaufen, den Privatjet, die Hubschrauber, alle Firmenanteile, seien es Briefkastenfirmen oder tatsächlich existierende, zu veräußern, sowie den Verkauf aller Immobilien in seinem Privatbesitz außer dem Anwesen hier in Mödling vorzubereiten. Er wolle natürlich auf den Posten des CEO der Firma verzichten. Mehr noch. Er wolle mit diesem Imperium nichts mehr zu tun haben.

Das Vermögen der Familie Himmeltroff-Gütersloh gründe und beruhe auf dem Handel mit Immobilien, sagte Elsbeth mit einem plötzlichen Ernst, der den vorherigen – und das hätte Arcus kaum für möglich gehalten – nochmals übertraf, wobei Arcus sie seinen Nachnamen in einer Art und Weise aussprechen hörte, als sähe sie ihn nicht als Teil seiner Familie, als wäre er für sie kein rechtmäßiger Erbe. »Erstens«, schnaufte sie, »wäre eine horrende Steuersumme an den Staat abzugeben.

Und zweitens würden Sie, bei fehlenden Neuinvestitionen, zukünftig nichts mehr verdienen. Sie sehen also«, meinte Elsbeth abschließend, »dass es absolut unmöglich ist.« Bleich sah sie auf einmal aus, fast konnte man den weißen Schädelknochen durch ihre dünne Haut hindurch ausmachen.

»Natürlich ist es möglich«, entgegnete Arcus, dem es schwerfiel, das Lachen zu unterdrücken. »Ich brauche keine Wohnungen und Häuser, keine Aktien und Firmen, keine Hedgefonds und Steuervergünstigungen. Ich brauche keine Yacht, um nach Ibiza zu segeln. Und ich brauche ganz sicher kein beschissenes Flugzeug! Ich möchte, außer mit meiner eigenen Kunst, nichts mehr verdienen.« Arcus wartete kurz, dann sagte er leise, aber nachdrücklich: »Was ich jetzt brauche, ist Geld. Damit ich meine Ideen umsetzen kann.«

»Welche Ideen?«

»Die sind noch zu unausgegoren, um sich als fixe Gedanken in einem Gehirn zu etablieren«, sagte Arcus. »Bitte überlegen Sie sich, wie ich so rasch wie möglich zu sehr viel Bargeld kommen kann.«

»Sie möchten es anlegen?«

»Keine Ahnung, was ich genau möchte. Sagen Sie es mir!«

»Vielleicht Staatsanleihen«, murmelte Elsbeth. »Wenn sie innerhalb geringer Laufzeiten, sagen wir auf sechs Monate gehen, hätten wir regelmäßig große Teile Ihres Vermögens flüssig. Aber bedenken Sie: Das Vermögen sollte sich trotz allem nicht vermindern. Es sollte konstant steigen. Das ist kein Sprint, den wir hier absolvieren, sondern ein Marathon.«

»Es tut mir leid«, sagte Arcus, »aber es gibt kein Wir. Das gab es nie, auch wenn mein Vater Sie in dem Glauben ließ.«

»Ach, so ist das also?«, fragte Elsbeth und fügte hinzu: »Wie gut kannten Sie Ihren Vater?«

»Besser, als es mir lieb ist«, gab Arcus zu verstehen und blickte, in Erinnerungen verloren, zur Zimmerdecke.

»Was haben Sie mit all dem Geld vor?«, hakte Elsbeth abermals nach, die langsam einzusehen schien, dass Arcus nicht bluffte.

»Wie gesagt, das weiß ich noch nicht«, antwortete Arcus wahrheitsgemäß. »Vielleicht tapeziere ich damit die Villa aus.«

»Das ist doch krank«, sagte Elsbeth.

»Ich bin Künstler«, klärte Arcus sie auf. »Sie sind nicht die Erste, die diese beiden Begriffe verwechselt.« Und nach einer kurzen Pause fügte er hinzu: »Ihr Hals.«

»Was ist mit meinem Hals«, fragte Elsbeth und griff sich mit der Hand an die Kehle.

»An ihrem Hals kann man Sie noch erkennen.«

»Ich brauche Ihre Gehaltserhöhung nicht«, versetzte Elsbeth, ohne auf das Gesagte einzugehen. »Den zusätzlichen Urlaub und die Viertagewoche ebenso wenig.« Mittlerweile hatte sie wieder etwas Farbe bekommen.

»Sie kriegen sie trotzdem«, sagte Arcus gönnerhaft. »Aber natürlich steht es Ihnen jederzeit frei, zu kündigen. Nun, wären Sie in der Lage, die Arbeit fortzusetzen?«

»Natürlich bin ich dazu in der Lage«, zischte Elsbeth, der beim Sprechen ein Speicheltropfen aus dem Mund schoss und von ihr unbemerkt auf den Deckel des Ordners spritzte. »Denken Sie, ich habe Ihrem Vater bloß zugearbeitet? Ich war seine rechte Hand, habe den Laden, wenn Sie so möchten, seit beinahe fünfundzwanzig Jahren am Laufen gehalten. Ich weiß, Sie alle nennen mich hinter meinem Rücken *die Sekretärin*. Sie haben keine Ahnung. Dass ich Betriebswirtschaft studiert habe, das interessiert Sie nicht. Ich war, ich *bin* das Verbindungsglied zwischen der Familie Himmeltroff-Gütersloh und den Beratungsstäben und den Vermögensverwaltern und Finanzberatern, die aus Ihrem Geld... nun, Sie wissen schon... noch mehr Geld machen.« Hier zeichnete Elsbeth mit ihrer Hand ungeduldig eine Ellipse in die Luft. »Sie sehen nur, was Sie sehen wollen. Nicht einmal Johannes hat meinen Beitrag respektiert. Ulrich hingegen war... er war...«

Elsbeth blickte, als bade sie in einer schönen Erinnerung, mit plötzlich weicheren Gesichtszügen zu Arcus hinüber. Da löste sich eine Träne von ihrem rechten Auge, rann über die Wange und tropfte, nicht weit entfernt von ihrem Speichel, auf den Ordner. Sie entschuldigte sich, drehte den Bürostuhl um hundertachtzig Grad und trocknete ihr Gesicht mit einem Tuch, das sie aus ihrer Tasche hervorgeholt hatte.

»Ich versuche, meine Scheuklappen so weit wie möglich zu öffnen«, gab Arcus zu verstehen, »aber es gelingt mir nicht immer. Und ich war, zu meiner Entschuldigung, kaum hier, habe nicht an diesem... an diesem Leben teilgenommen. Ich schätze Ihren Beitrag. Bitte bleiben Sie.«

»Ich werde an Ulrichs Schreibtisch arbeiten«, meinte Elsbeth mit dem Rücken zu Arcus, nach zehn langen Sekunden. Sie brachte den Drehstuhl wieder in die vorherige Position und blickte ihren neuen Arbeitgeber an. Als dieser nichts dazu sagte, fügte sie mit großen Augen hinzu: »Seiner ist größer.«

Mit müden Beinen erklomm Arcus die Treppen ins zweite Obergeschoß. Er schlurfte den Flur entlang, der ihm schon als Kind, wenn er mitten in der Nacht das Schlafzimmer seiner Eltern gesucht und nicht selten versperrt vorgefunden hatte, endlos lang erschienen war. Die Nachttischladen seiner Eltern hatte er zwei Tage zuvor auf Marias Vorschlag hin selbst ausgeräumt. Arcus hatte sofort begriffen, dass sie keine Lust hatte, in den Schränkchen kompromittierende Dinge zu finden. Und sie hatte mit ihrer Annahme nicht unrecht gehabt: Mutters Tagebuch lag, mit einem dicken, schwarzen Haargummi verschnürt, auf der Bettdecke. Arcus nahm das in weiches Leder gebundene Büchlein in die Hände und zögerte, wie er schon zwei Tage zuvor gezögert hatte. *Henriette* stand winzig am rechten oberen Rand. Noch einmal fragte er sich, ob es pietätlos war, das Buch bereits wenige Wochen nach ihrem Tod zu öffnen. Er hatte noch keine Antwort auf seine Frage gefunden, da zogen seine Hände das Haarband zur Seite, sodass es gegen seine Finger schnalzte. Wo es nun schon einmal geöffnet war, sagte er sich mit einem Schulterzucken, konnte er genauso gut hineinlesen.

9

»Wie du siehst, ist Muriof schuld an ihrem Tod«, sagte Arcus ohne Traurigkeit. Ein klein wenig stolz war er, wie ein Amateur-Privatdetektiv. Er lehnte sich auf der dunkelblauen Stoffcouch zurück und begann zu niesen. Zuerst einmal, gefolgt von drei weiteren Niesern. Und noch einem.

»Sorry«, sagte Stéphanie. »Diesmal bin ich nicht dazugekommen, die Wohnung zu saugen.«

»Schon okay«, meinte Arcus und schnäuzte sich mit leicht geröteten Augen. »Wie du weißt, gewöhne ich mich manchmal daran. Außerdem möchte ich mich abhärten.«

»Soll ich Grete wieder reinholen?«

»Bei aller Liebe zu deinem Kätzchen«, sagte Arcus, »aber das halte ich nicht aus.«

Stéphanie nippte an ihrer breiten Teetasse, Arcus griff nach dem Espresso und leerte ihn mit einem Schluck.

»Und was machst du mit dem Wissen?«, fragte Stéphanie.

»Dass dieser Scharlatan sie umgebracht hat?«

»Das hat er ja nicht. Covid haben sie damals doch überstanden.«

»Das schon, aber dadurch waren sie geschwächt. So hat sie es im Tagebuch vermerkt. Dass Ulrich und sie – wann war die Pandemie nochmal? – sich seitdem nie mehr wirklich davon erholt hatten. Beide nicht. Ihre Lungenentzündung und seine Raucherei zuvor waren wohl als Vorbelastung zu viel des Guten. Da war es dann für die Grippe ein

Leichtes, die alten, angezählten Körper hinwegzuraffen... Keine Ahnung. Vielleicht brenne ich Muriofs Hütte im Wald nieder.«

»Du willst Dr. Muriofs Hütte niederbrennen?«

»Du weißt aber schon, dass er gar keinen akademischen Titel besitzt?« Als Stéphanie nicht antwortete, redete Arcus weiter: »Der Doktortitel vor seinem Nachnamen ist in Wirklichkeit nur die ungemein clevere Abkürzung seines Vornamens.«

»Und das steht alles in Henriettes Tagebuch?«

»Nein«, sagte Arcus. »Manches steht im Internet. Ich war auch schon dort, bei der Hütte, habe durch die schmalen Fenster hineingelugt. Die Pölster für die Meditationen liegen nach wie vor penibel im Kreis, auch wenn dort seit dem Cluster nichts mehr stattgefunden hat.«

»Unvorstellbar, dass sich deine Mutter von diesem Möchtegern-Guru damals so täuschen ließ.«

»Was ich nicht verstehe, ist, wie Mutter meinen Vater davon abbringen konnte, sich impfen zu lassen.«

»Stimmt«, überlegte Stéphanie. »Hat sich Ulrich nicht immer als Mann der Wissenschaft gebrüstet?«

»Als Mann der Wirtschaftswissenschaft«, ergänzte Arcus. »Und die perverse Ironie an der ganzen Sache ist, dass, wie ich bei der Durchsicht seiner Papiere erkennen konnte, die letzten Investitionen in einige Pharmafirmen geflossen sind.«

»Henriette muss Ulrich erpresst haben«, meinte Stéphanie nach einer Weile.

»Davon steht nichts im Tagebuch«, entgegnete Arcus.

»Es muss ihr zu heikel gewesen sein, um es auf Papier niederzuschreiben.«

»Du könntest recht haben«, murmelte Arcus.

»Und Dr. Muriof… ich meine Dragan Muriof, er hat tatsächlich mitten im Lockdown diesen Workshop abgehalten?«

»Die besondere planetare Konstellation an jenem Wochenende durfte, wie Mutter schreibt, nicht ungenutzt bleiben. Dieser Wichser war es überhaupt erst, der meine Eltern und sieben weitere angesteckt hat. Das hat Henriette festgehalten. Und dass sie ihrem geheiligten Schamanen vergebe. Trotz Intensivstation. Muriof wollte anscheinend nicht als Wunderheiler bezeichnet werden, denn Heilen sei seiner Ansicht nach kein Wunder, sondern Pflicht. Ich habe herausgefunden, dass er sich nicht Therapeut nennen durfte, also bezeichnete er sich als ganzheitlich agierender Humanenergetiker. Dass er Impfkritiker war und des Öfteren gemeinsam mit anderen Esoterikern und den Identitären vom rechten Lager in Wien demonstriert hat, versteht sich fast von selbst. Er war der Ansicht, dass nicht das Virus die Menschen töte, sondern die im Impfstoff mitgelieferte negative Energie. Dass diese nicht wiedergutzumachende energetische Blockaden hervorrufe, die das Leben nicht nur um viele Jahre verkürze, sondern auch unangenehme chronische Krankheiten und überhaupt viele Jahre karmisches Leid und seelischen Kummer brächte. Freilich auch über den Tod hinaus!«

Arcus lachte, aber sein Lachen klang nicht befreit. Ein leises Ticken war von der Uhr aus der Küche zu vernehmen. Dann und wann Motorenlärm von den Autos, den Lastwägen und den vielen Bussen, die in kurzen Abständen an Stéphanies Wohnung vorbeiratterten. Obwohl die Sonne bereits halb hinter dem gegenüberliegenden Hochhaus verschwunden war, reflektierten die weißen Möbel im Wohnzimmer ihre Strahlen. Arcus kniff die Augen zusammen und rieb mit dem Daumen über seine Handknöchel.

»Und was steht im Letzten?«, wollte Stéphanie wissen.

»Im letzten was?«, fragte Arcus etwas gereizt.

»Im letzten Tagebucheintrag.«

Arcus sagte lange nichts, stand auf, ging in die Küche und schenkte sich einen zweiten Espresso ein, nahm wieder auf der Couch Platz und nippte an seiner kleinen Tasse.

»Ich wünschte«, sagte er, »sie hätte niedergeschrieben, dass sie bereut, seit meiner Entscheidung für die Kunst nicht mehr Zeit mit mir verbracht zu haben. Dass sie mich liebt, obwohl ich mich für einen Weg entschieden habe, der als Spross in der Familie Himmeltroff-Gütersloh nicht vorgesehen war. Sowas in der Art.«

Arcus' Nase klang plötzlich verstopft. Er schnäuzte sich.

»Ist nur wegen der Katze«, sagte er, darauf achtend, Stéphanie nicht in die Augen zu schauen.

»Es ist selten, dass du dir etwas vormachst«, meinte diese mit verständnisvollem Lächeln.

Die Sonnenstrahlen drangen mittlerweile nur noch indirekt ins Wohnzimmer. Stéphanie erhob sich, sagte, dass sie, bevor sie sich auf den Weg machten, noch schnell unter die Dusche hüpfen wolle, ging ins Schlafzimmer, um sich frische Unterwäsche zu holen und rief nach Anouk. Mit starrem, aufs Handy gerichteten Blick schlich diese kurz darauf ins Wohnzimmer und fragte, ohne aufzusehen, was sie von ihr wolle. Ob sie schon bemerkt habe, fragte Stéphanie, dass Besuch gekommen sei? Anouk blickte kurz über den oberen Rand ihres Telefons, nahm den pinken Lutscher in ihre rechte Hand und sagte: »Ah, hi«, steckte sich den Lutscher wieder in den Mund und tippte mit beiden Daumen etwas aufs Display.

»Setzt du dich zu Arcus und leistest ihm während meiner Abwesenheit ein wenig Gesellschaft?«, sagte Stéphanie, und es klang mehr nach einem Befehl als nach einer Bitte.

»Das ist doch nicht nötig«, sagte Arcus, der sich, nachdem er den Satz ausgesprochen hatte, plötzlich sehr alt vorkam.

»Doch, ist es!«, sagte Stéphanie, die sich hinter Anouk gestellt hatte, und ohne, dass diese es bemerkte, mit einer Hand einen quakenden Gänseschnabel nachahmte, wohl um Arcus zu bitten, sich ein wenig mit Anouk zu unterhalten. Etwas in Arcus' Gehirn machte klick, als ihm einfiel, dass sich Stéphanie in letzter Zeit Sorgen über den nicht enden wollenden Medienkonsum ihrer pubertierenden Tochter gemacht hatte. »Und nimm den Lutscher aus dem Mund!«, fügte Stéphanie hinzu. Sie wisse, dass ihr großes Idol – abermals wandte Stéphanie ihren Kopf zu Arcus, um ihm lautlos den Namen der Celebrity mit ihrem Mund zu formen – die ganze Zeit einen Lutscher im Mund habe, aber das mache jemanden noch lange nicht beliebt.

»Wer sagt, dass ich beliebt sein will«, maulte Anouk, die sich zum dreizehnten Geburtstag – Stichwort Idol – gewünscht hatte, sich die Haare teilweise grün färben zu dürfen. »Und der Lutscher schmeckt mir halt.«

»Deine Zahnärztin wird nichts dagegen haben«, sagte Stéphanie. »Sie wird an deinem Gebiss gut verdienen.«

Anouk seufzte, warf sich zu Arcus auf die Couch, sodass sein ganzer Körper von der Federkernmatratze wellenartig in die Höhe bewegt wurde, nahm den Lutscher aus dem Mund und legte ihn in eine mit Erdnüssen gefüllte Schale.

Stéphanie schüttelte den Kopf und ging ins Bad.

»Seit wann bist du für Mama ein Besuch?«, fragte Anouk mit gerunzelter Stirn.

»Wie meinst du das?«

»Na, du bist doch immer hier«, meinte Anouk. »Wenn du immer hier bist, dann bist du doch kein Besucher, sondern ein...« Anouk überlegte.

»Freund?«, schlug Arcus vor.

»Genau«, pflichtete sie ihm bei. »Und das schon lange vor meiner Geburt, nicht wahr? Mama hat mir erzählt, dass ich eine Zeitlang zu dir Papa gesagt habe.«

»Ach ja?«, sagte er. »Das hat sie dir erzählt?«

Arcus bekam unwillkürlich einen glasigen Blick. Anouk schien bemerkt zu haben, dass die Unterhaltung etwas in Arcus auslöste und sagte für eine Weile nichts. Dann blinzelte Arcus und tauchte wieder auf aus seinen Gedanken. Er fragte Anouk, was sie gerade auf ihrem Handy spiele.

»Ich spiele nicht, ich chatte«, sagte Anouk etwas gelangweilt und hielt ihm den Bildschirm hin, wie um ihm zu beweisen, dass sie die Wahrheit sagte.

»Und wem schreibst du?«

»Einer Freundin«, meinte Anouk.

»Und worüber unterhaltet ihr euch? Über die Klimakrise? Über die Flüchtenden? Über die bevorstehenden Wahlen? Mit einigem Glück sogar über Kunst?«

»Kunst?«, schnaubte sie. »Wir reden über wichtige Dinge.«

»Ach«, meinte Arcus und tat so, als hätte ihn diese Aussage nicht verletzt. »Wie zum Beispiel?«

»Ihre erste Regelblutung«, sagte Anouk mit ernstem Gesichtsausdruck.

»Es gibt nicht viele Dinge, die wichtiger sind als Kunst«, gestand Arcus ein. »Aber die erste Menstruation zählt wahrscheinlich dazu.«

Anouk grinste und wippte mit dem Oberkörper hin und her, setzte zum Sprechen an, ließ es dann aber bleiben.

»Du möchtest mich etwas fragen?«

»Ja«, murmelte sie. »Nein, eigentlich nicht. Ich sollte besser nicht.«

»Es gibt nichts, das du nicht solltest. Du kannst alles«, sagte Arcus und legte eine kurze Pause ein, um sich zu Anouk zu drehen. »Du kannst alles denken und alles sagen. Ich weiß, das erzählt euch niemand im Unterricht, und warum nicht? Weil euch die Erwachsenen kleinhalten wollen. Vor allem die jungen Frauen sollen stumm sein, damit sie es für später gut verinnerlicht haben.«

»Okay«, sagte Anouk etwas zu schnell, als dass sie über den Wahrheitsgehalt des Gesagten hätte Schlüsse auf ihre eigenen Prägungen ziehen können.

»Okay?«, wiederholte Arcus, der mit fragendem Blick auf eine weitere Aussage Anouks wartete. Sie sah ihm flüchtig in die Augen.

Arcus betrachtete Anouks Gesicht mit der neuen Frisur von der Seite und bemerkte die etwas gebeugte, sicherlich nicht gesunde Haltung ihres Oberkörpers. Er war dabei gewesen, als Anouk auf die Welt gekommen war. Nicht im Kreißsaal, aber immerhin im Warteraum. Anouks Vater war nicht erschienen. Das hatte sich bereits in den Wochen vor der Geburt abgezeichnet. Also war er es, der Baby Anouk in die Arme gelegt bekommen hatte, als Stéphanie den kleinen Körper vor Müdigkeit nicht mehr hatte halten können. Seitdem war sie wie eine Tochter für ihn. Und er wie ein Vater. Das *Wie* in diesem Zusammenhang hatte ihn nie gestört. Er war ja auch nicht *der* Vater, der leibliche, der selbst ein paar Jahre nach ihrer Geburt die Chance gehabt hätte, zurückzukehren. Noch lange hatte Arcus das Warten in Stéphanies Augen nachglühen gesehen. Dass er nicht zurückkommen würde, war für Arcus klar gewesen, bloß Stéphanie wollte es nicht hinnehmen. Das *Wie* – so sah es zumindest Arcus – stand für eine hauchdünne Distanz, eine Art Vorsicht oder Rücksichtname, die Anouk ihm entgegenbrachte. Bei aller Verfügbarkeit schien er ihr irgendetwas nicht geben zu können, das wusste er; er wusste nur nicht, was.

»Es ist so«, begann Anouk. »Und bitte nicht lachen, aber ich möchte mich schminken.« Anouk hielt inne, um abzuwarten, wie Arcus reagieren würde. Der lachte nicht, also sprach sie weiter: »Nicht, weil ich denke, dadurch attraktiver zu sein oder so. Ich bin ja nicht blöd.«

»Du bist vieles«, kommentierte Arcus, »aber ich stimme dir zu, blöd bist du sicherlich nicht.«

Anouk lächelte und fuhr fort: »Ich will es einfach mal ausprobieren. Einige meiner Freundinnen schminken sich. Bei der einen gefällt es mir, bei der anderen nicht so. Mama hat im Bad jedenfalls nichts rumliegen.«

»Sie ist nie geschminkt«, stellte Arcus fest. »Weißt du, warum?«

»Keine Ahnung«, pfiff Anouk durch ihre schmalen Lippen. »Sie hat mal was davon geschwafelt, dass sie echt sein will.« Beim Wort *echt* malte sie mit ihren Fingern Anführungszeichen in die Luft. »Und dass sie die Kosmetikkonzerne mit ihren Tierversuchen nicht unterstützen will.«

»Das sind zwei gute Gründe, um es bleiben zu lassen«, sagte Arcus. »Aber du möchtest dich ja nicht schminken im Sinne einer Verschönerung, eines Anpassens an gesellschaftliche Erwartungen, sondern dich interessiert Schminke einfach wegen der Schminke an sich, als haptisches Objekt, als visuelles Experiment?«

Anouk nickte vorsichtig, da sie sich nicht sicher war, worauf Arcus mit seiner Aussage hinauswollte und ob sie ihn überhaupt richtig verstanden hatte.

»Du möchtest es einfach mal ausprobieren, nicht wegen irgendwem, sondern wegen dir selbst. Für dich. Stimmt das so?«

»Stimmt«, sagte Anouk, erleichtert darüber, dass endlich ein Erwachsener kapierte, was sie meinte und griff nach ihrem Lutscher, legte ihn aber, nachdem sie bemerkt hatte, dass einige Nusshälften an ihm hafteten, wieder zurück in die Schale.

»Aber wo liegt das Problem?«, fragte Arcus.

»Na, erstens, Mama mag es nicht und zweitens habe ich mein Taschengeld bereits fürs neue Handy ausgegeben.« Sie nahm es in die Hand, entsperrte den Bildschirm, legte es neben sich auf die Couch. »Mehr als ausgegeben«, sagte sie. »Ich habe Schulden.«

»Bei wem?«, fragte Arcus.

»Na, bei meiner Mama«, gab Anouk zu verstehen. »Bei wem sonst?«

In diesem Moment klingelte jemand an der Tür. Anouk stand auf und verschwand mit schnellen Schritten im Flur. Arcus senkte den Kopf, betrachtete das Handy, das nach wie vor entsperrt neben ihm lag. Die Chatnachrichten von vorhin waren noch zu sehen. Arcus fragte sich, ob es moralisch in Ordnung war, einen kurzen Blick zu wagen, aber da hatte er bereits ein paar Nachrichten überflogen. Es ging nicht um die erste Regelblutung. Die Nachrichten waren auch gar nicht an eine Freundin gerichtet. Anouk chattete mit ihrem Vater. Arcus scrollte nach oben. Auf zehn lange Nachrichten von Anouk kam eine kurze, knappe, einzeilige Antwort. Die letzten Nachrichten drehten sich, wenig überraschend, ums Schminken. Sie hatte ihren Vater um Geld gebeten. Ein lakonisches *in zwei Jahren kannst du einen Ferialjob annehmen* war seine Antwort gewesen. Arcus hasste ihn immer schon. Lukas. Oder *Luke*, wie er sich nannte beziehungsweise von seinen Leuten in der Musikszene gerne nennen ließ. Nun hasste er ihn noch mehr als zuvor, was Arcus kaum für möglich gehalten hatte. Dass er Stéphanie kurz vor der Entbindung verlassen hatte, da er mit der plötzlichen Wahrheit, ein selbstdenkendes Wesen gezeugt zu haben, scheinbar nicht umgehen konnte. Dass er sich eingeschränkt gefühlt hatte, seiner Freiheit beraubt. Dass er es nicht mal auf die Reihe brachte, Anouk pünktlich zum Geburtstag zu gratulieren. Dass er es kaum schaffte, sie einmal im Jahr zu sehen. Dass er als Live-Tontechniker mit einigen Rockbands durch Europa und die Welt tourte und also ständig unterwegs war, konnte man nicht ändern. Es war sein Beruf und auch vor Anouks Geburt war er nie länger als ein paar Wochen an einem Ort gewesen, doch ein Kind, fand Arcus, sollte eine Veränderung in einem Menschen hervorrufen. Zumal es, wie Stéphanie ihm verraten hatte, ein Wunschkind gewesen war. Mit seiner beruflichen Erfahrung hätte Lukas mit Leichtigkeit in einem Wiener Nachtclub als Haustontechniker anheuern oder als Studioassistent oder Live-Techniker in Wien und Umgebung arbeiten können. Aber das Unterwegssein, dachte Arcus, war diesem Feigling wichtiger als die gesunde Entwicklung seiner Tochter.

Arcus wurde bewusst, dass er mit den Zähnen knirschte, lockerte seinen Kiefer und deaktivierte das Display. Wenige Sekunden später erschien Anouk mit einem kleinen Päckchen in der Hand im Wohnzimmer.

»Von Papa!«, sagte sie mit strahlenden Augen und machte sich sogleich mit Eifer daran, es zu öffnen. Arcus fiel es schwer, zu lächeln.

Im selben Moment kam Stéphanie, in ein bunt geblümtes Handtuch gewickelt, aus dem Bad.

»Es ist dunkel hier«, sagte sie, und knipste mit ihrer Ferse die Stehlampe an, die ihren Körper mit einem gelblichen, langsam heller werdenden Lichtschein von der Seite beleuchtete. Sie hielt den Kopf etwas schief, band sich die noch nassen Haare zusammen und fragte Arcus, ob er wisse, wo sie ihre Kleider hingelegt habe? Arcus schüttelte langsam den Kopf, betrachtete Stéphanies nackte Schultern, die hervortretenden Schlüsselbeine und ihren langen Hals, er betrachtete ihre kleinen Füße und ihre Knie, die an den Innenseiten Muttermale aufwiesen, als wären es zwei Liebende, die sich küssten, wenn Stéphanie die Beine fest zusammenpresste. Für einen Augenblick schien Arcus wie weggetreten. Niemand bemerkte seine Abwesenheit. Stéphanie fand ihre Unterwäsche auf der Kommode und huschte zurück ins Bad, um sich die Haare zu föhnen, während Anouk ihr in Zeitungspapier eingewickeltes Geschenk aufriss, das, nachdem Stéphanie Lukas per Mail an den Geburtstag ihrer Tochter erinnert hatte, wie zu erwarten, zweieinhalb Wochen zu spät angekommen war.

»Es ist ein...«; Anouk stockte und las den beigelegten Brief, eigentlich von der Größe her mehr ein Notizzettel. »Anscheinend ist es ein DAC Dongle«, sagte sie und hielt das winzige Kästchen ein Stück von sich weg, als wäre es giftig. Bevor Arcus fragen konnte, was das sei, sagte sie: »Papa schreibt, es ist ein digital-to-analog converter inklusive headphone amp. Damit kann man... ja, hier schreibt er, dass man mit diesem Ding anscheinend Musik in Studio-Qualität anhören kann, wenn man es mit dem Handy verbindet. Und dann schreibt er noch: *Ps.: Fuck MP3!*«

»Keine schöne Ausdrucksweise«, sagte Arcus.

»Aber eine, die ich verstehe«, entgegnete Anouk schmunzelnd.

»Hast du dir das gewünscht?«, wollte Arcus wissen.

»Äh...«, machte Anouk. »Er überrascht mich gerne.« Sie nahm ihr Handy zur Hand, um etwas hineinzutippen.

»Sehr freundlich formuliert«, murmelte Arcus. »Dein Vater wird es von jemandem gratis zugesteckt bekommen haben und nichts damit anfangen können.«

»Was?«, sagte Anouk und blickte von ihrem Handy auf.

»Es heißt nicht *was*, sondern *wie bitte*«, korrigierte sie Stéphanie, die soeben aus dem Bad gekommen war und durchs Wohnzimmer flitzte, um sogleich im Schlafzimmer zu verschwinden. Arcus hatte sie nicht aus den Augen gelassen; und er konnte sich, wenn er nun zurückdachte, nicht erinnern, sie jemals in Slip und BH gesehen zu haben, was ihm, nach all den Jahren, die sie sich nun kannten, beinahe absurd erschien. Im Badeanzug? Ja, unzählige Male. Doch das war nicht dasselbe. Ganz und gar nicht.

Da schnipste Anouk mit ihren Fingern. Es war ein sehr leises Schnipsen – sie konnte es noch nicht so gut –, doch genügte es, um Arcus zurück in die Gegenwart zu holen.

»Kann es sein, dass du soeben meiner Mutter auf den Hintern gestarrt hast?«, fragte sie.

»Könnte durchaus sein«, antwortete Arcus mit nach oben gezogenen Schultern, während er spürte, wie ihm das Blut in den Kopf schoss.

»Gut«, meinte Anouk.

Arcus fragte sich, was ihr *gut* zu bedeuten hatte, da kam Stéphanie in einem eleganten, schwarzen Kleid aus dem Schlafzimmer, das vom Stil her auch zum Ende der Sechzigerjahre gepasst hätte.

»Wir gehen ins Theater«, sagte Stéphanie, nachdem sie Arcus' fragenden Blick erkannt hatte. »Das ist eine sehr ernste Sache, da trägt frau Schwarz, nicht wie bei einem Begräbnis.« Stéphanie sah kurz auf ihre Armbanduhr. »Wir sollten bald los. Bist du so weit?«

Sie ging, ohne auf seine Antwort zu warten, in den Eingangsbereich ihrer kleinen Wohnung und rief ins Wohnzimmer, dass sie draußen warte, da sie noch ein kurzes Telefonat führen müsse.

»Arcus?«, fragte Anouk, als die Tür ins Schloss gefallen war.

»Ja?«

»Kommst du dir neben Mama...«, fragte sie leise und besah Arcus von Kopf bis Fuß. »Also kommst du dir neben Mama im Theater eigentlich nicht ein bisschen, ich weiß nicht, schäbig vor? Ich meine, mit den kaputten Jeans und so?«

Arcus hüstelte, besah sich seine Jeans, oder besser gesagt, die Stoffreste, die davon noch übrig waren, gestand, dass er darüber noch nicht eingehend nachgedacht habe und fragte, ob solche Jeans etwa nicht *in* seien.

»Die, die man aufgerissen kaufen kann«, behauptete Anouk mit sorgenvollem Gesicht. »Die vielleicht. Aber deine sind nicht aufgerissen; die sind komplett zerfetzt. Ich mein, dass die nicht absichtlich so aussehen, das kann man erkennen.«

»Wer ist eigentlich *man*?«, fragte Arcus.

»Immer dieses Ausbessern!«, zischelte Anouk. »Du musst aufpassen, dass du nicht zu meiner Mama wirst.«

»Ich habe dich nicht ausgebessert«, meinte Arcus mit ruhiger Stimme. »Ich habe dir eine Frage gestellt.«

»Gut, aber eine belehrende.«

»Nein, mich interessiert es wirklich.«

»Nicht vom Thema ablenken«, beharrte Anouk und bewegte den Zeigefinger vor ihrem Gesicht hin und her. »Kannst du dir keine neuen Jeans leisten?«

»Du musst wissen, ich verdiene relativ wenig als Künstler.«

Arcus nahm einen abstehenden Fetzen seiner Jeans in die Hand und besah dessen Innen- und Außenseite.

»Äh…«, machte Anouk. »Aber du bist doch reich, oder etwa nicht?«

»Meine Eltern waren reich.«

»Ja, und nun bist *du* reich.«

Arcus sagte lange nichts und starrte auf den klebrigen Lutscher mit den Nusshälften daran.

»Ich denke ... Ja, ich denke, du hast recht«, sagte er mit kaum merkbarem Nicken. »Morgen werde ich einen Blick aufs Konto werfen und mir neue, absichtlich aufgerissene Jeans kaufen«, sagte er und klatschte auf seine zum Teil nackten Oberschenkel, wie um sich zu beweisen, dass auf Worte Taten folgen würden.

»Solltest du genügend Geld am Konto haben«, sagte Anouk schmunzelnd, »dann kauf dir bitte was *wirklich* Schönes.«

»Ja, Mama.«

Anouk lächelte und sagte: »Im Ernst. Ein Sakko fürs Theater. Oder wenn du mal was mit jemandem essen gehen solltest.«

»Mit wem sollte ich mal was essen gehen?«, fragte Arcus überrascht.

»Na, mit meiner Mama oder so«, sagte Anouk, neigte den Kopf schnell zur Seite und betrachtete ihre Fingernägel, die trotz schwarzem und grünem Nagellack nicht darüber hinwegtäuschten, dass sie zum Teil arg abgebissen waren.

Da hörten die beiden, wie sich die Wohnungstür öffnete und Stéphanie ihnen vom Gang aus zurief, dass Arcus nun aber wirklich kommen müsse, sonst hätten sie keine Zeit, sich vor dem Stück zu betrinken, nur um kurz darauf, diesmal an Anouk gerichtet, hinzuzufügen, dass Alkohol sehr schlecht für den menschlichen Körper sei, sehr, sehr schlecht.

Arcus musste lachen.

»Darüber lachen nur Erwachsene«, bemerkte Anouk.

Arcus stand auf, nun wieder ernst, zog sein Portemonnaie aus der hinteren Hosentasche und entnahm ihm einen gefalteten Hundert-Euro-Schein, drückte ihn Anouk in die Hand und schloss ihre Finger um die Banknote.

»Aber...«

Arcus legte einen Zeigefinger an seine Lippen, zwinkerte ihr zu und sagte: »Erstens sagst du deiner Mama, dass du das Geld nicht von mir, sondern von deinem Vater bekommen hast, zweitens kauf dir etwas von Firmen, die nachhaltige Produkte anbieten, und drittens schau dir bitte, wenn du nach dem Auftragen der Schminke in den Spiegel blickst und dich fragst, ob du dir so besser gefällst, nicht ins Gesicht, sondern in dein Herz. Es wird dich nicht belügen.«

»Meine Mama sagt, dass ich das Wort Herz nicht zu oft in Sätze einbauen soll, weil es eine Aussage schnell kitschig klingen lässt.«

»Deine Mama hat absolut recht«, sagte Arcus beim Gehen. »Deshalb verwende ich es sehr selten und auch nur dann, wenn es wirklich wichtig ist.«

Anouk fiel ihre gebeugte Haltung auf. Sie streckte sich, dann lehnte sie sich zurück, betrachtete eingehend den Hundert-Euro-Schein und hob die Hand zum Abschied.

10

Arcus stand vor Matthias' großformatigen Ölgemälden, die anstelle gewöhnlicher Beleuchtung von minütlich wechselnden, farbigen LED-Lampen angestrahlt wurden; an Arcus' Blicken war nicht auszumachen, was er von den Werken halten mochte. Die knalligen Farblichter hatten den Effekt, dass sie sich, je nachdem, vor welchem der sieben Gemälde man sich gerade befand, auf Gesicht und Körper der Betrachtenden legten, und in weiterer Folge, laut Matthias, deren Stimmung beeinflussten. Wurden Orange- und Rottöne auf der Haut reflektiert, wirkte man gesund und entspannt, waren es Grün- oder Blautöne, wirkte man kränklich und kalt, war es Schwarzlicht, so konnte man gar depressiv und alt wirken. Fabian Mayernig, der Juniorkurator der Belvertina, hatte Matthias eingeladen, in seinem *contemporary claim* auszustellen, dem kleinen *Museum im Museum*, wie er es stets grinsend und mit zuckendem Kopf zu nennen pflegte. Arcus hatte Fabian auf ihn aufmerksam gemacht. Matthias war Profi genug, sich deswegen nicht bevorzugt oder gar schlecht zu fühlen. Als Künstler blieb ihm kaum etwas anderes übrig, als alles anzunehmen, was ihm angeboten wurde. Abgesehen davon galt eine kurze Ausstellung in der Belvertina, selbst in einem Nebenraum, als kleiner Ritterschlag, obschon die Arbeit, die damit verbunden war, wie üblich im Kunstbetrieb, unbezahlt blieb.

Arcus erinnerte sich an den Witz, den ihm Matthias erzählt hatte, als sie ihre Werke das erste Mal bei einem Rundgang der Akademie der bildenden Künste ausgestellt hatten, ein Witz, wenn es denn einer gewesen war, der offenbar auf Jean Sibelius zurückging und, ohne Beweise, auch Oscar Wilde zugeschrieben wurde:

»Treffen sich zwei Banker, reden sie über Kunst. Treffen sich zwei Künstler, reden sie über Geld«, hatte Matthias grinsend gesagt und anschließend an seinem Joint gezogen.

»Sag, trifft das nur auf Männer zu oder auch, wenn sich zwei Bankerinnen und zwei Künstlerinnen treffen? Und wie sieht mit Personen aus, die Bankgeschäfte betreiben, sowie mit künstlerisch tätigen Personen, die keinem Geschlecht oder beiden zugeordnet werden wollen? Und trifft der Witz auch auf potenziell außerirdische Geschöpfe zu, die unter Umständen gar kein Geschlecht oder überhaupt keinen Körper besitzen?«, hatte Arcus gefragt. »Wie sieht es mit denen aus?«

Matthias hatte lange nichts gesagt und geradeaus geblickt. Dann war er in ein extrem lautes Gelächter ausgebrochen, war, seinen Bauch mit beiden Händen haltend, zusammengesackt und gebeugt und zuckend auf dem kalten Betonboden zum Liegen gekommen, sodass sich mehrere Studierende aus den Fenstern gelehnt hatten, um einen Blick in den Hof zu werfen.

Arcus hatte keine Miene verzogen, da er nicht den blassesten Schimmer gehabt hatte, was an seiner ernst gemeinten Frage Matthias so amüsant gefunden haben mochte.

Zu seiner Überraschung hatte sich die Arbeit, die Arcus damals beim sogenannten Rundgang ausgestellt hatte, bereits am Ende des ersten Tages für eine Summe verkauft, die für Studierende – das verriet ihm später seine Professorin – unüblich hoch gewesen war. Das Kunstwerk war die Videodokumentation einer Performance, die er in einem dekorationslosen Raum mit weißen Wänden abgefilmt hatte. Zu sehen waren mehrere Einmachgläser in verschiedenen Größen, die er nach und nach mit all seinen Haaren füllte, die er sich mithilfe von Messern und Rasierern vom Körper geschnitten und geschoren hatte. Das größte Glas beinhaltete die Kopfhaare, das zweitgrößte die Schamhaare, dann folgten die Barthaare, die Achselhaare, die Haare an den Beinen und die Brusthaare. Das zweitkleinste Glas füllte sich langsam mit seinen Augenbrauen, das kleinste mit den Wimpern. Drei weitere Gläser beinhalteten bald seine Finger- und Zehennägel sowie einige Hautschuppen. Zusätzlich hatte er in mehreren Gläsern seine Körperflüssigkeiten konserviert: Ein Glas befüllte er mit seinem Kot, das er mit *Merda d'artista (Künstlerscheiße) 2.0* beschriftete – eine klare Reverenz an den italienischen Konzeptkünstler Piero Manzoni –, in einem anderen Glas befand sich bald Arcus' Urin, dann noch Gläser, in denen er seinen Speichel, sein Erbrochenes, sein Sperma, sein Nasensekret, sein Ohrenschmalz, seinen Schweiß, sein Blut und seine Tränen sammelte. Zwei zusätzliche Gläser beinhalteten einen Furz und seinen Atem. Das Video dauerte vierundfünfzig Minuten. Es hieß: *decontamination of an artist* und war sein erstes Werk, das er in der Öffentlichkeit zeigte. Für die Einmachgläser selbst (und deren Inhalt) bot ihm ein Käufer später eine Unsumme. Doch Arcus hatte sie längst entsorgt. Es sollte nichts übrigbleiben von seinem Tun. Die Dokumentation der Performance, das Video, sollte das Kunstwerk sein, nicht das Materielle, das nur während des Filmens von Bedeutung gewesen war. Seine Eltern hatten sich für seinen Anblick und für seine Arbeit, die er ihnen in Auszügen auf seinem Laptop vorab gezeigt hatte, so geschämt, dass sie ihr Versprechen, in seine Klasse zur Ausstellung zu kommen, nicht einhielten, es, wie sie später meinten, einfach nicht einhalten *durften*.

Jemand tippte Arcus auf die Schulter. Er drehte sich um und schaute einem müde dreinblickenden Marvin in die Augen, neben ihm Maria, die beiden händchenhaltend.

»Hi«, sagte sie mit strahlendem Lächeln.

»Hallo«, sagte Marvin, der neben Maria auf Arcus wirkte, als hätte er von jemandem eine lähmende Giftspritze in die Wangen injiziert bekommen.

»Du auch hier?«, fragte Arcus und sah dabei in Marias müde, dunkle Augen.

»Na ja«, murmelte Marvin, »man muss im Gespräch bleiben, sich zeigen, sich vernetzen, nicht wahr?«

»Nein«, sagte Arcus. »Muss man nicht. Deine Aufgabe als Künstler ist es nicht, im Gespräch zu bleiben, sondern einzigartige Arbeiten zu schaffen, die die Menschheit über ihr Dasein nachdenken lässt. Abgesehen davon war meine Frage an Maria gerichtet.«

»Es ist ja nicht so, dass ich mich nicht für Kunst interessiere«, meinte sie und gähnte mit vorgehaltener Hand. »Entschuldige, aber ich kenne mich bloß nicht aus, wie du weißt.«

»Mit dem Auskennen solltest du vorsichtig sein«, sagte Arcus. »Hörst du auf, Kunstwerke durch den unvoreingenommenen Anblick zu genießen, so fängst du an, deren monetären Wert zu beziffern.«

»Was per se nicht ganz schlecht ist«, warf Marvin mit leiser Stimme ein. »Ohne Geld kein Essen und kein Wohnen.«

»Wo wir dabei sind«, sagte Arcus. »Wie lebt es sich so in der Villa?«

»Oh«, machte Marvin. »Wunderbar.« Er versuchte, die Mundwinkel nach oben zu ziehen. Die Grimasse, die dabei herauskam, schien Maria Angst einzujagen. »Ich kann dir nicht dankbar genug sein«, sprach er weiter. »Es gibt Tage, da fahre ich gar nicht mehr nach Wien in mein Atelier und male, zum Leidwesen meiner Galeristin, lieber an kleinformatigen Werken in meinem Zimmer in Mödling. Ich meine, in *deinem*, das ich dankenswerterweise bewohnen darf.«

»Warum kleinformatig?«, wollte Arcus wissen.

»Nun ja«, sagte Marvin. »Das Zimmer ist, wie gesagt, ein Traum, bitte versteh mich nicht falsch, aber zum Arbeiten fehlt mir halt der Platz. Auch sind kleinere Rahmen günstiger von der Anschaffung her. Gleichzeitig nervt es mich, jeden Tag nach Wien fahren zu müssen, wenn ich…« Er schaute kurz zu Maria, dann wieder zu Arcus.

»Da ich ohnehin auch fürs Kochen zuständig bin, frühstücken wir für gewöhnlich im Speisesaal und essen auch zu Mittag gemeinsam«, sagte Maria, deren Gesicht beim Wechsel der Farben auf Arcus plötzlich ausgezehrt wirkte, sodass er sich fragte, ob er ihr zu viel Arbeit aufgehalst hatte. »Und wir gehen«, fuhr sie fort, »wenn ich eine Pause einlege, manchmal kurz spazieren oder so.«

»Das ist sehr schön«, sagte Arcus. »Ich freue mich für euch.«

An Marvins und Marias unsicheren Blicken war abzulesen, dass sie sich nicht sicher waren, ob Arcus eine ironische Bemerkung gemacht, oder das Gesagte ernst gemeint hatte.

»Ich... ich habe...«, stotterte Marvin. »Ich habe da noch eine Frage.«

»Nur raus damit.« Arcus tätschelte Marvin aufmunternd am Oberarm, fragte, ob er Geld brauche und sprach, ohne auf Marvins Frage zu warten, weiter: »Du hast vollkommen recht. Wenn du schon bei mir wohnst, sollst du auch malen dürfen. Großformatig, wie es sich gehört für einen großen Maler, nicht wahr?«

Diesmal schien sich Marvin sicher zu sein, dass Arcus' Kommentar ironisch gemeint war. Er öffnete seinen Mund, um zu sprechen, doch Arcus kam ihm abermals zuvor.

»Das Jagdzimmer«, sagte er. »Ich werde es renovieren lassen. Ja. Alles wird rausgerissen. Bis auf die Pistole. Die sollte als Objekt an der Wand bleiben. Als Erinnerung, dass es jederzeit vorbei sein kann, das schöne, grausliche Leben. Ich werde gleich morgen Willibald damit beauftragen, die Umbauarbeiten in die Wege zu leiten. Es wird Platz geschaffen, und dort sollst du malen. Und um aufs Geld zurückzukommen: Natürlich steht dir ein Stipendium, ein Aufenthaltsstipendium zu. Tut mir leid, dass ich nicht eher daran gedacht habe. Würden dir tausend Euro monatlich reichen? Ah, ich sehe schon, Marias Blick sagt mir, ich bin zu kleinlich. Und sie hat nicht unrecht. Teuerung, Inflation, Energiekrise. Dann eben zweitausend Euro. Ich werde Elsbeth Bescheid geben, damit sie einen Vertrag aufsetzt. Fühlt sich das für dich stimmig an?«

Marvin wirkte für ein paar Sekunden wie gelähmt, dann bekam er wässrige Augen. Er machte einen Schritt auf Arcus zu, warf sich ihm an die Brust und umschlang ihn mit seinen Armen so fest, als wäre dieser ein stämmiger Baum. Arcus klopfte Marvin besänftigend auf den Rücken. Fabian Mayernig und Matthias, die am anderen Ende des Ausstellungsraums in ein Gespräch vertieft waren, hielten, alarmiert durch Marvins plötzliches Schluchzen, inne und schielten in Arcus' Richtung. Dieser schüttelte nur den Kopf, während Maria betreten zu Boden blickte.

Als Marvin endlich von ihm abließ, wischte er sich mit den Ärmeln seines Pullovers übers Gesicht, bedankte sich mehrmals und sagte schließlich nach Luft ringend, dass er eigentlich bloß fragen wollte, ob eine befreundete Künstlerin, die im Moment keine Bleibe habe – Anaïs Posch, vielleicht kenne er sie? – ebenfalls eine Zeit lang ein Zimmerchen bei ihm in Mödling beziehen könne.

»In der Villa gibt es keine Zimmerchen«, sagte Arcus.

»Verstehe«, sagte Marvin. »Wenn es nicht geht, ist das überhaupt kein Problem.«

»Was ich sagen wollte«, stellte Arcus klar: »In der Villa gibt es keine Zimmerchen, sondern Zimmer. Die von Judith und Johannes – das sind, nein, das waren meine Geschwister – müssten inzwischen leergeräumt und frisch ausgemalt sein. Es gibt also genug Platz für Anaïs. Ich kenne und schätze besonders ihre politisch motivierten Filmarbeiten, in denen sie Hinrichtungen nachstellt, bloß hatte ich bis jetzt noch nicht das Vergnügen, sie persönlich kennenzulernen, was ich in baldiger Zukunft, wie ich hoffe, werde nachholen können. Richte ihr bitte von mir aus, dass sie jederzeit willkommen ist. Gib ihr meine Nummer und sag ihr, dass auch auf sie ein Stipendium wartet. Wenn sie möchte, kann sie auch ihr ganzes Kamera-Equipment mitbringen. Ihr werdet im Jagdzimmer – vielleicht sollten wir es von nun an besser Gemeinschaftsatelier nennen – genügend Platz finden, um Synergien herzustellen und euch künstlerisch zu befruchten.«

»Aber bitte nur künstlerisch«, lachte Maria verhalten.

Arcus musste lächeln, denn Marias Sorgen waren – ohne, dass sie es wusste – nicht unbegründet. So sprachen manche hinter vorgehaltener Hand von Marvins Techtelmechtel mit Regina Steinbruch, die vor einiger Zeit Arcus' fulminante Ausstellung *money sells* in der Belvertina kuratiert, und ihn auf einen Schlag über den deutschsprachigen Raum hinaus bekannt gemacht hatte. Es hieß, Regina sei, kurz nachdem sie mit Marvin etwas gehabt habe, schwanger gewesen. Und zwei Jahre später nochmals. Aber das war, bis auf eine kurze zeitliche Überlappung, von der nur Marvin etwas wissen konnte, alles passiert, bevor er Maria kennengelernt hatte.

Marvin schien verärgert über Marias Aussage.

»Es war doch nur ein Witz«, flüsterte Maria, besorgt, ihrem Freund Misstrauen unterstellt zu haben.

»Jeder Witz enthält auch ein Quäntchen Wahrheit«, bemerkte Arcus, und zwinkerte Marvin zu.

»Sollen wir...«, murmelte Marvin, um vom Thema abzulenken. »Sollen wir später gemeinsam nach Hause fahren?« An Arcus gerichtet, fügte er hinzu: »Ich meine, nach Mödling, in dein Zuhause.«

»Ich wohne nicht in der Villa«, sagte Arcus, »sondern in Wien, im Fünfzehnten. Aber wenn du willst, kannst du die Villa gerne dein Zuhause nennen. Und wenn ihr wollt, kann ich euch ein Doppelbett ins Zimmer stellen lassen.«

»Nein«, kam es rasch von Maria. »Nein, danke. Ich schlafe gerne in meinem eigenen Bett.«

»Ich schlafe auch gerne in deinem«, scherzte Marvin. Maria lächelte und drückte ihm einen Kuss auf die Wange.

»Schön, dass wir das geklärt haben«, sagte Arcus, räusperte sich und wünschte den beiden noch einen angenehmen Abend. Er ging zu Matthias hinüber und hörte Marvin und Maria dabei in seinem Rücken tuscheln, ob sie wohl etwas Falsches gesagt hätten.

»Ihr habt nichts Falsches gesagt«, meinte Arcus, nachdem er sich umgedreht hatte und rückwärts weiterging. »Erstens, weil man nichts Falsches sagen kann, sondern bloß Dummes; und zweitens: In der Gegenwart von frisch Verliebten fühle ich mich lächerlich.« Arcus wollte eigentlich lächerlich *einsam* sagen, doch das letzte Wort war auf dem Weg von den Lungen nach draußen verloren gegangen.

Fabian Mayernig reichte Arcus die Hand. Ihm fiel auf, dass die Handflächen des Juniorkurators sich unangenehm feucht anfühlten. Gab es für Fabian einen Grund, Arcus gegenüber nervös zu sein? Kaum hatten sie zwei Sätze miteinander gewechselt, entschuldigte er sich. Er müsse sich noch auf die Eröffnungsrede vorbereiten. Als er weg war, merkte Matthias an, dass es ja gar keine Rede gebe, sondern bloß ein kurzes Gespräch zwischen ihm und dem Kurator.

»Er hat etwas zu verbergen«, sagte Arcus.

»Aha«, machte Matthias unbeeindruckt. »Und was?«

»Ich weiß es nicht. Vielleicht einen Mord.«

»Einen Mord? Seit wann machst du Witze?«

»Ich versuche es von Zeit zu Zeit«, sagte Arcus. »Aber es scheint mir nicht zu gelingen.«

Matthias legte seine Hand auf Arcus' Schulter, sagte, man lerne eben nie aus und er solle brav weiter üben. Dann bedankte er sich bei ihm, dass er dabei geholfen habe, diese Ausstellung einzufädeln, obwohl er sich eigentlich für Malerei nicht interessiere.

»Es stimmt«, gab Arcus zu verstehen. »Ich interessiere mich nicht für deine Gemälde, sondern für die Farben, die aus den Lampen kommen.«

Matthias presste die Lippen zusammen, auf seiner Stirn waren einige Falten zu sehen, die vorhin nicht erkennbar gewesen waren. Er entschuldigte sich. Arcus fragte, ob alles okay sei. Matthias antwortete nicht und machte sich auf den Weg zu den Toiletten. Arcus fragte sich, ob er etwas Falsches gesagt hatte, zuckte mit den Schultern und machte ein paar Schritte auf das Geländer zu. Er stützte die Unterarme auf den hölzernen Handlauf und blickte nach unten ins Erdgeschoß, wo vor einigen Jahren der Schreibtisch gestanden und er während der *money sells*-Ausstellung Geld verschenkt hatte. Untertags fand in dem Saal zurzeit der Aufbau von Carola Dertnigs erster großer – längst überfälliger – Ausstellung in der Belvertina statt. Blickte Arcus schräg nach unten, so konnte er, wenn er seinen Kopf näher ans Geländer brachte, durch eine Glastür blicken, die den Ausstellungsraum vom Foyer trennte. Und dort hatte etwas, oder eigentlich jemand, seine Aufmerksamkeit erregt: Ein Mann kniete am Boden, mit dem Rücken zu ihm. Als hätte er den Blick hinter ihm bemerkt, drehte sich der Mann langsam um, hob den Kopf. Und da erkannte Arcus ihn. Ja, das musste er sein, der Mann, der ihn Monate zuvor beim Begräbnis seiner Eltern fragend angestarrt und der dann, kurz bevor die Rede des Priesters begonnen hatte, den Friedhof verlassen hatte. Der Mann hob also den Kopf und sah nun Arcus direkt in die Augen. Dann schüttelte er in Zeitlupentempo den Kopf. Was zum Teufel, fragte sich Arcus, will dieser Mann von mir!? Er richtete sich auf und zögerte nicht, rannte los, rempelte einen schmalbrüstigen Kunststudenten an, entschuldigte sich und lief schnell weiter, bog zweimal um die Ecke, bis er die Stiege erreichte; mehrere Stufen auf einmal nahm er, hüpfte nach unten und knickte dabei auch einmal zur Seite ein, sodass sein Knöchel schmerzte. Doch er reduzierte sein Tempo nicht und eilte ins Foyer. Ein Kind stand mit seiner Mutter vor der Glastür, die zum großen Saal führte. Das Mädchen hatte sich erschreckt und nach der Hand seiner Mutter gegriffen. Diese starrte interessiert durch die Scheibe auf die zum Teil auf Tischen, zum Teil geschützt in großen Kisten liegenden Kunstwerke von Carola Dertnig sowie auf das im Aufbau befindliche Ausstellungs-Display. Das Mädchen hatte sich wieder beruhigt; es ging mit dem Mund ganz nahe ans Glas heran und hauchte mehrmals auf die Scheibe. Dann zeichnete das Kind, als wüsste es, dass sich die Künstlerin mit Bewegungsmuster auseinandersetzte, mit ihrem Zeigefinger schnell einen Vektor, einen Pfeil in die winzig kleinen Wassertröpfchen, die bereits wieder dabei waren, sich in Luft aufzulösen. Fürs Herz rundherum war keine Zeit mehr geblieben.

Ein Mann ging zur Toilette, er war schlank und groß. Ein anderer, jung und mit kurzen, blonden Haaren, ging in Richtung Treppe zu Matthias' Ausstellung. Der gedrungene Mann, der Mann mit den dunkelbraunen, schulterlangen Haaren von vorhin, der Mann mit dem traurigen, fragenden Blick, der den Kopf geschüttelt hatte, war verschwunden.

11

Arcus stieg aus der Dusche, rubbelte sich die Haare mit einem Minions-Handtuch trocken, das er von Anouk zum Vierziger geschenkt bekommen hatte, griff anschließend zum Bademantel, der ihm bei kurzer Begutachtung des Kragens nicht mehr ganz weiß vorkam, schlüpfte hinein und band sich an der Hüfte einen Knoten. Er machte einen Schritt vorwärts und befand sich nun in dem Teil des Raums, den er als Küche definierte; auf dem alten Gasherd erhitzte er Wasser in einem Topf und setzte sich einen Kräutertee auf, den er – ein Teil seines Gehirns nickte stillschweigend – wie immer viel zu lange ziehen lassen und in zwei, drei Stunden im kalten Zustand würde trinken oder wegschütten müssen. Im angrenzenden Hauptzimmer seiner Garçonnière räumte er den Tisch frei und legte ein unbeschriebenes, relativ dickes Kärtchen der Größe A6, einen gespitzten Grafitstift sowie einen Radiergummi bereit. Mit dieser minimalen Vorbereitung hatte er jeher sein Schlaf- und Wohnzimmer zu einem Atelier umfunktioniert.

Arcus musste sein Ritual nicht im Kopf durchgehen, er wusste, was zu tun war, setzte sich auf einen Holzstuhl nahe am Tisch und schloss die Augen. Das Pärchen aus der linken Nachbarwohnung war zu hören. Wummernd drang das Bellen des Mannes durch die viel zu dünne Ziegelwand, die die beiden Wohnungen voneinander trennte. Plötzlich war ein hohes Kreischen von der Frau zu hören. Geschirr fiel klirrend zu Boden. Dann war es eine Weile ruhig, bis zuerst ein leises, dann stetig lauter werdendes Gestöhne zu vernehmen war, begleitet von einem rhythmischen, zum Schluss hin sehr schnellen Klopfen.

Der junge Mann aus der Nachbarwohnung auf der gegenüberliegenden Seite war vormittags selten zu hören. Nach dem, was Arcus mitbekommen hatte, war er ein professioneller E-Sportler. Manchmal kam ein Kollege vorbei, dann streamten sie achtundvierzig oder zweiundsiebzig Stunden lang und der eine schlief, während der andere zockte. Ab und an schwappte ein Lachen in Arcus' Zimmer, ein lautes *Alter!*, ein *Oh Gott! Oh Gott! Oh Gott!* oder ein: *Kill ihn! Kill ihn doch endlich!* Zum Glück, dachte Arcus, war das Tippen ihrer Tastaturen leise genug, um ihn nicht beim Schlafen oder bei der Arbeit zu stören.

Ein mehrmaliges Knacken in den Heizungsrohren war zu vernehmen, gefolgt vom Brummen des Linienbusses, der gleich um die Ecke von der Bushaltestelle abfuhr, Kindergeschrei vom nahegelegenen Spielplatz und das Ticken der Küchenuhr, das er an manchen Tagen als beruhigend und an anderen als beunruhigend empfand.

Arcus öffnete – nunmehr im Arbeitsmodus – die Augen, lehnte sich nach vorne und nahm den Stift zur Hand. Er presste die Spitze aufs Papier, sodass kleinste Teilchen vom Grafit absplitterten und auf dem Blatt zu liegen kamen. Dies war der Moment, in dem Arcus in großen Druckbuchstaben zu schreiben oder zu zeichnen begann. Doch diesmal wollte der Stift sich nicht bewegen. Es war, seitdem Arcus dieses Ritual ausführte, das allererste Mal, dass ihm nichts einfallen wollte, dass ihm keine Idee für eine künstlerische Arbeit kam, dass er keine Emotion verspürte, die ihn etwas notieren ließ. Arcus' Kopf fühlte sich, da er sich nun auf diese Leere konzentrierte, etwas taub an, als könnten seine Neuronen sich nicht frei bewegen, als wären seine Gedanken zu träge, um in Schwung zu kommen, als hätte jemand sie gelähmt. Er fragte sich, ob er den plötzlichen Schock, den er von seinem Bauch über den Nacken in den Schädel fluten spürte, annehmen oder doch lieber von sich weisen sollte. Ob er sich einreihen wollte in die traurige Runde all jener Kreativen, die über künstlerische Blockaden klagten – oder ob etwas anderes aus dieser Situation herauszuholen war, etwas Neues, Ungesagtes?

Konnte das, fragte er sich nach ein paar Minuten der Stille, in denen er die Fassungslosigkeit durch seinen Körper hatte hindurchfließen lassen, als wären seine Nervenimpulse Wassertropfen, die durch ein Sieb stoben, konnte das die Arbeit sein? Eine Arbeit, die buchstäblich aus *nichts* bestand? War es das, worauf ihn die Intuition durch ihre unverschämte Abwesenheit hinweisen wollte? Bestand das künstlerische Werk etwa darin, nie existiert zu haben? Weder als Gedanke, noch als dokumentierte Niederschrift? Arcus überlegte, wie so etwas ausgestellt werden könnte. Ein Kunstwerk, das es nicht gab, nie gegeben hatte. Könnte man es überhaupt zeigen, hören, erleben? Einer einfachen Logik folgend wohl kaum. Und wenn doch, dann wo und wie? In einer weißen, leeren Museumshalle? In einem besetzten Haus? 20 000 Meilen unter dem Meer oder – warum nicht – auf der dunklen Seite des Mondes? Er hörte bereits die Stimme seiner Galeristin, die ihn darauf aufmerksam machen würde, dass sich der Verkauf äußerst schwierig gestalten könnte. Für etwas, das es nicht gab, für etwas, das er nie geschaffen hatte, könne schwerlich Geld verlangt werden. Es müsste zumindest einen Titel geben, das Postulieren eines Konzepts frei nach Lawrence Weiner, eine knappe Niederschrift würde bereits genügen, ein Versprechen einer geplanten Ausführung, irgendetwas Handfestes, das eingerahmt und aufgehängt werden könnte.

Als das Handy vibrierte, schreckte Arcus hoch. Nach ein paar Sekunden hörte das Ding auf, sich zu bewegen, um kurz danach erneut zu vibrieren. Mehr als nichts konnte er, wie ihm schien, heute ohnehin nicht produzieren. Und *nichts*, sagte er sich, als er das Handy zum Tisch trug, war, wenn er es geschickt anging, womöglich sogar *etwas*.

Ihm fiel das Zitat von Francis Alÿs wieder ein, das er vor einigen Jahren in der Secession bei der Ausstellung »Le temps du sommeil« entdeckt hatte: *Sometimes making something leads to nothing. Sometimes making nothing leads to something.*

Arcus ließ sich seufzend auf den Stuhl fallen und fragte sich, welche Nachricht so wichtig sein konnte, dass man ihn gleich zweimal hintereinander anrief? Da bemerkte er, dass es verschiedene Anrufe gewesen waren. Zuerst Elsbeth, dann Willibald. Oder umgekehrt. Sollte er sie zurückrufen? Bevor er sich entscheiden konnte, vibrierte abermals das Telefon in seiner Hand.

»Willibald?«, fragte er leise, nachdem er abgehoben hatte.

»Ja«, stöhnte dieser ins Telefon. »Hast du gerade Zeit?«

»Eigentlich nicht«, gab Arcus zu verstehen. Er starrte aufs weiße, unbeschriebene Kärtchen, seufzte abermals: »Ist es denn wichtig?«

»Kommt darauf an«, meinte Willibald und fügte, da Arcus nichts sagte, hinzu: »Es geht um den Tresor.«

»Nun«, sagte Arcus, »der Tresor ist mir, denke ich, wichtig genug, um das Telefonat fortzuführen. Heute ist ohnehin alles umsonst.«

»Aha«, machte Willibald, der in der Zwischenzeit wieder zu Atem gekommen war. Er wartete noch einen Augenblick, räusperte sich und sagte dann: »Es schaut leider so aus, dass der Tresorknacker ihn nicht aufbekommen hat.« Ein tiefes Brummen drang durchs Telefon, dann ein Geräusch, das einem Kratzen auf Metall ähnelte. »Er könnte die Tür aufsprengen«, fuhr Willibald fort. »Das hat er mir angeboten. Würde ich, wenn du mich fragst, nicht empfehlen. Erstens wissen wir nicht, ob der Inhalt beschädigt werden könnte...«

»Du meinst die Kinderleichen?«, fragte Arcus.

»Was hast du gesagt?«

»Nichts. Ich habe zu laut gedacht, oder zu wenig leise. Je nachdem.«

»Aha«, sagte Willibald. Er wirkte etwas verwirrt und hielt inne, um sich zu schnäuzen. »Genau«, fuhr er fort. »Zweitens wäre der Tresor nicht wiederzuverwenden, was ja auch irgendwie schade wäre, und drittens wollen wir bei den alten Wänden lieber nichts riskieren, habe ich recht?«

»Du hast völlig recht«, pflichtete Arcus ihm bei.

»Wie jetzt?«, fragte Willibald. »Also lassen wir es?«

»Wie meinst du das, *es lassen*?«, wollte Arcus von ihm wissen.

»Na, willst du es gut sein lassen«, meinte Willibald in einem Tonfall, der das Gesagte eher nach einer Aufforderung als nach einer Frage klingen ließ. »Der Tresor bleibt dann verschlossen. Ich meine, es müssen ja nicht unbedingt alle Geheimnisse gelüftet werden, nicht wahr?«

»Nicht alle Geheimnisse müssen gelüftet werden«, gab Arcus zu. »Dieses spezifische sehr wohl. Der Tresor wird geöffnet! Und wenn ich ihn mit den bloßen Händen aus der Wand herausstemmen muss...«

»Keine gute Idee«, unterbrach ihn Willibald. »Ich bin mir ziemlich sicher, dass die Wände rund um den Tresor tragend sind. Viel zu gefährlich für die Statik der Villa. Und wir wissen ja auch nicht, wie groß es im Inneren ist. Auf den Plänen ist ein alter, gar nicht mal so kleiner Kellerraum zu sehen. Vielleicht wurde dort mal Wein gelagert? Ich kann es nicht sagen, es muss vor meiner Zeit gewesen sein.«

»Du wirst einen anderen, einen besseren Tresorknacker finden!«, sagte Arcus, und da wurde ihm bewusst, wie abscheulich seine eigene Stimme klang und wie herablassend die Art seiner Formulierung, wenn er versuchte, wie ein Vorgesetzter zu klingen. Hatte nicht die Stimme seines Vaters ganz ähnlich geklungen, wenn er seine Befehle an die Mitarbeitenden gab? »Darf ich fragen, was du gerade machst?«, sagte Arcus so sanft wie möglich. »Was sind das für eigenartige Geräusche im Hintergrund?«

»Ich... da habe ich nur...«, druckste Willibald. Und dann: »Da ist nichts. Ich mache Pause. Das Radio. Es war das Radio.«

Matthias, dachte Arcus, lag richtig, als er damals in der Garage behauptet hatte, Willibald sei ein schlechter Schauspieler. Liegt es, sinnierte Arcus, in der Natur eines Hausmeisters, Geheimnisse zu haben? Oder hat er dieses Vorurteil bloß aus alten Kriminalfilmen?

»Bitte«, sagte er zu Willibald, so höflich er konnte. »Bitte bemühe dich, über die Grenzen Mödlings hinaus zu denken. Es gibt da noch Wien, es gibt Österreich, es gibt Europa und die ganze Welt. Von mir aus lassen wir jemanden aus Mexiko einfliegen… und schau nach im Darknet. Was weiß ich. Irgendwo muss es jemanden geben, der den Tresor ohne großen Knall öffnen kann, meinst du nicht auch?«

»Du hast vermutlich recht«, murmelte Willibald.

»Ohne vermutlich«, sagte Arcus. »Ich möchte nicht unhöflich sein«, fügte er hinzu. »Aber ich merke, dass ich gerade nicht anders kann. Und das tut mir leid. Ich bin gerade beschäftigt mit… und es geht nicht so, wie ich… egal«, brummte er und legte nach einem kurzen *Ciao!* auf.

Arcus blickte auf den schwarzen Punkt, den sein Grafitstift in der oberen Mitte des weißen Kärtchens hinterlassen hatte. Er hob den Kopf, schaute zuerst aus dem Fenster, dann auf die gegenüberliegende Wand, die mindestens zur Hälfte von einer bis zur Zimmerdecke reichenden Materialsammlung verdeckt wurde. Und da fragte er sich, was er hier eigentlich noch machte. Hier, in der Wohnung im fünfzehnten Wiener Bezirk. Wo war die Verbindung zu seinen vier Wänden geblieben, und mit ihr jene zu seiner kreativen Quelle? Wohin hatte sich seine ansonsten klare, künstlerische Ausrichtung verabschiedet? War er mit seinen Gedanken nicht öfter, als es ihm lieb war, bei der Villa mit den darin lebenden und arbeitenden Kunstschaffenden? Hatte ihm nicht erst gestern Tamara, eine alte Studienkollegin (mit der er für kurze Zeit fix zusammen gewesen war, dann in einer offenen Beziehung lebend, dann ohne Beziehung, aber mit gelegentlichem Sex, dann sehr eng befreundet, später nur noch befreundet, und schließlich bloß noch bekannt gewesen war) eine Nachricht geschrieben, mit der Bitte um Aufnahme, mit der Bitte um Unterstützung? Konnte es sein, fragte sich Arcus, dass er von Mödling aus in der Lage wäre, mehr Hebel in Bewegung zu setzen? War es nicht an der Zeit, darüber nachzudenken, was er mit der Villa wirklich anstellen wollte? Oder hatte sich diese Frage nicht vielmehr bereits erübrigt? Lag es nicht längst auf der Hand, dass sich seine Villa bereits jetzt, und ohne sein aktives Zutun, auf bestem Wege zu einer florierenden *Künstler:innenkolonie* befand?

Arcus nahm das Kärtchen in die Hand, zerknüllte es ohne Wut und ohne Traurigkeit, vielmehr mit einem Hauch von Freude, und warf es in den Papierkorb. Er legte den Bademantel ab, holte frische Kleidung aus der Kommode und zog sich an. Dann ging er in die Küche und seihte den Tee ab. Man kann Tee auch heiß genießen, sagte er sich. Ja, womöglich nur so und nicht anders. Er sollte zufrieden sein, heute keine Arbeit erledigt, nichts Bedeutsames, ja in Wahrheit überhaupt nichts geschaffen zu haben. Arcus führte die Tasse dicht vors Gesicht. Der Tee roch nach Tee. Nur besser. Eine Gewissheit machte sich in ihm breit, dass er sich sehr bald im Klaren darüber sein würde, was genau er mit dem Erbe anstellen wollte. Und das Wort *anstellen*, dachte er bei sich, gefiel ihm sehr, denn dort steckte eine gewisse Frechheit drin, etwas, das man anderen Menschen antun oder aufzwingen konnte.

Mit der Teetasse in der Hand ging er vorsichtig zurück ins Wohnzimmer und setzte sich an den Tisch. Er griff nach dem Handy, schrieb Tamara eine kurze Nachricht mit seiner Adresse in Mödling, und dass sie, wenn sie wolle, noch heute bei ihm einziehen könne, als das Gerät, kurz nachdem er auf *senden* gedrückt hatte, erneut zu vibrieren begann.

»Wie kann ich Ihnen helfen?«, fragte Arcus, der schneller als beabsichtigt abgehoben hatte.

»Ich bin auf Gegenwind…«, sagte Elsbeth, die, bevor sie den Anfang des Satzes mit krächzender Stimme ausgesprochen hatte, etwas hinuntergeschluckt haben musste.

»Wie bitte?«

Elsbeth hustete. Zuerst ganz leise und als würde sie keine Luft bekommen, dann – sie musste das Handy inzwischen weggelegt haben – mehrmals sehr kräftig, gefolgt von einem dumpfen Klopfen, das sie mit einer auf ihr Brustbein schlagenden Faust erzeugt haben durfte. Anschließend klang es so, als würde sie ein großes Glas Wasser leertrinken. Arcus fragte sich, ob er auflegen sollte. Die schmatzenden, würgenden Laute seiner Mitarbeiterin mitanzuhören, erschien ihm dann doch etwas zu intim.

»Entschuldigen Sie, ich habe mich am letzten Bissen meines Lachsbrots verschluckt«, sagte Elsbeth und räusperte sich.

»Kein Problem«, meinte Arcus und fügte hinzu: »Ich meine, kein Problem für mich. Für Sie hingegen…«

»Der Kaviar, den Maria dazugegeben hat, könnte besser sein«, bemerkte Elsbeth. »Wie dem auch sei, ich hatte nicht erwartet, dass Sie so schnell abheben würden. In Wahrheit habe ich gar nicht damit gerechnet.« Elsbeth hustete noch einmal, dann sagte sie mit wiedererlangter, fester Stimme: »Ich bin auf Gegenwind gestoßen.«

»Wie meinen Sie das?«

»Es geht um Ihre Immobilienfirma.«

»Ich habe eine Immobilienfirma?«

Elsbeth schnaufte in den Hörer.

»Schmäh, liebe Frau Elsbeth, Schmäh! Mir ist bewusst, womit meine Vorfahren gehandelt haben«, sagte Arcus. »Das weiß ich doch alles. Und es langweilt mich, verstehen Sie? Mich interessiert im Moment nicht so sehr, woher das Geld kommt, sondern wohin es geht.«

»Ich sehe schon«, sagte Elsbeth. »Sie sind nicht wie Ihr Vater. Es hat keinen Zweck, mit Ihnen vernünftig über Geld zu sprechen. Nicht einmal über Ihr eigenes. Mir bleibt nichts anderes, als dies hinzunehmen.«

»Zum Glück«, sagte Arcus, »bin ich jemand, der die Sprache des Geldes nicht versteht.«

»Wie Sie meinen«, sagte Elsbeth gleichgültig, nachdem sie etwas Unverständliches in ins Telefon genuschelt hatte.

»Nun, die Mitarbeiter Ihrer Immobilienfirma…«

»Wir haben nur Männer in der Firma?«, unterbrach sie Arcus.

»Äh, nein, natürlich nicht. Ich denke, Frauen bilden sogar die Mehrheit.«

»Und die haben Sie *mit*gemeint?«

»Die habe ich mitgemeint«, sagte Elsbeth trocken.

»Aha«, machte Arcus. »Fahren Sie bitte fort.«

»Die Mitarbeiterinnen und Mitarbeiter Ihrer Immobilienfirma…«

»Arbeiten auch queere Personen in unserer Firma?«, unterbrach sie Arcus abermals.

»Das weiß ich doch nicht«, entgegnete Elsbeth in genervtem Tonfall. »Vielleicht. Vielleicht nicht.«

»Aha«, machte Arcus. »Fahren Sie bitte fort.«

»Also. Die Angestellten Ihrer Immobilienfirma haben den Braten gerochen. Den verbrannten, wohlgemerkt. Sie haben Angst, gekündigt zu werden.«

»Warum das?«, fragte Arcus.

»Warum?«, meinte Elsbeth. »Na, denken Sie doch nach! Sind erst einmal alle Ihre Immobilien verkauft...«

»Alle, bis auf die Villa in Mödling.«

»Selbstredend«, sagte Elsbeth. »Sind also alle verkauft, und werden in Zukunft keine neuen Objekte erworben, bleibt den Menschen nichts mehr zu tun.«

»Das sehe ich ein«, meinte Arcus. »Ohne hehre Ziele würde das Personal keinen Sinn mehr in der Ausübung ihres Berufes sehen, ohne Wohntürme, in denen niemand wohnen möchte, ohne Bürotürme, in denen niemand arbeitet.«

»Von welchem Planeten stammen Sie eigentlich?«, fragte Elsbeth.

»Meine Mutter«, erzählte Arcus, »behauptete, als sie von einem der Esoterikseminare des Herrn Muriof nach Hause kam, sie stamme von den Plejaden. Das macht mich, schätze ich, mindestens zu einem Halbplejader? Oder heißt es Halbplejaner? Was meinen Sie?«

Arcus stellte sich vor, wie Elsbeth den Mund verzog und sich mit gesenktem Kopf an die Stirn griff.

»Die Firma geht pleite, mein Lieber«, sagte sie.

»Wenn kein Gewinn eingefahren wird, können auch die Gehälter nicht bezahlt werden.«

»Ah«, sagte Arcus. »Jetzt verstehe ich. Dann sagen Sie ihnen bitte, dass sie, im Falle einer Pleite…«

»Die bald eintreten würde«, ergänzte Elsbeth.

»Sagen Sie ihnen, dass sie so lange weiter das volle Gehalt beziehen, bis sie einen neuen Job bei einer anderen Immobilienfirma oder anderswo finden. Niemand braucht sich arbeitslos zu melden und einen erniedrigenden, mit Stereotypen gefütterten, Frauen benachteiligenden KI-Algorithmus über sich ergehen lassen. Die Wege der Menschen dürfen nicht auf Einsen und Nullen reduziert werden.«

»Sehr poetisch«, kommentierte Elsbeth. »Und wenn jemand überhaupt nicht mehr arbeiten gehen will? Was dann?«

»Keine Ahnung. Vielleicht hat diese Person Lust auf eine Fortbildung? Eine Umschulung? Eine Ausbildung? Ein Studium? Eine nötige Auszeit, um einem Burn-out vorzubeugen? Die Gründung einer Familie? Ich bezahle alles. In einem Immobilienbüro zu arbeiten stelle ich mir auch wirklich eintönig vor. Etwas Neues auszuprobieren, ohne Ängste und finanzielle Nöte, dagegen wäre doch nichts einzuwenden, meinen Sie nicht?«

»Was ich meine, ist schlussendlich nebensächlich«, sagte Elsbeth. »Sie schaffen an, ich führe aus. In jedem Fall müssen neue Verträge aufgesetzt werden.«

»In Ordnung«, sagte er. »Leiten Sie bitte alles in die Wege.«

»Oder…«, sagte Elsbeth nach einer langen Pause.

»Oder was?«, fragte Arcus.

»Oder sie geben alles in eine Stiftung«, sagte sie und atmete laut in den Hörer.

»Wie, alles?«

»Alles«, meinte Elsbeth. »Einfach alles. So wie es ist. Ihre Immobilien, Ihre Unternehmen und Sub-Unternehmen, alle Aktien, das Geld auf den Konten. Alles. Die Stiftung legt das Vermögen gewinnbringend an. Die erwirtschafteten Überschüsse würden sodann für einen gemeinnützigen Zweck zur Verfügung stehen. Und den bestimmt der Stifter. Also Sie. Ebenso das eingesetzte Kuratorium und den Stiftungsrat. Das wäre alles notariell in der Stiftungserklärung festzuhalten. Sie können, ja, müssen sich in der Erklärung sogar selbst begünstigen. Andernfalls hätten Sie kein Geld mehr und könnten auch die Villa in Mödling nicht erhalten. Durch die schiere Größe Ihres Vermögens stünde Ihnen so viel Geld - zweckgebunden - zur Verfügung, dass Ihnen der Neid vieler Kleinstaaten, die jährlich weit weniger ausgeben können, gewiss wäre.«

Arcus überlegte… und nickte.

»Hallo?«, fragte Elsbeth. »Sind Sie noch da?«

»Ich habe doch bereits genickt«, gab Arcus zu verstehen.

»Aha«, machte Elsbeth. »Also denken Sie darüber nach?«

»Mit der Stiftung wäre ich sozusagen das Geld ein für alle Mal los, stimmt das? Ich dürfte nicht mehr eingreifen?«

»Sie hätten keinen freien Zugriff mehr auf ihr Vermögen, es wäre, wie bereits erwähnt, nur noch laut Stiftungserklärung zu verwenden.«

»Klingt äußerst verlockend«, meinte Arcus. Er vernahm ein leises Knistern. Hatte Elsbeth gerade den Kopf geschüttelt?

»Es klingt nicht verlockend«, gab Elsbeth zu verstehen. »Es wäre geradezu verrückt. Aber für Ihre

Zwecke, welche auch immer es sein mögen – Sie verraten sie mir ja nicht –, wäre es eine sinnvolle Möglichkeit. Sie müssen aber bedenken, dass der Stiftungszweck, sobald die Eintragung der Stiftung im Firmenbuch stattgefunden hat, im Nachhinein nicht mehr zu ändern ist.«

»Ich verstehe«, sagte Arcus, warf einen Blick auf seine abgetragenen Schuhe und rief laut *Tun Sie es einfach!* in den Hörer.

»Schlafen Sie noch einmal drüber«, gab Elsbeth zu bedenken.

Arcus gähnte. Seine Gliedmaßen fühlten sich plötzlich schwer an. Da fiel ihm die Teetasse ins Auge. Er hatte immer noch keinen Schluck davon genommen. Arcus nahm sie in die Hände, führte das Porzellan, das an der oberen Kante gesprungen war, zum Mund... und trank davon. Der Tee hatte eine angenehme Temperatur, war nicht zu heiß und nicht zu kalt. Arcus spürte, wie die Flüssigkeit ihn von innen heraus wärmte und ihm, gleich einem gallischen Zaubertrank, neue Zuversicht schenkte. Er nahm noch einen kräftigen Schluck... und da spürte er, wie das Getriebe in ihm arbeitete, wie die Rohre sich weiteten, wie die Inspiration, als wäre in ihm ein Damm gebrochen, zurückkam und ihn flutete.

»Elsbeth?«, hörte er sich sagen.

»Ich höre.«

»Elsbeth?«

»Ja doch, was ist denn?« Scharf und laut drang ihre Stimme aus dem kleinen Lautsprecher des Handys.

»Ich habe mich gerade entschlossen... gerade eben habe ich mich entschlossen, in ein paar Wochen einige Aktionen, einige Kunstaktionen durchzuführen. Ich möchte also mit niemandem etwas zu tun haben.«

»Wie meinen Sie das, mit niemandem?«, fragte Elsbeth.

»Mit niemandem«, sagte Arcus, »der oder die in irgendeiner Weise etwas mit viel Geld zu tun hat. Ich möchte keine Börsenmakler:innen treffen, die mich versuchen könnten, dazu zu überreden, das Geld doch breiter zu streuen, um langfristig Gewinne einzufahren. Ich möchte mit niemandem über die Penthäuser oder Wohneinheiten sprechen, die eventuell doch zu behalten wären, da sie in zehn Jahren das Zehnfache wert wären. Ich möchte nicht mit dem Vermögensverwalter reden, nicht mit dem Notar, mit niemandem, der mir Briefkastenfirmen ans Herz legen will, mit absolut niemandem, verstehen Sie? Mit niemandem, außer mit Ihnen. Sie sind meine Zentrale, mein finanzielles Gehirn. Ich werde für meine Kunstaktionen, sollten sie so durchführbar sein, wie ich es mir vorstelle, in relativ kurzer Zeit relativ viel Bargeld benötigen.«

»Ach ja?«, sagte Elsbeth. »Wie viel, wenn ich fragen darf?«

»Die exakte Höhe überlege ich mir noch«, informierte sie Arcus. »Bitte organisieren Sie mir in der Zwischenzeit alle Verträge für die Stiftung, die unterzeichnet werden müssten. Ich nenne Ihnen alsbald den Stiftungszweck und dann sehen wir uns gemeinsam in Ruhe an, ob das so durchführbar ist. Aber zuerst muss ich etwas in der Wiener Innenstadt erledigen.« Arcus legte eine Pause ein und sagte dann grinsend: »Es wird lustig. Sehr, sehr lustig wird das alles.«

Ein Rascheln war durchs Telefon zu vernehmen.

Hatte Elsbeth ein Lachen unterdrückt? Arcus beschloss, ähnlich wie Schauspielende in Filmen und Serien das Telefonat ohne Abschiedsgruß zu beenden.

ZWEITER TEIL

The work of art is that I took their money.
Jens Haaning

Sometimes doing something poetic
can become political
and
Sometimes doing something political
can become poetic.
Francis Alÿs

12

Arcus stellte sich vor, er wäre ein Bankräuber. Ohne Maske. Aber sonst stimmte alles. Mit Ausnahme der Schuhe war er schwarz gekleidet von oben bis unten, dunkle Schildkappe, dunkle Sonnenbrille, in den Händen zwei geräumige Sporttaschen. Mit leicht erhöhtem Herzschlag und schnellem Schritt ging er in der Wiener Innenstadt auf ein Gebäude zu, dessen Schriftzug über dem Eingangsportal – ERSTE ÖSTERREICHISCHE SPAR-CASSE in goldenen Lettern – eine pompöse Wichtigkeit ausstrahlte. Ein paar Touristen standen Arcus im Weg. Er musste ausweichen, obwohl er sich fest vorgenommen hatte, schnurgerade zum Eingang der Bank zu marschieren. Arcus wusste, dass er kein Meister der Adaption war. Hatte er sich einmal festgebissen, war er ganz Pitbull. Das Leben eines Künstlers ist anstrengend, dachte er. Auch das Leben eines überreichen Künstlers. Wer denkt, er handle aus freien Stücken, täuscht sich. Unfrei ist er, wie jeder andere Mensch auch. Das könnte auf meinem Grabstein stehen. Irgendwann. Wäre es manchmal nicht einfacher, nicht zu leben? Etwas Anorganisches zu sein? Zum Beispiel ein Pflasterstein am Wiener Graben?

»Die Möglichkeiten der Gedankenwelt zu beschränken führt immer zu Leid«, sagte er zum Security-Mitarbeiter, als er an der Eingangstür ankam. »Finden Sie nicht auch?«

»Haben Sie einen Termin?«, fragte dieser, ohne auf seine philosophische Aussage einzugehen und richtete sich auf, um noch ein klein wenig größer zu wirken. Er prüfte Arcus von oben bis unten mit einem skeptischen, beinahe alarmierten Blick.

»Mein Name ist Marcus Maximilian Rudolph Friedrich Joseph Himmeltroff-Gütersloh. Ich bin gekommen, um zu spielen.«

Der Mitarbeiter war im Voraus über Arcus' Eintreffen in Kenntnis gesetzt worden. Und nun, da dieser berühmte – ja, man konnte durchaus von einer Prominenz sprechen –, nun, da dieser berühmte Sonderling vor ihm stand, packten ihn die Zweifel. Wie konnte jemand, der so schäbig angezogen war – er erblickte zerfetzte, schwarze Jeans, ein schwarzes T-Shirt mit deutlich sichtbaren Mottenlöchern und einen löchrigen Turnschuh, aus dem vorne ein Zeh ragte –, wie konnte dieser Typ, der mit Abstand reichste Österreicher, so hier aufkreuzen? Hatte der denn keinen Anstand? Man ging ja auch nicht mit Hut und Minirock in die Kirche! Wo käme man denn hin, wenn jeder Wohlhabende so herumliefe? Der Security-Mitarbeiter murmelte etwas ins Walkie-Talkie und nickte Arcus, nun etwas eingeschüchtert, zu. Dieser lächelte ihn an. Nicht herablassend, sondern mit einer Herzlichkeit, die den Mitarbeiter umso mehr verwirrte.

Keine zwanzig Minuten später verließ Arcus die Bank mit den beiden Tragetaschen, die in ihrem jetzigen Zustand aufgebläht wirkten, als wären sie gefräßige Tiere, die sich im Tresorraum im Keller die Mägen vollgeschlagen hatten.

»Bis morgen«, sagte er zum Security-Mitarbeiter, der ihn etwas entgeistert anblickte. Arcus blieb stehen. »So viel Bargeld, wie ich benötige, kann nicht an einem Tag abgehoben werden. Sie müssen wissen: Der Tresor ist zu klein. Zu klein für mich.

Außerdem haben die Filialen, wie es scheint, ein Problem mit den Versicherungssummen. Bei fünf Millionen pro Tasche kommen die Manager da drinnen ins Schwitzen, wenn Sie verstehen, was ich meine.«

Der Security-Mitarbeiter lächelte und tat, als könne er Arcus' Feststellung nachvollziehen.

Nachdem sich dieser Vorgang weitere zwei Tage wiederholt hatte, winkte er Arcus am dritten Tag schon von Weitem zu, als dieser sich, diesmal wie geplant schnurgerade und ohne von lästigen Touristen gestört zu werden, dem Gebäude näherte. Als Arcus die Bank mit seinen wiederum bis zum Platzen vollgestopften Taschen verließ, drückte er dem Security-Mitarbeiter ein Bündel Scheine in die Hand.

»Dafür, dass sie mich, zumindest heute, als Menschen erkannt haben«, sagte Arcus. »Die Leute glauben nämlich, ich sei reich, ich sei berühmt, ich sei besonders. Und das bin ich auch. Nur habe ich nichts dafür getan, verstehen Sie? Solche Zuschreibungen vererbt zu bekommen ist nichts anderes als erbärmlich. Ob ich dieselben Zuschreibungen mit meinen künstlerischen Arbeiten erreiche? Nun, wir werden sehen«, meinte Arcus mit Blick auf die ausgebeulten Tragetaschen. »Das alles ist für eine Kunstaktion. Sie werden davon in den Zeitungen lesen.«

Der Mitarbeiter brachte kein Wort mehr heraus, legte die Hände vor seiner Brust zu einer Dankesgeste aneinander.

»Schon gut«, sagte Arcus. »Es ist nicht mein Geld, das ich Ihnen schenke. Es sollte nicht meines sein. Es sollte Ihres sein, von Anbeginn.«

Tamara, Anaïs und Matthias warteten mit Willibald beim Auto, das er ganz in der Nähe geparkt hatte. Eine Woche zuvor – Tamara hatte das Atelier gerade eben bezogen – hatte Arcus mit ihr geschlafen. Ein allerletztes Mal, wie er es ausdrückte. So hatten sie es sich in den Morgenstunden ausgemacht, nachdem ihre Körper sich Stunde für Stunde, wie ohne ihr Zutun, einander genähert hatten. Nur, um zu sehen, wie es sich anfühlen würde, nach all den Jahren, die inzwischen vergangen waren, seitdem sie sich aus den Augen verloren hatten.

»Und?«, hatte Tamara gefragt. »Wie war es für dich?«

»Ich weiß es nicht«, antwortete Arcus, suchte nach seinen Boxershorts, fand sie unter dem Bett und zog sich rasch an, als gehöre es sich nicht, noch länger völlig nackt zu sein. Dann versuchte er zu lächeln. Aber es wollte ihm nicht recht gelingen.

»Du bist traurig«, stellte Tamara fest und fügte hinzu, dass sein Gesicht aussehe, als würden an seinen Mundwinkeln kleine unsichtbare Gewichte hängen und diese nach unten ziehen.

»Ein schönes, schauriges Bild«, sagte Arcus. »Du solltest es zeichnen.«

»Im Moment interessiert mich eher Fotografie«, gab Tamara zu verstehen. »Warum…«, fragte sie dann und fuhr Arcus durchs Haar. »Warum hast du eigentlich keine Beziehung? Und was ist mit Kindern?«

»Kinder?«, lachte Arcus. »Familie? Versuche ich hinter mir zu lassen. Endgültig!« Das Bild von Stéphanie tauchte auf. Und dann das von Anouk. Warum, fragte er sich, hatte er die beiden nicht erwähnt?

»Ja, ja«, sagte Tamara. Sie wisse schon. Aber es gehe ihr nicht um die Familie, die in der Vergangenheit liege und aus deren Würgegriff er sich offensichtlich befreien wolle, sondern um eine zukünftige.

»Und was ist mit deinem Traum von einem bürgerlich-konservativen Leben?«, fragte Arcus.

»Ich bin noch jung«, sagte Tamara und zog sich Slip und BH an. »Im Gegensatz zu dir.« Sie grinste Arcus an.

»Ab morgen schlafen wir getrennt«, sagte er. »Du hast ja von nun an dein eigenes Zimmer hier.«

»Ab *heute* schlafen wir getrennt«, sagte Tamara, griff nach Arcus' Sweatshirt und warf es ihm in den Schoß. Sie erhob sich, band sich die Haare im Nacken zusammen, schlüpfte in ihre Jeans, zog das T-Shirt über den Kopf und sah Arcus schließlich lange an. Wie er dort saß und aufs zusammengeknüpfte Kondom und die zerknüllten Taschentücher starrte, als läge in der Anordnung dieser Objekte irgendeine verborgene Wahrheit.

»Weißt du«, meinte Tamara, als sie das geräumige Zimmer durchschritten hatte und ihre Hand bereits auf der Türklinke ruhte: »Geld ist nicht alles.« Nun musste Arcus doch noch grinsen. Aber diesmal waren es Tamaras Gesichtszüge, die ernst blieben. »Geld ist nicht alles, Sex ist nicht alles, eine Beziehung ist nicht alles, Familie ist nicht alles. Ja, sogar Kunst ist nicht alles. Aber alles ist ein bisschen etwas.« Arcus sagte nichts, hob den Kopf, schaute zu Tamara. »Von manchem hast du viel zu viel«, meinte sie. »Von manchem zu wenig.« Tamara schien zu überlegen, ob sie weitersprechen sollte. Schließlich sagte sie: »Du wirst immer reich sein, und für uns Künstler:innen wirst du immer ein privilegiertes Arschloch sein. Du musst wohl damit leben, mein Lieber. Arrangier dich damit, Arcus. Nimm deine schräge Situation an und mach was daraus. Und überleg dir bitte, was du loslassen willst, damit Neues auf dich zukommen kann.«

»Du hörst dich an wie eine Sektenführerin«, sagte Arcus, und fügte leise hinzu: »Du hast dich verändert.«

»Ja«, sagte Tamara. »Ich habe einiges riskiert. Und du? Du bist bereits ein namhafter Künstler. Hast schon so vieles erreicht, was für die meisten von uns unerreichbar bleibt. Und auch wenn du all dein Vermögen verlierst, riskierst du nichts. Deine Herausforderungen«, sagte sie, »liegen ganz woanders.«

»Ach ja?«, fragte Arcus. »Und wo genau?«

Tamara betrachtete ihn einige Sekunden lang. »Schlaf gut«, sagte sie schließlich, und schloss hinter sich die Tür.

Arcus war nicht entgangen, dass Tamara erwähnt hatte, sie interessiere sich im Moment für Fotografie. Sie solle ihn begleiten und seine Kunstaktion fotografisch dokumentieren. Anaïs Posch werde auch dabei sein und alles in Bewegtbild festhalten, meinte Arcus. Tamara sagte zu, aber unter der Bedingung, dass ihr die Fotorechte zugesprochen würden. Nach einem ausgiebigen Frühstück in der Villa, das ihnen Maria zubereitete, die, da nach und nach mehr Kunstschaffende ihre Ateliers bezogen und dort nicht selten auch schliefen, beim Servieren des Kaffees nicht selten angestrengt stöhnte, beluden sie das Auto mit dem benötigten Equipment. Mehrere Taschen mit Bargeld befanden sich bereits von den Vortagen im Kofferraum von Willibalds

Mercedes. Anaïs und Tamara wussten vom Inhalt. Sie schielten beim Beladen des Autos hin zu den Taschen. Ihren Gesichtern war anzusehen, dass sie ein mulmiges Gefühl in der Gegenwart von so viel Bargeld hatten, während Willibald so tat, als wäre nichts dabei, als handle es sich lediglich um große, ausgebeulte Kartoffelsäcke.

Auf dem Weg zur Wiener Innenstadt hielten sie nur einmal kurz, um Matthias abzuholen. Auch er hatte zögerlich, aber doch eingewilligt, Arcus zu assistieren.

Keine zwei Stunden später lehnten sie an der Motorhaube des Fahrzeugs, Willibald ließ sie murrend gewähren. Sie rauchten und warteten darauf, dass Arcus mit den letzten beiden Taschen kam... und da bog er auch schon um die Ecke. Anaïs richtete das Objektiv ihrer Kamera auf ihn. Arcus gab sich keine Mühe, lässig auszusehen. Er sah lässig aus. Ein Schmalspurganove auf dem Weg zur Arbeit. Erst als er über den Randstein stolperte und Matthias lautstark auflachte, bekam das Bild Risse. Als Arcus' Oberkörper nach vorne schnellte, wusste Tamara, die den Auslöser drückte, dass dieser Moment nach Realität roch und nicht nach einer historischen Projektion. Was geschah, war echt. Hier passierte keine Wiederholung, kein performatives Reenactment. Diese Aktion würde in die Geschichte eingehen. Würde zu einer Geschichte werden, medial verbreitet über den Erdball in Form von Reels und GIFs und all dem anderen Zeugs, das in Windeseile durch die Medien, und vor allem durch die sozialen Medien schwirrt.

Arcus hievte die zwei letzten Taschen in den Kofferraum, nahm die Sonnenbrille ab. Vor ein paar Wochen hatte er auf *critter* (ehemals X) ein Profil erstellt. Schon nach wenigen Tagen war ihm die halbe Welt gefolgt. Vorgestern hatte er ein Foto eines Geldscheins hochgeladen, gestern früh das Foto eines Geldbündels und am Abend die ganze Tasche voll Geld. Nun machte er ein Foto vom Wiener Graben, versah es mit dem Hashtag #moneyToGo, und stellte es online.

»Es geht los«, sagte er in die Runde und setzte die Sonnenbrille wieder auf. Anaïs dämpfte ihre Zigarette aus. Matthias ging zum Wagen und griff nach den ersten zwei Taschen. Tamara nickte Arcus zu, kontrollierte ein letztes Mal die Einstellungen ihres Fotoapparats und sagte: »Viel Spaß, du Irrer!«

Tamaras letztes Wort wirkte offenbar wie eine Art geheime Initialzündung. Arcus' Gesichtszüge veränderten sich. Alle Nachdenklichkeit war mit einem Mal verschwunden. Jemand, der ihn nicht gut kannte, hätte unter Umständen so etwas wie Bösartigkeit in seinen Augen wahrgenommen, die sich zu Schlitzen verengt hatten. Doch er war bloß fokussiert, hatte sich die *Kunstmaske* aufgesetzt. Jetzt war er nicht mehr Arcus, er war zu einem Medium der Kunst geworden.

Willibald musste niesen. Da rannte Arcus los wie ein Besessener. Matthias, Anaïs und Tamara mussten sich beeilen, um ihm auf den Fersen zu bleiben. Arcus hielt zuallererst an der Pestsäule an, griff in die Tasche, die ihm Matthias geöffnet hinhielt, zog ein paar Bündel Zweihundert-Euro-Scheine heraus und verteilte sie auf dem Sockel und dem Geländer der Säule. Er machte ein Foto davon, lud es hoch und nickte Matthias zu, der die Tasche wieder verschloss.

»Wohin jetzt?«, fragte er.

»Zum Würstelstand«, sagte Arcus. Und schon lief er los.

Dort legte er ein Bündel auf eine hinter dem Stand liegende Parkbank, klemmte eines in den Gepäckträger eines Fahrrads, schmiss eines auf den Kanaldeckel am Boden, legte eines auf die Mülltonne, aus deren dunklem Loch eine bräunlich-gelbe Bananenschale hervorragte. Auch neben diese quetschte er ein Bündel. Es sackte samt Schale ins Innere des Gestanks.

»Vielleicht findet es einer von der MA48«, sagte Matthias.

»Oder die Mäuse«, meinte Arcus.

»Oder niemand«, sagte Tamara.

Matthias sah sie nachdenklich an.

Arcus schien nicht hingehört zu haben, machte wieder ein paar Fotos und stellte sie online. »Schnitzeljagd«, sagte er, machte eine Grimasse und lachte. Anaïs' Kamera hielt seinen Ausdruck fest. Unter normalen Umständen hätte sie zu einem Menschen, der sich in einem derart rauschhaften Zustand befand, Abstand gehalten. Ihre Nackenhaare stellten sich auf. Sie ging noch näher ran mit ihrem Objektiv.

Ein Touristenpaar entdeckte das Geldbündel auf dem Kanaldeckel. Sie wagten nicht, danach zu greifen, da sie wohl annahmen, es handle sich um einen Filmdreh. Und sie hatten ja auch nicht ganz unrecht. Es wurde gedreht. Aber es sollte kein klassischer Film daraus entstehen. Die Bilder würden später vielmehr Teile eines Ganzen repräsentieren, ohne den Anspruch, das Ganze festhalten zu wollen. Denn das *Ganze*, hatte Arcus beim Frühstück erwähnt, das *Ganze* sei der Moment. Der Moment sei das Kunstwerk, der Moment, in dem die Aktion stattfand. Die Bilder davon, die man später in zeitgenössischen Museen ausstellen werde, seien nicht viel mehr als der schale Nachgeschmack eines verlorengegangenen Traums, an den man sich nach dem Aufwachen kaum mehr erinnern kann.

Arcus hetzte weiter. Die Schritte schnellten seinen schmalen Körper bei jeder Berührung mit den Pflastersteinen in die Höhe: ein Fuchs auf der Jagd, ein Hase auf der Flucht. Arcus war beides zugleich.

Beim H&M schmiss er in jede Umkleidekabine jeweils ein Bündel. Sie klatschten auf die nackten Füße hinter den hellen Vorhängen. Beim Chanel-Store legte er ein Bündel, als wäre es ein kleines Tier, behutsam neben dem Eingang auf den Boden und streichelte es. Er wollte schon wieder weitersausen, da blieb er stehen, zog einen Stift aus seiner Hosentasche und schrieb auf den obersten Geldschein: *für Bené Renko, meinen besten Freund in höchster Not.* Beim Meinl am Graben legte er einer schönheitsoperierten alten Frau im Pelzmantel ein Geldbündel in den Korb und wünschte ihr noch einen schönen, botoxfreien Tag, dann drang er noch weiter ins Innere des Supermarkts für Reiche vor, schmiss ein paar Geldbündel in die Gemüseabteilung und versteckte eines zwischen den Kaviardöschen.

Wenig später riss er die Tür zum McDonald's auf, warf die Geldbündel aufs Geratewohl in den Speisesaal (sofern man diesen Raum als solchen bezeichnen konnte). Ein Bündel landete auf einem geöffneten Big Mac – jemand war gerade dabei, die Gurkenscheibe zu entfernen. Ein weiteres Bündel traf einen jungen Familienvater. Nachdem es an seinem Kopf abgeprallt war, fiel es in den Kinderwagen. Das Baby, es konnte nicht älter als ein Jahr sein, reagierte nicht, denn seine Augen waren starr auf ein Handydisplay gerichtet, das ihm sein höchstens fünfjähriger Bruder dicht vors Gesicht hielt. Die Mutter hatte soeben genüsslich ihr Gebiss in den Burger gerammt. Als sie das Geld sah, öffnete sich ihr Mund. Die Szene war kein schöner Anblick. Tamara drückte mehrmals auf den Auslöser ihrer Kamera.

»Niemand muss hungern«, rief Arcus. »Ab jetzt sollt ihr euch die Burger mit Pommes leisten können. Ein Jahrhundert-Politiker hat es euch versprochen, aber ich halte mein Wort, im Gegensatz zu ihm. So esset nun und trinket!«

Noch ein paar letzte Bündel warf er mitten im Raum auf den Boden und schloss im Gehen hinter sich die Tür. Als er sich entfernte, hörte er dumpfes Geschrei aus dem Inneren.

»Auf dass sie sich die Schädel abreißen«, meinte Arcus und rannte wieder los.

Wenige Minuten später öffnete er die Tür zum Alt-Wiener Kaffeehaus Hawelka, das in den Siebzigern durch ein Austropop-Lied von Georg Danzer Berühmtheit erlangt hatte. Zu seiner Überraschung saß dort an einem Tisch Sandré Seller, den er vor einigen Jahren bei seiner Vernissage kennengelernt hatte. Seller wollte damals Arcus' ausgestelltes Werk erwerben, dieser aber gab ihm zu verstehen, dass er es nicht verkaufen wolle. Seller ließ nicht locker und bot ihm den doppelten Betrag. Die Augen der Galeristin erhielten bei der angebotenen Summe plötzlich ein glänzendes Leuchten, das tief aus ihrem Inneren zu kommen schien. Arcus nahm das Kunstwerk vom Sockel – es handelte sich um einen winzig kleinen, mit einem

Magneten am Untergrund befestigten Bilderrahmen, bespannt mit einem Stück transplantierter Haut von Arcus selbst. Auf die Haut hatte er mit einem schwarzen Stift einen Bogen gezeichnet. Er nannte es *Arc de Verlust*. Arcus hatte sich die Haut operativ von seinem Oberschenkel entfernen lassen, wie es sonst auch bei der Behandlung von Verbrennungen nicht unüblich ist. Er nahm also das Kunstwerk vom Sockel und bat eine Galerieassistentin, ihn zu filmen. Dann schmiss Arcus den Bilderrahmen mit seiner bespannten Haut gegen die Wand. Die kleinen Stücke klickerten zu Boden. Arcus trat darauf, dass es knirschte. Er zertrampelte die Reste des Kunstwerks, bis nur noch Brösel übrig waren. Danach wandte er sich an Sandré Seller und bot ihm die Aufzeichnung der Zerstörung des Kunstwerks an. Zum dreifachen Preis. Mit Freuden willigte dieser ein, denn er wusste, dass ein Kunstwerk aus Geschichten bestand. *Arc de Verlust* hatte seine Geschichte hiermit geschrieben und war mittels der soeben durchgeführten Performanceaktion nun sogar zur Geschichte einer Geschichte geworden.

Sandré Seller saß also im Hawelka. Allein. Auf dem Tisch eine Tasse Kaffee. Auf dem Teller ein halb verspeister Apfelstrudel. Er war anscheinend gerade damit beschäftigt, die Zeitung zu lesen und schaute auf, als Arcus mit seinem Gefolge das Kaffeehaus betrat. Nicht im Geringsten über sein Erscheinen überrascht, grüßte Herr Seller ihn und erzählte ihm ohne Umschweife, dass er sein Kunstwerk in der Zwischenzeit leider schon wieder verkauft habe. An wen, wollte Arcus wissen. Das könne er ihm vertraglich bedingt nicht verraten, meinte Herr Seller. Der Käufer habe aber so unverschämt viel dafür geboten, dass er nicht habe ablehnen können.

»Da freue ich mich fürs Kunstwerk«, kommentierte Arcus. Und dann zog er sich splitternackt aus, griff in die Tasche, die ihm Matthias hinhielt... und schon flogen die Geldbündel durchs Kaffeehaus. Sie landeten in vollen Tassen, bespritzten die Touristen mit dem dunkelbraunen Inhalt. Die letzten drei Bündel aus der Tasche warf er auf Sellers Tisch.

»Ein bisschen mehr Geld schadet nie, oder?«, meinte Arcus und zwinkerte ihm zu.

Seller lachte, nahm eines der Geldbündel, roch daran und schmiss alle drei zurück. Arcus solle das Geld doch jemandem geben, der es brauche. Er habe genug mit Kunst verdient.

»Es jemandem geben, der es braucht«, murmelte Arcus. Er schaute zu Tamara, die ein Foto von ihm schoss, dann drehte er den Kopf etwas weiter nach links und schaute zu Anaïs, deren Gesicht hinter dem Objektiv ihrer Kamera verborgen lag. Ihr gegenüber stand Matthias mit der Tasche. Er fixierte Arcus mit fragendem Blick. Langsam zog Arcus seine Kleider wieder an. Er nickte mehrmals und sagte schließlich: »Danke, Herr Seller. Danke. Ich wusste, Sie sind ein weiser Mann. Jetzt weiß ich endlich, was ich mit meinem Vermögen anfangen möchte.« Das erste Geldbündel reichte er Tamara und sagte: »Für dich.« Das zweite reichte er Anaïs, das dritte Matthias.

»Jemand, der Kunst macht«, sagte Arcus, »braucht Zeit. Und Zeit ist heutzutage nur mit Geld zu erkaufen.«

Tamara sagte etwas, das sich wie ein *Danke* anhörte. Anaïs zuckte, als wäre es einerlei, indifferent mit den Schultern, während Matthias meinte, dass er das nicht annehmen könne. »Es fühlt sich nicht richtig…«

»Aber natürlich kannst du es annehmen«, unterbrach ihn Arcus. »Es kommt ja nicht von mir.«

»Naja«, sagte Matthias und wiegte den Kopf hin und her. »Aber ich weiß echt nicht…«

»Aber sicherlich weißt du das. Jetzt nimm es einfach!« Er schob das Bündel näher zu Matthias hin. »Fair Pay«, meinte Arcus. »Ich sage nur: Fair Pay! Abgesehen davon möchte ich nicht als Philanthrop angesehen werden. Vergesst bitte nicht: Das hier ist eine Kunstaktion. Ihr dokumentiert sie in diesem Moment. Dass ihr jetzt ein Bündel mit Geldscheinen in den Händen haltet, ist kein Akt des Wohlwollens meinerseits. Es ist eine Aktion, die stattfinden muss, das hat nichts mit mir zu tun. Ihr werdet für eure Arbeit bezahlt.« Arcus dachte kurz nach, dann sagte er: »Ich hasse Philanthropen. Sie spenden einen verschwindend kleinen Teil ihres Vermögens an die Wissenschaft oder an soziale Einrichtungen oder an die Kunstmuseen, damit sie nachher, moralisch freigespielt, weiter schmutziges Geld anhäufen können. Vor nicht allzu langer Zeit nahm man, um sich das Gewissen reinzuwaschen, noch im Beichtstuhl Platz. Und noch früher erkaufte man sich das Seelenheil durch Ablasshandel. Heute geht das viel bequemer: von zuhause aus mit einer großzügigen Spende. Als Dank bekommt man zur Draufgabe sogar eine goldene Gravur beim Eingang eines Museums spendiert. Weil meine Eltern dieses Spiel mitgespielt haben, steht mein Name nun neben jenen dubioser russischer Oligarchen und Pharmakonzern-Gründer, die die Menschen mit ihrer Medizin in die Abhängigkeit treiben, bis diese daran elendiglich verrecken.« Arcus spuckte auf den Boden. Die Touristen sahen ihn pikiert an. Herr Seller griff voll innerer Ruhe nach der Zeitung und fing an zu blättern.

Keine fünf Minuten später öffnete Willibald den Kofferraum des Wagens. Matthias, der etwas verwirrt, jedenfalls nicht ganz bei sich wirkte, griff nach zwei weiteren Taschen. Arcus' Beiträge auf *critter* (ehemals X) waren inzwischen hunderttausende Male geliked und geteilt worden. Viele User hatten sich, schenkte man den Kommentaren unterhalb der geposteten Fotos Glauben, bereits auf den Weg in die Wiener Innenstadt gemacht, um Teil der Schnitzeljagd zu werden, Teil der einmaligen Schatzsuche, Teil dieser geschichtsträchtigen Performance. Das Geld rief sie, und sie kamen in Scharen.

Geldbündel flogen mitten auf die Fahrbahn, sodass es zu Auffahrunfällen kam; Geldbündel flogen in den Eingangsbereich der Galerie nächst St. Stephan, sie flogen auf den Büchertisch einer Buchhandlung, sie flogen auf den Schlafsack eines Obdachlosen, sie flogen gegen die grell beleuchtete Auslage des Armani-Shops, flogen in den Hut einer Straßenmusikerin, sie flogen auf die Rolltreppe, die zur U-Bahn hinabführte und sie flogen in die Exkrementetasche eines Fiakergespanns. Sie flogen in ein geöffnetes Fenster im ersten Stock eines Firmengebäudes, sie flogen in Richtung Altar und Kanzel der Peterskirche, landeten vor dem Eingang eines Theaters, sie flogen Arcus immer wieder und wie unbeabsichtigt, einfach so im Gehen aus der Hand.

Die Innenstadt pulsierte. Wie verrückt rannten die Leute mit dem Handy vor dem Gesicht durch die Gassen, als wären sie Teil eines einzigartigen, nie dagewesenen Augmented-Reality-Spiels, bloß war dieses Spiel nicht künstlich, sondern real, und das, obwohl es gleichzeitig *Kunst* war. Jemand suchte mithilfe einer Kameradrohne von oben nach liegengebliebenen Geldscheinen. Andere baten ihre Kinder, ihre dünnen Händchen durch die Schlitze der Kanaldeckel zu stecken, um nach den dort hineingerutschten Geldscheinen zu fischen. Denn sah dieser Gully nicht genauso aus wie jener, den Arcus noch vor wenigen Minuten gepostet hatte? Das musste er doch sein! *Komm schon, Resi, streck deine Hand noch ein bisschen weiter! Nur noch ein kleines Stückerl, dann bekommst du heut noch eine neue Barbie-Puppe, versprochen!* Pokémon Go war gestern. Heute hieß das: *#moneyToGo*.

Ein letztes Mal trafen sie sich beim Wagen. Willibald öffnete mit stoischer, beinah feierlicher Miene den Kofferraum.

»Man hat mich überraschenderweise nicht ausgeraubt«, sagte er.

»Wäre auch egal gewesen«, meinte Arcus. »Wir wollen doch das Geld loswerden, oder?« Der Hausmeister zuckte verunsichert mit den Schultern. »Hier«, sagte Arcus, entnahm der Tasche ein paar Scheine und überreichte sie Willibald. »Wenn wir weg sind, klemmst du das Geld unter den Scheibenwischer, setzt dich ins Auto und wartest, bis es dir gestohlen wird.«

Willibald blickte hilfesuchend zu Matthias, der langsam den Kopf schüttelte und bei genauerer Betrachtung sogar ein wenig bedrückt wirkte.

»Grande finale?«, fragte Tamara nach einer Minute, in der niemand etwas sagte und nur die hektischen Rufe vom Graben durch die enge Gasse über ihre Köpfe hinwegschwappten.

»Grande finale«, antwortete Arcus, beugte sich nach vorn, stützte sich an den Oberschenkeln ab, richtete sich wieder auf, trank einen Schluck Wasser und schüttete sich den Rest des Flascheninhalts über den Kopf.

»Ich filme wie ausgemacht von unten?«, fragte Anaïs.

»Ich bitte darum«, bestätigte Arcus. »Und ihr beide kommt mit mir?«

Matthias, der etwas müde die beiden letzten Taschen genommen hatte – immerhin wog jede Tasche über sechsundzwanzig Kilo –, sagte nichts und nickte nur. Tamara schwang ihre Spiegelreflex-Kamera vom Rücken nach vorne zum Bauch, kontrollierte den Ladestand, wechselte den Akku, legte eine neue Speicherkarte ein und hob den Daumen.

Arcus ging voraus und nahm diesmal eine Gasse, die auf kürzestem Weg zum Stephansdom führte. Vor dem Riesentor, dem Haupteingang des Doms, blieb er stehen, um ein Foto von einem Detail des Frieses zu machen und ein zweites, indem er die Handykamera nach links schwenkte, vom Manner-Shop, der sich an der Ecke des Stephansplatzes eingenistet hatte. Er postete die beiden Fotos und verschwand im Inneren des Gebäudes. Der Geruch von Weihrauch stieg ihm in die Nase. Er fragte sich, wie viele Stunden seines Lebens er, neben seinen Eltern auf Kirchenbänken kniend, vergeudet hatte. Sie hatten ihn nicht fromm gemacht, die Gottesdienste. Hier hatte niemand einem Gott einen Dienst getan. Die Furcht vor dem *Heiligen Vater* führte ebenso wenig zu Früchten. Sein leiblicher Vater, hätte er es ihm vorgelebt, wäre zumindest greifbar, also anhimmelbar gewesen. Doch der hatte es vorgezogen, sein Leben im Büro zu verbringen, auf Gala-Diners, in Besprechungsräumen und Banken. Vielleicht zu seinem Glück, dachte Arcus, denn welche künstlerisch tätige Person mochte schon als fromm bezeichnet werden?

»Enttäuschend«, resümierte Arcus seinen Gedankengang, als er vor dem Lift zum Nordturm des Doms stehenblieb.

»Enttäuschend?«, meinte die Aufsichtsperson. »Mitnichten! Sie werden vom Ausblick begeistert sein.« Als er die Taschen und Kameras erspähte, fügte er hinzu, dass solch großes Gepäck nicht erlaubt sei. Außerdem sei er nicht über eine Drehgenehmigung informiert worden.

»Hier ist Ihre offizielle Genehmigung«, presste Arcus hervor, griff in seine Gesäßtasche und zog daraus ein Bündel Scheine hervor. »Ein bisschen *money to go* für den Herrn gefällig?«

Die Aufsichtsperson warf den Kopf zurück, als wäre plötzlich Jesus (oder war es Satan?) in ihn gefahren. Als er wieder im Hier und Jetzt angekommen war, ließ er die Scheine unauffällig in seiner Hosentasche verschwinden und bekreuzigte sich. Nun gebe es für die Kinder doch noch einen Urlaub, sagte er kichernd, stieß einen schrillen Lacher aus und fragte: »Klimaprotestaktion?«

»So was in der Art«, sagte Arcus.

»Aber Sie sind keine Terroristen, oder?«

»Eher das Gegenteil«, antwortete Arcus und gab Matthias ein Zeichen, woraufhin dieser kurz die Tasche öffnete.

Der Aufseher bekreuzigte sich dreimal und meinte wispernd, dass der nächste freie Lift ihnen gehöre. Die wartenden Touristen bat er um Geduld.

Sie murrten in ihren jeweiligen Muttersprachen, traten einen Schritt zurück und akzeptierten ihr Touristen-Schicksal.

»So fühlt es sich also an, ein VIP zu sein«, schmunzelte Arcus.

»Tu nicht so, als wüsstest du das nicht!«, sagte Matthias mit ernstem Blick.

»Du hast recht«, gestand Arcus. »Ich hatte es nur vergessen.«

»Ich könnte mich jedenfalls daran gewöhnen«, kommentierte Tamara.

»Ein grausliches Gefühl, bevorzugt zu werden«, sagte Matthias. »Alle VIPs sind Arschlöcher. Weiß doch jeder.«

»Geld zu besitzen ist an sich nichts Schlechtes«, ergänzte Arcus. »Das Zuviel ist das Übel.«

»Im Namen der Mutter, der Tochter und der heiligen Vulva, Amen«, schloss Tamara, als sich die Tür des Aufzugs öffnete.

Als die drei auf der Aussichtsplattform des Nordturms angekommen waren, ging Arcus zuallererst zur Pummerin, der größten und schwersten Glocke Österreichs, schoss ein Foto und postete es. Dann ging er ein paar Schritte zurück in Richtung Aufzug, blieb beim Zaun stehen, blickte in die Tiefe Richtung Manner-Shop, wo sich irgendwo Anaïs befinden musste.

»Bereit?«, fragte er. Tamara antwortete nicht, knipste ein Foto nach dem anderen. Matthias warf einen kurzen Blick aufs Handy. Anaïs sei in Position und filme bereits, sagte er und öffnete die beiden Taschen, die er unterhalb des Zauns direkt zur Wand hingestellt hatte. Die Papierstreifen, die die Geldbündel ursprünglich zusammengehalten hatten, waren bei den Scheinen in diesen beiden Taschen bereits entfernt worden.

»Wie viel ist da nochmal drin?«, fragte Matthias. An seinen Schläfen waren einige Schweißtropfen auszumachen. Er wischte sich über die Stirn und kratzte sich am Hinterkopf.

»Das weißt du doch«, meinte Arcus.

»Zehn Millionen?«

»Zehn Millionen«, bestätigte Arcus, der, seitdem sie die Plattform erreicht hatten, sehr entspannt wirkte. Er machte ein letztes Foto vom Tascheninhalt und fügte zum hochgeladenen Bild den Kommentar hinzu: »Das kommt dabei raus, wenn die Regierung zu feige ist, um uns Überreiche gebührend zu besteuern! Nehmt das Geld. Es ist steuerfrei. Schämt euch nicht. Peace.« Dem Post fügte er den Hashtag *#moneyToGo* hinzu, drückte auf Senden und atmete einige Male tief durch. Dann kniete er sich hin, steckte beide Hände bis zu den Ellbogen in eine der Taschen, wühlte darin herum, als würde er etwas suchen. Schließlich entnahm er ihr einen Wust Geldscheine, richtete sich wieder auf... und warf sie durch den grobmaschigen Zaun. Sogleich flatterten die ersten Scheine langsam in die Tiefe. Manche blieben an der Dachschräge hängen, andere wurden von der leichten Brise in die Höhe getrieben, um an einen unbekannten Ort getragen zu werden. Die meisten Scheine aber segelten in Richtung Stephansplatz. Arcus nickte Matthias zu. Der hob die erste Tasche in die Höhe, presste ihre geöffnete Seite gegen den Zaun und hielt sie dort in Position, während Arcus nach und nach die Zweihundert-Euro-Scheine – es waren immerhin fünfundzwanzigtausend – durch den Zaun zu stopfte. Tamara hielt nicht nur die Kunstaktion selbst, sondern auch die Reaktionen der umstehenden Personen auf der Plattform fest, die sich ungeniert jene Geldscheine schnappten, die nicht durch den Zaun wollten und vom sanften Wind zurückgeblasen wurden.

»Die Pummerin läutet nur zu ganz bestimmten Anlässen«, sagte Arcus zu Tamara. »Heute wäre solch ein Anlass, findest du nicht auch?« Mit jeder Sekunde, die verstrich, mit jedem Geldschein, der den Sturz in die Tiefe wagte, wirkte Matthias bedrückter und Arcus lockerer, befreiter. Nicht, dass er gelächelt hätte. Ganz bestimmt nicht. Und doch wirkte er erfüllt, mit sich im Reinen, kurz: wie jemand, der fest davon überzeugt war, das einzig Richtige zu tun.

Einige Minuten später wiederholten Arcus und Matthias das Prozedere mit dem Inhalt der zweiten Tasche, während die Schwerkraft auf tausende und abertausende Geldscheine einwirkte. Erbarmungslos zog sie, zur Freude der Anwesenden am Stephansplatz, einen Schein nach dem anderen Richtung Erdmittelpunkt. Wären dort unten nicht die Pflastersteine gewesen, die Geldscheine wären weitergeflogen, bis sie das Magma in sich aufgenommen hätte.

Später, die Sonne war längst untergegangen, projizierte Anaïs ein paar ihrer zuvor getätigten Video-Aufnahmen an die Wand des alten Jagdzimmers, des nunmehrigen Gemeinschaftsateliers in der Mödlinger Villa. Teile der Projektion landeten auf einem Backsteinhintergrund, der Großteil – was schon eher der Norm entsprach – auf einer großformatigen Leinwand, die Matthias behelfsmäßig aufgehängt hatte.

Zuerst digitales Rauschen, dann: Ein Kleinkind mit unsicherem Gang, das den ersten Geldschein entdeckt hatte. Erfolglos griff es danach. Und der Wind trug den Schein weiter. Eine Studentin hatte einen zweiten Schein vom Boden aufgelesen und ihn wieder fallengelassen, in der Annahme, es handle sich um einen Flyer. Ein etwas älterer Bub, er dürfte etwa acht Jahre alt gewesen sein, schnappte sich mit einem flink ausgefahrenen Arm einen der ersten herabtrudelnden Geldscheine aus der Luft. Mit skeptischem Blick studierte er das Objekt. Erst als seine Mutter den Schein in die Hände nahm und nach einer kurzen Gegenlichtkontrolle das Ding mit großen Augen für echt befand, trat ein Strahlen in sein Sommersprossengesicht. Er sagte: *Mama, jetzt kann ich mir endlich ein neues...* der Rest ging im Geschrei unter, das aus der Richtung des Manner-Shops aufbrandete. Erst als der Himmel blassgelb glitzerte und die Scheine in Massen wie flirrende, wildgewordene Papierflieger auf die Passanten herabtaumelten, zweifelte kaum jemand mehr an der Echtheit der Geldscheine. Die Drohne von vorhin schwirrte, aus welchen Gründen auch immer, mitten hinein in den Geldscheinschwarm. Der Lenkende musste die Kontrolle verloren haben, denn das Gerät zerschellte an der gegenüberliegenden Glasfassade. Kinder machten ein Spiel daraus: Wer mehr Scheine fängt, hat (doppelt) gewonnen! Für andere wiederum war die Situation todernst. Man erkannte es in ihren Blicken. Kein verdammter Schein durfte verloren gehen! So viele wie möglich mussten in den Geldbörsen, den Rucksäcken, den Westen- und den Umhängetaschen verschwinden. Wer teilt, verliert. Zwei zufällig anwesende Polizisten versuchten, die Menschen zu beruhigen, nicht ohne den einen oder anderen zufällig vorbeiflatternden Geldschein möglichst unauffällig in der Hosentasche verschwinden zu lassen. Aber sie waren nicht zu beruhigen, die Menschen. Ein Geschrei erfüllte den Platz, wie es ihn hier noch nie gegeben hatte. Es waren keine Ausrufe der Freude und des Glücks, sondern das hysterische Gekreische der Gier, mit dem ein panisches Getrampel einherging. Zwanzig Minuten später waren, wie Arcus aus den ersten Medienberichten erfahren musste, nicht wenige Knochenbrüche zu beklagen. In den sozialen Medien reichten die Kommentare von *geniale, konsumkritische Kunstaktion* bis *Wahnsinniger, der die Sicherheit der Touristen gefährdet.*

»Freiheit«, sagte Anaïs und drückte die Stopptaste, »sieht anders aus.«

»Sie sind gefangen«, bestätigte Arcus. »Nichts anderes wollte ich aufzeigen. Wie es uns in Geiselhaft nimmt, das Medium Geld. Wir sind in seiner Schuld, in der Schuld der Schuldscheine. Wir leben darin. Es erfüllt uns und nimmt uns in die Pflicht. Wir sind abhängig davon. Süchtig danach.«

»Und niemand ist frei davon«, merkte Matthias an, ohne aufzublicken. Er holte das Geldbündel aus seiner Umhängetasche, das Arcus ihm im Café Hawelka gegeben, ja, regelrecht aufgezwungen hatte und betrachtete es, indem er es in seinen Händen hin und her drehte, nachdenklich von allen Seiten. »Ob sich die Leute, die sich bei der Aktion wehgetan haben, ebenso freuen?«, fragte er. »Ob es das für sie wert war, unverhofft Teil dieser Lottoausschüttung vom Himmel herab zu werden?« Er hob kurz den Kopf, schaffte es aber nicht, Arcus in die Augen zu sehen. »Vielleicht waren unter den Verletzten auch Kinder.«

»In den Nachrichten wurde nichts von Kindern erwähnt«, entgegnete Arcus und räusperte sich. Außerdem hätten sie ja quasi Schmerzensgeld erhalten, schob er nach und lachte über seinen Schenkelklopfer. Matthias verzog keine Miene. Ob es ihm gut gehe, fragte Arcus.

»Ja, doch«, sagte Matthias. »Alles gut. Entschuldige.« Er lächelte gezwungen.

»Nichts zu entschuldigen«, meinte Arcus, hob den Daumen und ging zum Tisch, um sich ein paar Chips aus der Schüssel zu nehmen. Als Matthias sich nicht mehr beobachtet fühlte, legte er das Geldbündel zuerst neben sich auf die Couch, und schob es dann mit angewidertem Gesichtsausdruck hinter sich, um es zwischen Polster und Matratze zu verstecken. Er führte die leeren Hände wieder nach vorne, lehnte sich zurück und schloss seine Augen.

»Danke, dass ihr mir so… professionell geholfen habt«, sprach Arcus. Es klang etwas hölzern aus seinem Mund. Also fügte er hinzu, dass er sehr froh sei über diese künstlerische Gemeinschaft.

»Nichts zu danken«, sagte Anaïs und fügte ernst hinzu: »Es war ja auch kein Freundschaftsdienst. Das hast du uns unmissverständlich klar gemacht, indem du uns bezahlt hast, schon vergessen?«

»Ich möchte mich trotzdem bedanken«, meinte Arcus.

»Wenn du meinst«, sagte Anaïs, und fügte hinzu: »Ich geh dann mal. Es ist ja fürs Erste alles gezeigt und gesagt.«

Tamara stand auf und ging auf Arcus zu. Sie beugte sich vor. Kurz dachte er, sie würde ihm einen Kuss geben. Er hatte in diesem Moment im Grunde nichts dagegen, auch wenn ihm die Zeit fehlte, alle

Implikationen zu bedenken. Tamaras Lippen berührten Arcus' Stirn. Fühlt sich wie Freundschaft an, sagte er sich, als sie wieder zur Couch zurückging. Und das war auch der Moment, in dem ihm bewusst wurde, dass ihm etwas schmerzlich fehlte. Nein, nicht etwas: Jemand.

13

Schweigend betraten sie den Flur. Stéphanie knipste das Licht an und warf ihre Schlüssel in die gläserne Schatulle auf der Kommode. Für einen Moment klirrte es unangenehm laut. Arcus schloss hinter sich die Tür, griff in die rechte Hosentasche, holte seinen Schlüsselbund hervor… und legte ihn behutsam in die Schatulle. Nur ein leises Klimpern war zu hören, als sich die Bärte seiner und ihrer Schlüssel miteinander verzahnten. Rückblickend sollte er meinen, dass es dieser Moment gewesen war, dieses kurze Innehalten, bevor er die Schüssel abgelegt hatte.

»Was trinkst du?«, fragte Stéphanie und schaute von der Küche aus ins Wohnzimmer.

»Keine Ahnung«, sagte Arcus. »Tee?«

»Ich mache dir einen beruhigenden«, sagte sie.

»Danke«, sagte Arcus. Er ließ sich auf die Couch fallen, griff wie abwesend nach der Fernbedienung, die zwischen zwei Pölstern halb verborgen lag, lehnte sich zurück und schaltete achtlos den Fernseher ein. In der Nase verspürte er ein leichtes Jucken. Grete, Stéphanies Katze, würde bald die Haare ihres Winterfells in der Wohnung verteilen. Arcus nieste, schnäuzte sich.

»Anouk sollte gesaugt haben, bevor sie zu ihrer Freundin gefahren ist«, rief Stéphanie über das Rauschen des Wasserkochers hinweg. Arcus sah sich den Stoff der Couch etwas genauer an. Mehrere weiße Katzenhaare hoben sich leuchtend vom dunkelblauen Untergrund ab.

»Alles sauber hier«, rief er zurück.

Während der Autofahrt hatte er Stéphanie vom Anliegen seiner Angestellten erzählt. Dass sie am Vormittag gemeinsam auf ihn zugekommen waren, um mit ihm, wie sie es ausdrückten, Tacheles zu reden: Maria war bei einem ihrer *sozialen Dienste* am Mödlinger Bahnhof von einem Säufer begrapscht worden; sie teilte dort ja, wie von Arcus vorgeschlagen, regelmäßig Gulasch an Bedürftige aus. Dafür sei sie nicht länger zu haben. Außerdem sei sie ohnehin mit den gefühlt wöchentlich eintreffenden Künstlerinnen und Künstlern mehr als eingedeckt, ja, sie brauche dringend mehrere Küchengehilfen. Willibald jammerte über das neue Elektroauto. Die Reichweite sei, wie er es ausdrückte, ernüchternd. Außerdem habe vorige Woche eine Autostopperin – Arcus hatte ihm diesen Dienst an der Gemeinschaft *ans Herz gelegt* – die Ledersitze samt Boden vollgekotzt. Er wisse nicht, ob er den Gestank je wieder loswerde. Und über den Zwischenfall von vor einem Monat sei Arcus ja bereits informiert. Dass ihn ein Autostopper so sehr vom Fahren abgelenkt, ja, sogar ins Lenkrad gegriffen habe, dass er beinahe einen Unfall gebaut hätte. Auf der Autobahn! So oder so habe er keine Lust mehr, unbekannte Menschen irgendwohin zu chauffieren. Er habe Besseres zu tun. Und wenn Arcus unbedingt ein Taxiunternehmen gründen wolle, nur zu, aber er mache dabei nicht länger mit. So gesehen wäre es an der Zeit, einen eigenen Chauffeur anzustellen. Außerdem bat er Arcus, verbindliche Verhaltensregeln für den Aufenthalt in der Villa aufzustellen. Die Kunstschaffenden glaubten anscheinend, sie wohnten in einem anarchischen Schlaraffenland. Dass sie dort alles machen durften, Löcher in die Wände bohren, den Parkettboden bekritzeln, jeden zweiten Tag laute Partys feiern ohne Rücksicht auf die Bedürfnisse der Nachbarn. Wer weiß, morgen fiele diesen Spaßvögeln noch ein, tragende Wände niederzureißen?! Da ergriff Maria abermals das Wort und gestand ihm hüstelnd, dass sie mittlerweile echt am Ende sei, völlig ausgebrannt. Sie putze mittlerweile in so vielen Häusern, da sie nicht nein sagen könne, wenn sie von alleinstehenden Müttern um Unterstützung gebeten werde. Ihre kostenlose Hilfe habe sich anscheinend herumgesprochen. Und das sei ja auch die Bedingung von Arcus gewesen, nicht wahr? Dass sie weiterhin bei ihm angestellt bliebe, wenn sie neben dem Kochdienst und der Gartentätigkeit nicht nur die Villa, sondern zusätzlich einige andere Wohnungen reinige? Sogar Elsbeth hatte sich der Aussprache angeschlossen. Sie arbeite gern und viel, doch auch sie benötige einige zusätzliche Mitarbeiterinnen und Mitarbeiter an ihrer Seite. Family Offices, sagte sie, neigten dazu, relativ schlank aufgestellt zu sein, aber dieser Minimalismus gehe entschieden zu weit. Außerdem verlange sie von Arcus, dass er sie zurückrufe, wenn er ihre Anrufe nicht annehmen könne. Die Unterschriften setzten sich schließlich nicht von alleine aufs Papier. Es gehe um Millionenbeträge, die von A nach B geschoben würden. Ein bisschen mehr Professionalität sei wohl nicht zu viel verlangt!? Wie sich Arcus vielleicht denken, oder nicht denken könne, hätten sie alle nicht unendlich viel Kapazität. Sie hätten Familie. Arcus habe sie alle damals überrascht mit seinen Bedingungen. Niemand habe Zeit gehabt, in Ruhe darüber nachzudenken. Bei so einem Gehalts- und Urlaubsangebot schon gar nicht. Ob er es denn nicht für moralisch verkehrt halte, sie zum Sozialdienst zu verpflichten? Warum lasse er diesen ehrenhaften Beitrag nicht von seinen Kunstschaffenden erledigen, die ja stets auf der moralisch *richtigen* Seite stehen wollten? Sie selbst müssten nämlich auch mal auf sich schauen. Sicherheit gehe immerhin vor. Es müsse unbedingt gewisse Regeln geben. So könne es jedenfalls nicht weitergehen. So nicht! Geld sei viel, hatten sie abschließend gesagt, aber halt nicht alles. Arcus hatte nicht gewusst, ob ihn diese Plattitüde zum Lachen oder zum Weinen bringen sollte. Geld sei nicht nur nicht alles, hatte er schließlich geantwortet, sondern Geld sei vielmehr überhaupt nichts. *Nichts!*, hatte er den Anwesenden zugerufen. Elsbeth und Willibald hatten verständnislos die Köpfe geschüttelt, Maria aus Fremdscham zu Boden geblickt.

»Ich bin ein schlechter Arbeitgeber«, sagte Arcus in den Raum.

»In erster Linie bist du Künstler und nicht Arbeitgeber. Das ist alles neu für dich«, sagte Stéphanie hinter ihm, schritt um die Couch herum und stellte zwei dampfende Teetassen aufs niedrige Holztischchen. Arcus fiel auf, dass sie sich in der Zwischenzeit ihren Pyjama angezogen hatte.

»Du gehst schon schlafen?«, fragte er.

»Du bist nicht der Einzige mit Anrecht auf einen anstrengenden Tag«, sagte sie.

»Es tut mir leid«, sagte er. »Bitte erzähl mir von deinem.«

»Schon gut«, sagte sie, setzte sich neben ihn und berichtete von ihrer Arbeit im Kindergarten. Ihre Gruppe sei einfach zu groß, um ihren pädagogischen Ansprüchen gerecht zu werden. Es bleibe kaum Zeit für die individuellen Bedürfnisse der Kinder, geschweige denn für intensive Bildungsarbeit. Von den Assistenzkräften bekomme sie weniger Unterstützung als nötig, denn diese seien mit dem Putzen beschäftigt, da bei den Reinigungskräften gespart werde. Da beiße sich die Katze in den Schwanz. Von der Wertschätzung der Gesellschaft für ihr Tun und dem damit in Korrelation stehenden Gehalt wolle sie erst gar nicht sprechen. Dass nicht wenige Menschen, und leider auch viele Eltern, davon überzeugt seien, dass Bildung erst in der Schule beginne, wenn nicht gar noch vier Jahre später, im geheiligten Gymnasium. Die Politikerinnen und Politiker seien noch nicht so weit, zu erkennen, dass sie hier mit ihren pädagogischen Kolleginnen an der Basis, am Fundament arbeite, oder eigentlich arbeiten sollte, auf dem später alles andere zu fußen habe. Es gebe Tage, an denen fühle sie sich eher wie eine Aufpasserin als eine Elementarpädagogin. Sobald eine Kollegin krank sei, gehe ohnehin nichts mehr. Und krank sei beinahe immer irgendwer. Aber irgendwie komme man durch, nicht wahr? Hauptsache, die Kinder seien irgendwo untergebracht, damit die Erwachsenen den restlichen Tag produktiv arbeiten könnten. So etwas wie Supervision in der Dienstzeit sei ein ferner Traum.

»Wir *spielen* ja nur ein bisschen mit den Kindern, nicht wahr? Während die Erwachsenen die *echte* Arbeit vollbringen. Und die Ironie an der ganzen Sache«, sagte sie und lächelte bitter: »Wir kommen wegen der Gruppengröße und der Unterbesetzung in Wahrheit ja kaum zum Spielen! Das ist sehr, sehr traurig. Solange in der breiten Gesellschaft kein Bewusstsein für diese Missstände da sind, ändert sich freilich nichts. Und da sind wir von gratis Ganztagskindergärten noch weit entfernt!« Stéphanie sagte lange nichts. Dann gähnte sie. »Ich habe dir vorige Woche, und die Woche davor, und im Monat davor schon dasselbe erzählt, oder?«, fragte sie Arcus.

»Ja«, sagte Arcus. »So ähnlich. Und es macht mich nicht weniger wütend, je öfter ich es höre. Gut, dass ihr kürzlich auf die Straße gegangen seid«, meinte er nach einiger Zeit. »Ihr solltet noch öfter auf die Straße gehen. Einmal im Jahr für einen Tag, das reicht doch nicht. Bei weitem nicht. Alle gemeinsam solltet ihr nicht nur einen Tag lang streiken, sondern eine Woche, zwei, und wenn es nicht anders geht, einen ganzen Monat. Und nicht nur in Wien, sondern auch in den restlichen Bundesländern. Und das ohne sogenannte *Notbetreuung*. Was glaubst du, wie schnell es in der Gesellschaft zu einem Umdenken käme, wenn die Arbeitenden Urlaub nehmen müssten, um auf die Kinder aufzupassen? Die Regierung würde unter heftigsten Schweißausbrüchen berechnen, woher sie das Geld für die zusätzlichen Räumlichkeiten, fürs zusätzliche Personal und fürs höhere, dem Wert eurer Arbeit angemessene Gehalt bekäme. Und siehe da, wie bei der Pandemie würden sie nach ein, zwei langen Nächten zur Übereinkunft kommen, dass alles finanzierbar wäre. *Koste es, was es wolle*, würde es dann heißen.«

Stéphanie hob den Daumen, gähnte abermals. Beide schauten geradeaus auf den Bildschirm. Panzer waren zu sehen. Bewaffnete Menschen hinter einem Schutzwall aus Sandsäcken. In die Luft zischende Raketen. Aufsteigender Rauch. Explosionen. Zerstörte Gebäude. Verletzte Menschen, die aus Trümmern gezogen wurden.

»Ich habe kein Anrecht darauf, erschöpft zu sein«, sagte Arcus, indem er den Faden von vorhin wieder aufnahm. »Und wer so reich ist wie ich, müsste doch immer glücklich sein, nicht?«

Sie sei zu müde, um klar denken zu können, meinte Stéphanie.

»Ich weiß nicht«, sagte er zu sich selbst. Seit dem Antritt des Erbes sei ihm, wenn er in der Früh aufwache, übel. Oder er sei wütend, schlecht gelaunt. Das sei vorher nicht so gewesen. Es koste ihn Kraft, das Geld zu vergessen. Aber das mache ihn nur noch unsympathischer. Natürlich nicht für die Überreichen. Für die sei er ohnehin ein Vollidiot, da er denen zufolge nicht wisse, wie man korrekt mit Geld umging. Das störe ihn nicht. Im Gegenteil, das bringe ihn zum Schmunzeln. »Aber alle anderen«, seufzte Arcus. »Die Leute auf der Straße. Auch die Künstler:innen. Zu Recht finden sie, dass ich ein Arschloch bin. Dabei denken doch in der Tat nicht wenige Superreiche, dass sie eine diskriminierte, mit Vorurteilen konfrontierte Minderheit seien!«

Stéphanie nahm einen Schluck von ihrem Tee und stellte danach behutsam die Tasse ab. »Denkst du das über dich selbst auch?«, fragte sie nach einiger Zeit.

»Du meinst das mit der Minderheit?«

»Ich meine das andere«, sagte sie. »Möchtest du das? Dich wie Abschaum fühlen, wie jemand, der absichtlich gemein ist, ein übler Bursche, jemand, der es nicht verdient, gut zu sein... ein Arschloch?«

Arcus atmete tief ein, sodass sein Bauch sich nach außen wölbte, bevor er wieder in sich zusammensank, auf Normalgröße zurückschrumpfte. »Es ist wie eine Krankheit«, sagte er, führte ebenfalls die Tasse an seine Lippen, und schlürfte mit kleinen Schlucken den dampfenden, angenehm duftenden Tee. Er spürte nach dem Schlucken, wie die warme Flüssigkeit die Speiseröhre nach unten in den Magen rann. »Wie ein Hautpilz oder die Krätze ist das«, fuhr er fort. »Irgendetwas extrem Unangenehmes, das andauernd heftig juckt.« Arcus kratzte sich am Kopf und an der Brust, wie um zu verdeutlichen, dass er sich nicht wohlfühlte in seiner Haut. »Ich muss aufpassen, dass ich mich nicht für das hasse, was ich bin, weißt du?«

»Nicht das, was du *bist*«, sagte Stéphanie leise, gähnte abermals, rückte näher an ihn heran und lehnte ihren Kopf an seine Schulter.

»Wie meinst du das?«, fragte Arcus nach und verspürte wie aus dem Nichts den Drang, sie zu umarmen.

»Wenn du schon nicht anders kannst, als zu hassen«, sagte sie, »dann hasse doch das, was du *besitzt*. Nicht das, was du bist.«

»Und was bin ich?«, fragte Arcus, ohne darauf eine Antwort zu erwarten.

Stéphanie hatte ihre Augen geschlossen und sagte lange nichts. Im Fernseher liefen nach wie vor die Nachrichten. Ein Journalist interviewte eine Politikerin in Übersee. Es kam immer wieder zu Unterbrechungen, da mit der Übertragung etwas nicht stimmte. »Du bist mein Zuhause«, kam ihr schließlich hauchend über die Lippen. Ob es Arcus gehört hatte, war nicht auszumachen. Jedenfalls antwortete er nicht. Arcus lehnte seinen Kopf an ihren. Und legte den Arm um ihren Nacken, sodass seine Hand auf ihrem Oberarm zum Liegen kam. Hatte Stéphanie immer schon so gut, so unverschämt vertraut gerochen? Es musste so sein. Hatte er es vergessen? Oder nie in dieser Deutlichkeit wahrgenommen? Oder sich dazu entschieden, es nicht mehr wahrnehmen zu wollen? Als Schutz? Aber wovor?

Die Werbung flackerte über den Bildschirm. Wirres, dummes Zeug, das die Aufmerksamkeit der Menschheit in grellen Farben und Formen gefangen nahm. Er war auch ein Gefangener, dachte er. Ein Gefangener seines Körpers.

»Stéphanie?«, fragte Arcus leise. Sie gab keine Antwort. War sie so schnell eingeschlafen? Sie würde nichts bemerken, sagte er sich. Und was nicht wahrgenommen wurde, war nie geschehen. Er drehte seinen Kopf etwas zur Seite, sodass seine Lippen ihre Stirn am Haaransatz berührten. Dort küsste er sie. Und es war kein freundschaftlicher Kuss. Diesmal nicht. Ganz bestimmt nicht. Er küsste sie ein zweites Mal und sog ihren Duft durch seine Nasenlöcher ins Innere seines Körpers. Stéphanie öffnete die Augen, legte den Kopf in den Nacken und wirkte plötzlich hellwach.

»Du schläfst nicht?«, fragte Arcus. Ob sie es bemerkt hatte? Er spürte, wie sein heftiges Herzklopfen die Schweißproduktion ankurbelte. Unter normalen Umständen hätte er jetzt seinen Pullover ausgezogen. Stéphanie sah Arcus forschend ins Gesicht. An seinen Schläfen bildeten sich kleine Schweißperlen.

»Ist dir heiß?«, fragte sie.

»Vielleicht der Tee«, murmelte Arcus.

»Das ist es nicht«, sagte sie.

Arcus zog sich endlich den Pullover aus. Es war eine profane Handlung, wie man sie, neben vielen anderen, etliche Male am Tag ausführte. Mit dem

Hochheben war auch Arcus' T-Shirt nach oben gerutscht. Er wollte es soeben wieder nach unten ziehen, da sagte sie: »Nein«, legte die Hand auf seine nackte Brust und griff nach dem T-Shirt. Einige Sekunden lang sagte niemand etwas. »Nein«, sagte sie abermals... und zog es ihm über den Kopf.

14

»Und Sie sind tatsächlich aus Mödling?«, fragte Anouk den Tresorknacker. Antwort bekam sie keine. Der gedrungene Mann hatte sich mit seinen Geräten vor den Safe gehockt und den Kopfhörer aufgesetzt, der über ein Kabel mit einem speziellen Verstärker verbunden war, aus dem wiederum ein Kabel führte, das am anderen Ende an eine Art Saugnapf angeschlossen war, den er fachmännisch, also mit einigem Gestöhne und Gefluche, an der metallenen Gehäusewand des Safes angebracht hatte. Über dem Schloss hatte er bogenförmig drei weiße Papierstreifen angeklebt, die eine Augenbraue zum Augenschloss darunter bildeten. Zuvor hatte er mittels eines dünnen Metallrohrs und eines Vergrößerungsglases am anderen Ende, das dem Otoskop einer Ohrenärztin ähnelte, ins Schloss geblickt. Verschiedenste Werkzeuge, jedenfalls Dinge, die mehr oder weniger an Schrauben oder Schraubenzieher oder Schlüssel erinnerten, aber auch längliche Drähte und Röhren befanden sich in einem robusten Koffer am Boden der Garage. Der Geruch nach Öl und Schmierfett lag in der Luft und vermengte sich mit dem süßlichen Duft eines Parfums. Arcus betrachtete Anouks Hinterkopf. Out-of-the-bed-Look. Arcus wunderte sich, dass der unter Jugendlichen immer noch angesagt war und dachte an seine eigene Kindheit und dass seine Mutter eine furchtbare Szene gemacht hatte, als Arcus darauf bestanden hatte, das Kämmen bleiben zu lassen.

»Er ist tatsächlich aus Mödling«, antwortete Willibald etwas stolz. Er habe nach langer Suche einige vielversprechende Leute gefunden, die aber in England lebten. Dann habe er durch eine Empfehlung… egal, jedenfalls habe er von ihm erfahren und nun sei er hier. Der Tresorknacker drehte sich langsam um. Mit den für seinen kleinen Schädel zu groß wirkenden Kopfhörern, einer Art in der Mitte gespaltener Kokosnuss auf seinen Ohrmuscheln, wirkte er wie aus einem schrägen Science-Fiction Film entsprungen. Er legte den Zeigefinger an seine geschlossenen Lippen und schüttelte langsam den Kopf. Ein eindeutiges Zeichen, wie Arcus fand. Er berührte Anouk an den Schultern und zeigte nach draußen. Willibald war schon vorausgegangen. Als die beiden ins Freie traten, schirmten sie ihre Augen mit den Händen ab und blinzelten, bis sie sich an die Helligkeit gewöhnt hatten. Aus den Mündern entwichen kleine Rauchfontänen. Es war ein kalter, klarer Wintertag.

»Wieso sprengt ihr das Ding nicht einfach auf?«, wollte Anouk wissen.

»Zu gefährlich«, gab Willibald zu verstehen. »Für die Statik der Villa und natürlich auch für den Inhalt des Tresors. Den wir nicht kennen«, fügte er schnell hinzu, verzog den Mund und verhehlte nicht, dass er für Pubertierende mit ihren vielen Wieso-und-warum-Fragen relativ wenig Geduld hatte.

»Ihr wisst im Ernst nicht, was sich drinnen befindet?«, fragte Anouk.

Willibald schüttelte übertrieben den Kopf.

»Ich weiß, was sich im Inneren befindet«, meinte Arcus nach einer kurzen Pause.

»Ach ja?«, fragte Willibald mit eigenartig krächzender Stimme. Er musste sich bei der Aussprache dieser kurzen Wörter verschluckt haben. Sein darauf folgender, das ganze Vogelgezwitscher überlagernder Hustenanfall dauerte lange. Sehr lange. Der Tresorknacker erschien und spähte von der Garage aus um die Ecke.

»Wollen Sie, dass ich den Tresor öffne?«, fragte er.

»Aber natürlich«, antwortete Willibald und räusperte sich. Hustete abermals.

»Dann verschwinden Sie. Oder hören zumindest auf, so einen Lärm zu machen!«, rief der Tresorknacker und zog sich wieder ins Innere der Garage zurück, die seit Kurzem nur noch ein Fahrzeug, nämlich das neue Elektroauto beherbergte. Nachdem Willibald vor einigen Wochen die Oldtimer, wie von Arcus gewünscht, dem Technischen Museum Wien übergeben hatte, saß er nicht selten im nunmehr für seine Bestimmung zu großen Raum, um dort durch gelegentliches lautes Brüllen oder leises Wimmern seine emotionale Balance wiederherzustellen. Waren ihm die neu eingezogenen Kunstschaffenden mit ihren eigenwilligen Fragen und Bitten zu viel? Aber waren denn nicht auch Arcus' Eltern und seine Geschwister des Öfteren mit eigenwilligen Bitten an ihn herangetreten? Sind Kunstschaffende denn so viel anders als Hyperwohlhabende, denen ihr Reichtum zu Kopf gestiegen ist?

»Und du bist dir sicher, dass der Typ ein Niederösterreicher ist?«, fragte Arcus. »Hört sich eher nach einem grantelnden Prototyp aus Wien an.« Anouk bemerkte, dass sich Arcus bemühen musste, nicht zu lachen.

»Ich habe ihn nach einem Tipp von der Polizei gefunden«, sagte Willibald, der sich wieder einigermaßen gefangen hatte. »Beinahe hätten wir jemanden einfliegen lassen müssen. Es gibt anscheinend europaweit nur noch etwa zehn Menschen, die diese Art Tresor ohne Gewaltanwendung öffnen können. Ich kann es mir also nicht leisten, unhöflich zu ihm zu sein.«

»Aber wenn ich ihm mehr Geld geben würde?«, dachte Arcus laut nach. »Anstatt den versprochenen tausend Euro, sagen wir... zehntausend Euro? Oder warum nicht fünfzigtausend? Dann könntest du ihn jetzt anbrüllen und zurechtweisen. Er würde es über sich ergehen lassen, nicht wahr?«

»Wäre möglich«, sagte Willibald und wirkte, als würde ihm diese Aussicht keine Freude bereiten.

»Aber das wäre moralisch nicht in Ordnung«, sagte Anouk.

»Korrekte Antwort«, bestätigte Arcus, faltete die Hände hinter seinem Rücken und kam sich in dieser Haltung auf einmal sehr alt vor.

»Aber was glaubst du, was nun im Tresor ist?«, hakte sie abermals nach.

»Mit Sicherheit etwas, das mir nicht gefallen wird«, antwortete Arcus mit ruhiger Stimme und imaginierte sich selbst als alten, weißen Mann mit runzeliger Haut, müden Augen, grauen Haaren, die ihm aus den Ohren und aus den Nasenlöchern wuchsen, mit eingefallenen Wangen und allem, was dazugehört.

Anouk griff in die kleine Ledertasche, die sie an einer Kette um den Hals trug, zog eine bunte Packung daraus hervor und schob sich einen Kaugummi in den Mund. Sie drehte sich nach links und rechts, machte einen Schritt nach vorne und zurück, wippte mit dem Kopf. Hörte sie Musik? Arcus konnte keine weißen Stöpsel in ihren Ohren ausmachen. Anouk hatte eine Melodie im Kopf, das konnte er erkennen. Dass da ein Rhythmus war, der von ihrem Körper ins Sichtbare gehoben wurde. Es schien ihr egal zu sein, dass Willibald und Arcus sie beobachteten. Was würde ich nur geben, dachte Arcus, mich so ungezwungen und frei bewegen zu können. So etwas war nur möglich, wenn man mit einer Mutter wie Stéphanie aufwuchs. Arcus hatte die Steifheit von seinen Eltern übernommen, oder zumindest Anteile davon eingeimpft bekommen. Das war ihm schmerzhaft bewusst. Er konnte sich nicht bewegen. Nicht frei. Das Tanzen war ihm fremd, immer schon sehr fremd gewesen. Er tanzte wohl. Das ließ er sich nicht nehmen. Aber er wusste, dass seine Arme runder, dass seine Beine lockerer schwingen und seine Hüften seidener kreisen könnten. Wäre es ihm nur möglich, einen Zugang zu finden zu dem Schwung, den die Jugendlichen ganz natürlich aus ihrer Kindheit mitbrachten. Ja, er hatte einen Stock im Arsch. Das hatte er. Er konnte aufrecht sitzen. Das hatte er gelernt als Kind. Das wurde ihm eingetrichtert. Das war etwas, das er nicht mehr loswurde. Schön aufrecht sitzen, damit der Stock aber auch wirklich fein hinten hinein und bis oben in den Kopf geschoben werden konnte. Dass er sich selbst im Kunstkontext nicht ungern als *Sitzenbleiber* titulierte, passte in dieser Hinsicht wie die Faust aufs Auge. Da fiel ihm ein, dass er noch Regina Steinbruch, die Chef-Kuratorin der Belvertina, für eine Ausstellungsidee kontaktieren musste. Auch dort, in der Museumshalle, würde er sitzenbleiben. Schon wieder und noch einmal und immerfort.

»Ich brauche eigentlich keinen Aufpasser mehr«, unterbrach Anouk seine Gedanken.

»Wie kommst du darauf?«

»Nur so«, sagte sie.

»Natürlich brauchst du in dem Sinn keinen Aufpasser. Also wenn du mich damit meinst«, sagte Arcus. »Stéphanie hat mich darum gebeten und ich habe...« Er fragte sich, wann der richtige Augenblick war, um es ihr zu verraten. Jetzt? »Wir sind, weißt du...«, stammelte Arcus. »Also ich denke, ich bin...«

»Mama hat eine wichtige Fortbildung«, murrte Anouk. »Ich weiß.« Nach einer kurzen Pause fügte sie hinzu: »Alles, was Erwachsene machen, ist immer ultrawichtig.«

»So ist es«, schaltete sich Willibald ein.

»So scheint es«, kommentierte Arcus und biss sich auf die Lippen. »Und doch sollten all unsere Handlungen gleich wichtig sein. Sind sie aber nicht. Was ich tue, ist zum Beispiel wichtiger als das, was Willibald macht.« Willibalds Augenbrauen rückten näher zusammen. »Ich meine das nicht abwertend«, sagte Arcus. »Ich meine es faktisch. Ich bin stinkreich und das macht mich in unserer Gesellschaft zu einer wichtigen Person. So funktioniert unsere schräge Welt. Auf dem Papier sind wir alle gleich, aber in der Wirklichkeit sind wir es nicht. Und das kotzt mich an. Weil ich gar nicht wichtig bin. Weil ich nicht wichtig sein möchte, so habe ich es gemeint. Also, ich bin schon wichtig. Aber nur deshalb, weil ich ein Mensch bin. Verstehst du, Anouk? Ich möchte wichtig sein, weil ich existiere und weil ich tue, was ich tue und nicht, weil ich diese ganze Scheiße hier geerbt habe.« Arcus schaute zur Fassade der Villa empor. Maria, die gerade mit dem Putzen eines Fensters beschäftigt war, hielt inne und schaute auf ihn herab. Arcus winkte und lächelte nach oben. Maria reagierte nicht, putzte weiter. Da fiel ihm ein, dass er sich trotz seines Versprechens nicht um die Anstellung neuer Beschäftigter gekümmert hatte. Er hörte auf zu winken.

»Sie sollte sich nur um den Garten kümmern«, sagte er sich. »Es war ein Fehler, sie für all die Arbeiten einzuspannen.«

»Undankbar«, murmelte Willibald.

»Wie bitte?«, fragte Arcus.

»Nichts«, sagte Willibald, machte ein paar Schritte in Richtung Garage und spähte um die Ecke ins Innere des Gebäudes.

»Anouk?«

»Ja?«

»Ich habe dir was zu verkünden«, sagte Arcus leiser als beabsichtigt.

»Was ist denn?«, fragte Anouk.

Arcus strich mit der Hand über seine Stirn, hob den Kopf und kniff die Augen wegen der Sonne zusammen.

»Jeder deiner Gedanken«, sagte Arcus schließlich zu Anouk, »und jede Bewegung von dir sind wichtiger als all dieser Reichtum zusammengenommen.« Er sah ihr direkt ins Gesicht. Warum hatte er wässrige Augen? Sie überprüfte, ob Arcus einen Scherz gemacht hatte. Doch dann erinnerte sie sich, dass Arcus nicht lügen, dass er, auch wenn er es manchmal versuchte, nicht mal ironisch sein konnte. Und sie erinnerte sich auch, dass das für die Menschen, die ihn umgaben, manchmal nicht gerade leicht war. Anouk schüttelte den Kopf.

»Das stimmt nicht«, sagte sie. »Das ist deine Wahrheit. Nicht meine.«

»Nur, weil du nicht daran glaubst«, gab Arcus zu verstehen. »All das Geld und die protzigen Häuser, all das soll dich klein machen. Ehrfurcht sollst du haben vor den wichtigen Geschäftsleuten, die in ihren lächerlichen Slimfit-Anzügen in den großen Banken aus und ein gehen. Aber das sind emotional arme, bemitleidenswerte Kreaturen. Das ist alles nur ein lächerliches Spiel. Ein Spiel, leider, das konkrete Lebensrealitäten von Millionen, ja, Milliarden Menschen bestimmt. Bei meiner nächsten Ausstellung werde ich diesen Traum auslöschen. Geld zu verschenken ist leicht. Das bringt Beifallsklatschen und ein *Toll gemacht*, herzhaftes Schulterklopfen und unzählige, unbrauchbare Likes.«

Anouk lächelte, blickte zu Boden. Er hatte ihr schon von seiner neuen Idee erzählt. Sie verstand nicht viel von Kunst, aber wenn Arcus das umsetzte, was er sich vorstellte, dann würde mit Sicherheit die ganze Welt, und nicht nur die Kunstwelt, schockiert nach Luft schnappen.

Ein schallendes Johlen war aus der Garage zu hören. Willibald, der gleich um die Ecke stand, traute sich als Erster hinein. Arcus und Anouk folgen ihm.

»Geschafft«, sagte der Tresorknacker und klatschte in die Hände. Sein Gehirn bestand, nach seinem Gesichtsausdruck zu urteilen, in jenem Moment größtenteils aus ungestrecktem Dopamin und dann noch aus ein paar anderen, unwichtigen Botenstoffen.

»Sie haben getan, wofür Sie bezahlt wurden«, sagte Arcus. »Ich freue mich für Sie.«

»Aber Sie freuen sich auch, weil Sie jetzt gleich hineinschauen können?«, hakte der Mann nach.

»Nein«, gab Arcus zu verstehen. »Ich freue mich höchstens, weil ich nun den Inhalt dieses Tresors loswerden kann. Wollten Sie eigentlich eine Finderlohn-Beteiligung?«

»Bloß nicht«, lachte er. »Ich nehme das Geld. Ist ja meist nur tiefbraunes Zeugs in solchen Safes. Oder andere langweilige Sachen.«

»Sie haben Herrn Ulrich Himmeltroff-Gütersloh bitteschön nicht zu beleidigen!«, bellte Willibald. »Auch wenn er nicht mehr unter uns weilt.«

»Ja, ja«, sagte der Tresorknacker.

»Wollen Sie das Geld in bar?«, fragte Arcus.

»In bar?«, schnaubte der Tresorknacker. »Was soll ich denn mit so viel Bargeld? Sehe ich wie ein Verbrecher aus?«

»Natürlich nicht«, sagte Willibald.

»Ein bisschen schon«, sagte Arcus. Der Tresorknacker lachte, da er wohl dachte, Arcus mache einen Scherz. Er stemmte die Hände in die Hüften und wartete.

»Na?«, fragte er. »Wollen Sie nicht endlich hineinschauen?«

»Der Inhalt ist nicht für Ihre Augen bestimmt«, sagte Arcus.

»Ach so«, sagte der Mann. »Okay. Ich gehe ja schon. Meine Firma schickt Ihnen eine Rechnung.«

»Das rate ich Ihnen«, antwortete Arcus.

Der Tresorknacker packte seine Werkzeuge in den penibel sauberen Koffer, verabschiedete sich mit einem Nicken und einem, wie Arcus fand, verächtlichen Blick. Es gibt glückliche Leute, dachte Arcus, die in ihrer Fröhlichkeit lächeln und herzlich erscheinen. Und es gibt glückliche Leute, die sich in ihrer Unfreundlichkeit wohlig aufgehoben fühlen, die dort zuhause sind und in dieser Negativität sogar Freude empfinden können. Das Glück kennt vielerlei Wege und Schlupfwinkel; es ist nicht einfach nachzuweisen. Es zeigt sich auf einem bitter verzogenen Mundwinkel in aller

Herrlichkeit und versteckt sich zur selben Zeit auf der Innenseite der Lippen eines Lachenden. Das wahre Glück, dachte Arcus, haftet jedoch an keinem Menschen. Das wahre Glück ist kalt und tot und klebt wie die glänzenden Bögen, Tore und Brücken auf den gedruckten Geldscheinen, zum Leben erweckt in den Räumlichkeiten unseres Finanzministeriums. Beinahe ironisch, dachte Arcus, dass die Firma, die die Banknotendruckmaschinen herstellte, und zudem Weltmarktführer in diesem Bereich war, nur wenige Hundert Meter entfernt und somit im selben Ort ihren Sitz hatte, in dem auch seine Eltern begraben waren. Alle paar Jahre hatte sein Vater ihn und seine Geschwister zu einer Führung mitgeschleppt. Arcus erinnerte sich an eine Fotografie, die ihn als Kleinkind neben einer riesigen Druckmaschine zeigte.

Niemand sagte etwas. Willibald schaute zum Safe, schluckte. Arcus hatte seine Augen geschlossen. Anouk blickte zu Arcus, dann zu Willibald, dann zum Tresor. Und ging auf ihn zu. Sie öffnete vorsichtig die Tür.

»Aber...«, stieß Willibald aus. »Sollte nicht lieber... was ist, wenn...?«

»Wenn drinnen Leichen sind?«, fragte Arcus und öffnete die Augen. Er hörte, wie sein Herz das Blut dumpf durch die Ohren pumpte, und war sich beinah sicher, dass auch Anouk dieses Pumpen hören konnte.

»Stéphanie und Matthias haben mir geschrieben. Sie kommen jeden Moment«, sagte er zu Willibald.

»Ich gehe ihnen entgegen und mache das Tor auf«, sagte Willibald kurzatmig. »Außerdem habe ich noch andere Dinge zu tun. Und der Inhalt geht mich ja nichts an.« Damit ging er mit schnellen Schritten nach draußen.

»Wie?«, fragte Arcus. »Du willst nicht mal einen Blick hineinwerfen?« Doch Willibald hörte ihn nicht mehr, oder wollte ihn nicht hören. Anouk schaute noch einmal, wie um Erlaubnis zu fragen, kurz zu Arcus, der ihr zunickte, dann geradeaus in den Safe.

»Let's do this«, sagte sie, rieb sich verschmitzt die Hände und drückte die schwere Tür noch etwas weiter auf. »Es riecht nach abgestandener Luft. Aber es stinkt nicht. Es sieht jedenfalls so aus, als wenn es tief hinein gehen würde. Hörst du den Hall?« Anouk schnalzte mit der Zunge und zog ihren Kopf ein. »Und da... da sind auch ein paar Schalter.« Sie betätigte alle nacheinander. Man hörte mehrere leise Klickgeräusche aus dem Inneren. Dann ein kaum wahrnehmbares Surren, schließlich Sounds, die an ein fernes Hämmern erinnerten. Anouks Gesicht wurde von diffusem Licht angestrahlt. Als ihre Augen sich weiteten und sie ihren Kopf tief in den Tresor steckte und schließlich mit ihrem ganzen Körper darin verschwand, wanderten Arcus' Gedanken zu *Alice im Wunderland*, zum Kaninchenbau, zum Fall in die Tiefe.

15

Arcus konnte es an ihrem verkrampften Unterkiefer erkennen. Regina Steinbruch versuchte ein Dauerlächeln zu unterdrücken, bemühte sich inmitten der vielen Anwesenden, die zur Ausstellungseröffnung der neuen Performance von Arcus in die Belvertina gekommen waren, um Ernsthaftigkeit, die in der Kunstszene ein Must war, so wie es in der Architektur als Pflicht gilt, Schwarz zu tragen, um als seriös arbeitende Person angesehen zu werden. Ihr unterdrücktes Dauerlächeln war berechtigt. Arcus wusste das besser als alle anderen. In Wahrheit hätte sie sogar guten Grund gehabt, laut loszulachen. Nicht weil irgendetwas an diesem Abend lächerlich gewesen wäre, nein, aus purer Freude. Weil sie wusste, dass es solch eine Performance noch nie gegeben hatte und mit ziemlicher Sicherheit auch nicht mehr geben würde. Nicht im MoMa in New York, nicht in der Tate Modern in London, nicht im Centre Pompidou in Paris. Mit dieser Ausstellung würde sie die Wiener Belvertina in die erste museale Weltliga katapultieren. Das stand außer Zweifel. Von nun an stünden ihr alle Türen offen.

Regina Steinbruch ging unter Applaus zum Rednerpult und ließ ihren Blick über die Anwesenden schweifen. Bei Arcus' Gesicht, das sich wie mit Widerhaken in ihr Blickfeld bohrte, blieb sie hängen. Er stand, für die Anwesenden nicht sichtbar, seitlich vom Rednerpult im Gang, der in einen angrenzenden Lagerraum führte.

Seine Gesichtszüge konnte sie nicht deuten. War es Gleichgültigkeit? Es wirkte auf sie, als würde der Eröffnungstrubel an Arcus vorübergehen, als hätte das alles hier nichts weiter mit ihm zu tun. Regina Steinbruch blinzelte, schaute zur Decke. Die Leute drängten sich bis ins obere Stockwerk, wo man von der umlaufenden Galerie herab in den Ausstellungsraum blicken konnte, in dessen Mitte sich eine große, merkwürdig aussehende Maschine befand. Die Kuratorin wartete auf den richtigen Augenblick, um mit ihrer Rede zu beginnen. Der Applaus war abgeebbt, stattdessen hörte man nun die Sprüche der Protestierenden von draußen hereinschallen. Steinbruch blähte beim Einatmen ihre Nase auf, als wollte sie die dumpfen Gegenstimmen, die an den Außenmauern der Museumshalle abprallten, einsaugen und als willkommenes Werbegeschenk dankbar aufnehmen. Sie war erfahren genug, um zu wissen, dass eine Demonstration gegen eine Ausstellung das größte Glück war, das einem Museum widerfahren konnte. Mediale Sichtbarkeit war alles. Die Kameras waren auf ihre Person gerichtet. Die roten Lämpchen leuchteten.

»Was sind schon zehn Euro?«, sprach Regina Steinbruch ins Mikrofon. »Was sind schon hundert Euro? Was tausend? Was sind schon zehntausend Euro? Was hunderttausend? Eine Million?« Sie wartete einen Moment, bevor sie weitersprach: »Aber was, liebe Anwesenden, sind hundert Millionen Euro? Das ist schon *etwas*, möchte man meinen. Vor langer Zeit haben wir uns darauf geeinigt, dass es mehr ist als nur bedrucktes Papier. Haben wir einen Geldschein, wollen wir zwei. Haben wir zwei, wollen wir drei. Ist mehr besser?«, fragte sie und ließ abermals ihren Blick über die Köpfe der Besuchenden schweifen. »Was aber, wenn das nicht zutrifft? *No more money, honey*, würde Arcus entgegnen. Hier steht er.« Arcus machte einen Schritt nach vorn, sodass er für alle Anwesenden sichtbar wurde. Er hatte sich eine selbst entworfene Arbeitskluft übergezogen: ein matter, orangefarbener Ganzkörperanzug, der eine Berufsbekleidungsmischung aus Müllmann und Versicherungsbeamtem darstellen sollte. Unbeweglich und aufrecht stand er dort. Arcus konnte nicht mit hängenden Schultern dastehen, dachte die Kuratorin. Aufrecht zu stehen, mit gehobenem Kopf wie ein Soldat, blieb ihm als einzige Option. »Und schon bald wird er sitzen«, fuhr die Kuratorin mit ihrer Rede fort. »Once again: Arcus, der Sitzenbleiber. Vor fünf Jahren ist er schon einmal hier gewesen… und hat an jede Besucherin, an jeden Besucher Fünfzig- und später Hundert-Euro-Scheine verschenkt. *Money sells* haben wir die Performance genannt. Und alle sind sie gekommen. Die Obdachlosen, die Asylsuchenden, die Arbeitslosen, die Studierenden, aber auch die Kinder, ja, sogar die gut Verdienenden. Niemand lässt sich geschenktes Geld durch die Lappen gehen. Wer von Ihnen war hier?«, fragte sie. Die Hände beinah aller Anwesenden wanderten zögerlich in die Höhe. »Es war der erste Teil, der fröhliche«, sagte Regina Steinbruch. »Der schöne, der erfreuliche, könnte man rückblickend sagen. Was Sie heute und für die Dauer der nächsten drei Monate miterleben können, wird in die Geschichte eingehen. Es ist der zweite, traurige Teil, der grausliche, unerfreuliche. Es ist der Teil, der auf den ersten folgen muss, denn auf jedes Hoch folgt ein Tief.«

Regina Steinbruch hielt inne. Von draußen waren im Chor gerufene Slogans zu hören:
»SPENDET WAS AN CARITAS! SPENDET WAS AN CARITAS! SPENDET WAS...«
»Es gibt kein Geld mehr«, sprach die Kuratorin weiter. »*No more money, honey.* Verschenken war gestern. Das Geld ist aus. Leider, leider. Nun, so ganz stimmt das vielleicht nicht. Noch besitzt Arcus nicht nur Millionen, sondern Milliarden. Die politischen Parteien können sich nicht auf eine Millionärs-, und schon gar nicht auf eine Milliardärssteuer einigen. Wenn der Staat das Geld nicht haben will, wenn man Arcus und seinesgleichen nicht besteuert, um es an die Bürgerinnen und Bürger rückzuverteilen, dann ist es, das sagt uns Arcus heute, ohnehin verloren. Verloren und verschwunden, vergraben und versteckt. Ohne gerechte Verteilung auf die Bevölkerung verflüchtigt sich das Geld in die Safes und Schließfächer, auf die Konten und in die digitalen Briefkastenfirmen der Steueroasen dieser Welt. Das Geld ist futsch, es ist weg, und es kommt nie mehr wieder zum Vorschein, wenn es denn überhaupt jemals zu sehen war. Die Reichen werden reicher, die Armen ärmer. Ich erzähle Ihnen nichts Neues? Nun, Arcus wird Ihnen das Neue nicht erzählen, er wird es Ihnen vielmehr zeigen.«
Regina Steinbruch drehte sich um, dann wieder nach vorne, lächelte kaum merklich und nickte Arcus zu. Dieser schritt langsam auf eine sperrige, eigentümliche Maschine zu, die eine in etwa drei mal drei Meter große Grundfläche besaß und eineinhalb Meter hoch sein mochte. Mit Schwung setzte er sich auf einen seitlich angebrachten, etwas erhöhten, mit schwarzem Leder bezogenen Stuhl,

vor dem sich mehrere Hebel und ein bunt blinkendes Schaltpult befanden. Milchig transparente, gerillte Schläuche ragten aus dem Gerät hervor, bildeten Schleifen in der Luft. Kleine Messerspitzen und große Klingen wie von Schwertern stachen in alle möglichen Richtungen teilweise meterweit in den Raum hinein. Betrachtete man die Maschine von oben, wie es viele Anwesende von der Galerie aus taten, so sah man in dessen Mitte ein Loch mit einem Durchmesser von etwa einem Meter, umzingelt von kurzen, scharfen Klingen, die kreisförmig an Ringen angebracht waren. Arcus drückte auf ein paar Knöpfe und betätigte einen Hebel. Die Ringe begannen sich gegengleich rund um das Loch zu drehen. Zuerst langsam, dann immer schneller. Ein Surren, gespeist aus allen Frequenzen, von tief bis hoch, erfüllte bald den Raum.

»Direkt hinter mir befindet sich der sogenannte *Apparat*«, sprach die Kuratorin. »Und nein, es ist nicht der Apparat aus Kafkas *Strafkolonie*. Obwohl die beiden einiges gemeinsam haben. Eine Person aktiviert die Mechanik des Apparats, steuert ihn, entscheidet über die Geschwindigkeit, befüllt dieses gefräßige Ding. Auch werden hier, im Gegensatz zu Kafkas Erzählung, keine Menschen gefoltert und getötet. Nein, hier geschieht – ob das ein Scherz ist oder nicht, entscheiden Sie bitte selbst – etwas viel Schlimmeres. An diesem musealen Ort wird das gefoltert und getötet, was uns am wichtigsten ist: Unser geliebtes Geld. Denn: *No more money, honey.* Oder anders gesagt: Wir. Zerstören. Geld. Arcus zerstört es. Vernichtet es. Zerfetzt es. Mit seiner Maschine, mit seinem Apparat. Und haben Sie keine Angst, das Geld ist nicht Ihr Steuergeld. Es kommt nicht vom Bund, nicht vom Land, nicht von der Stadt, nicht von der Gemeinde. Es ist seines. Es war seines. Es wird seines gewesen sein. ›Von allen Ritualen ist das Opfer das wirkmächtigste‹, schreibt Yuval Noah Harari, ›denn von allen Dingen auf der Welt ist Leid am realsten.‹« Die Kuratorin machte eine Pause, um das Zitat wirken zu lassen und faltete die Hände. »Sie sehen die Koffer hinter den Gitterstäben?«, fragte sie in den Saal und zeigte in den Ausstellungsraum. »Dort schläft es. Heute Abend vernichtet Arcus eine kleine Kostprobe, könnte man sagen, lediglich eine Viertelmillion Euro. Lediglich. Sie lachen. Noch lachen Sie. Warten Sie nur, bis Sie miterleben, wie die ersten Hundert-Euro-Scheine zerfetzt werden. Für all jene, denen übel wird, liegen Spuckbeutel bereit. Ab morgen wird Arcus den ganzen Tag in der Belvertina verbringen und exakt eine Million Euro vernichten. Und exakt dasselbe wird in den nächsten hundert Tagen, an denen das Museum geöffnet ist, geschehen. Bill Drummond und Jimmy Cauty von *K Foundation* haben 1994 eine Million Britische Pfund in einem Bootshaus auf einer schottischen Insel verbrannt. Ihre Aktion stand, wenn Sie so wollen, Pate für Arcus' Performance.« Die Kuratorin schloss für einen Moment die Augen. »Das müssen Sie sich auf der Zunge, nein, in der Geldbörse zergehen lassen«, sprach sie mit stechendem Blick weiter. »Jeden Tag eine Million! Können Sie das nachvollziehen? Können Sie nicht. Das sehe ich in Ihren Gesichtern. Wie man so etwas Verrücktes, so etwas *Krankes* überhaupt machen kann! Und doch sind Sie hier. Weil Sie verstehen, wozu Kunst imstande ist. Unüberwindbare Grenzen werden überschritten. Diese Performance wird Ihnen, wird uns, wird den Regierenden die Augen öffnen. So kann es nicht weitergehen. Während Korruption an der Tagesordnung ist und Menschen hungern. Bei uns. Hier. In Österreich. Und niemand hat den Mumm, denen, die zu viel haben, etwas abzunehmen, sie zu erleichtern von ihrer monetären Last, die sie ohnehin nicht mitnehmen können in ihre diamantenbesetzten Gräber. Während all diese Ungerechtigkeit geschieht, ja, *weil* sie geschieht, muss auch dies hier in der Belvertina geschehen. Diese unfassbare Ungerechtigkeit.« Regina Steinbruch legte eine kurze Pause ein, bevor sie weitersprach: »Was hätte man mit hundert Millionen Euro nicht alles erreichen und umsetzen können? Was Arcus zerstört, ist nur ein kleiner Tropfen dessen, was uns zur Verfügung stünde, wenn wir an einem Strang ziehen und die Welt umkrempeln würden. Gewiss, Arcus wird ihn überspannen, den Bogen, der er ist. Wird er brechen? Oder brechen wir an seiner statt? Wir werden sehen. Wir werden hören. Sie werden fühlen. Schönen Abend.«

Arcus wartete nicht auf die Stille, die nach dem Applaus kam. Schon war er zum käfigartigen Objekt gegangen. Mit einem Schlüssel öffnete er die Tür, schnappte den Griff eines unscheinbaren, grauen Koffers und zog ihn nach draußen. Er verschloss den Käfig, ging mit dem Koffer zum Apparat und stellte ihn in eine Vorrichtung seitlich von seinem erhöhten Stuhl. Arcus betätigte einen Hebel. Eine in Gang gesetzte Mechanik stülpte ein lächerlich kleines Förderband aus dem Inneren der Maschine. Es führte vom Koffer zum Loch in der Mitte. Arcus drückte auf zwei Knöpfe, es machte Klack, und der Koffer öffnete sich lautlos. Und da lag es, das Geld, dort schlief es und ahnte nichts von seinem bevorstehenden Untergang.

Man sah Arcus' Bewegungen an, dass er diesen Ablauf oft geübt hatte. Er wirkte dort auf dem Sitz nicht wie ein Künstler, der eine feine, inspirierende Arbeit verrichtet, sondern eher wie ein Arbeiter, der vor seiner Maschine sitzt und stupide, tausende Male abgerufene Handlungen ausführt. Nichts anderes wollte Arcus in den Betrachtenden auslösen. Er selbst sollte verschwinden, wenn überhaupt, dann nur als Randfigur wahrgenommen werden, die das eigentliche Bild verdeckte. Arcus strahlte konzentrierte Langeweile aus. Das, was hier geschah, ging ihn, so meinte man, persönlich gar nichts an. Er wirkte wie eines von vielen kleinen Zahnrädchen, das genau das tat, was es sollte.

Der Apparat summte inzwischen auf Hochtouren. Die gegengleich rotierenden Ringe mit den vielen Klingen schnitten kreisrunde Wunden in die Luft, sodass sie, wenn man genau hinhörte, einen leisen Pfeifton von sich gaben. Endlich griff Arcus in den Bauch des Koffers... und holte ein Bündel Hundert-Euro-Scheine hervor. Behutsam, als handele es sich bei dem Objekt um das Kunstwerk selbst – was ja in gewisser Weise auch zutraf –, legte er das Bündel aufs langsam vorwärtskriechende Förderband. Die Anwesenden hielten ihren Atem an, einige kicherten, als stünden sie unter Drogen, andere kicherten, weil sie unter Drogen standen, manche standen nur still und mit offenen Mündern da, wiederum andere schüttelten ungläubig ihre Köpfe. Als das Geldbündel das Ende des Förderbands erreicht hatte und schließlich über die Kante nach unten kippte, hinein ins gefräßige, schwarze Loch, als das kurze Aufjaulen des Apparats durch die musealen Räumlichkeiten hallte, und als einzelne, zerstückelte Geldfetzen nach oben wirbelten und rund um den Apparat niederrieselten, als am unteren, seitlichen Rand ein großer, durchsichtiger Plastiksack durch die ausströmende Luft aufgebläht wurde, und als in seinem Inneren die zerfetzten kleinen Papierstückchen sich sammelten und leblos, doch von der Luftbewegung zuckend am Boden liegen blieben, als die Anwesenden diese widernatürliche Vernichtung miterlebt hatten, war es, als bräche in ihnen, in ihren Köpfen, in ihrer Psyche etwas zusammen, als wäre nun die Zeit gekommen, um laut aufzuschreien: Kunst, schön und gut... aber das hier? Es musste doch auch irgendwo Grenzen geben, nicht wahr? Die Belvertina war zu weit gegangen. Damit würden sie nicht durchkommen. Es gab Dinge, die gingen nicht, Dinge, die durften einfach nicht geschehen. Und doch – ihre Augen bestätigten es den Betrachtenden – musste es geschehen sein.

Ein Brüllen erfüllte den Raum, dann ein hysterisches Gelächter, ein Wispern, ein Fauchen, ein kollektives Das-darf-doch-nicht-wahr-sein-Gefühl. Eine ältere Frau begann zu weinen. Der Mann neben ihr legte seinen Arm um ihre Schultern. Sie entfernte den Arm und verließ schluchzend den Raum. Die meisten der Anwesenden standen einfach nur da wie gelähmt. Manche waren bleich geworden. Und waren da in den hinteren Reihen Würgelaute zu vernehmen? Einige wollten etwas sagen, sie schienen zu stottern. Irgendetwas verhinderte, dass zusammenhängende, sinnstiftende Laute aus ihren Kehlen drangen. Bald sahen sie ein, dass sie bei so etwas Verrücktem nichts anderes tun konnten, als geradeaus zu starren. Auf die Maschine. Auf den Apparat. Auf Arcus. Lächelte er, während er von

Zeit zu Zeit die Hebel betätigte und Knöpfe drückte? Oder war es nur die Beleuchtung, die ihren Augen einen Streich spielte? Nein, Arcus hatte seine Lippen gespitzt, nun sah man es deutlich; er hatte seine Lippen gespitzt, um ein Lied zu pfeifen. *The First Cut Is the Deepest.* Arcus warf einen Blick auf den aufgeblähten Müllsack, als wollte er, der Arbeiter, der während der langweiligen Tätigkeit, die nun mal zu erledigen war, routinemäßig vor sich hin pfiff, überprüfen, ob hier alles seine Richtigkeit hatte. Da ihm keine Abweichung vom Prozedere auffiel, blieb ihm nichts anderes zu tun, als erneut, diesmal herzhafter als zuvor, in den Koffer zu langen. Gleich mehrere Geldbündel auf einmal holte er hervor und legte sie hintereinander aufs Förderband. Der Bann war gebrochen. Nun hielt ihn nichts mehr auf. Arcus betätigte einen Hebel, dann noch einen. Das Förderband bewegte sich schneller als zuvor. Die Geldbündel sausten auf dem elastischen Gummiband ihrem – gewiss viel zu frühen – Ende entgegen. Und eines nach dem anderen purzelte in die Tiefe. Arcus hatte beim Entwurf des Apparats aber nicht nur an Kafka, sondern auch an *Star Wars* gedacht, an den *Sarlacc*, der auf dem Planeten Tatooine in der Grube von Carkoon in diesem Loch hauste, ja, dieses Loch auszufüllen schien, es *war*, und mit seinem Schlund alles Lebende, das hineinfiel, verspeiste. Abermals hallte das Geräusch von zerreißendem Papier – oder eigentlich zerreißenden Baumwollfasern – durch den quadratischen Raum. Nur dass die Geräusche diesmal nicht abebbten. Immer neue Scheine glitten über den Rand, gaben sich lemminggleich hin, stürzten ins Verderben.

Nun war das Würgen von vorhin wieder da. Gefolgt von einem erleichternden Plätschern.

Leute schrien auf, wichen zurück, bildeten einen Kreis um die kotzende Frau. Aber auch ein junger Mann mit sehr ungesunder Gesichtsfarbe gegenüber konnte sein Essen nicht im Magen behalten. Arcus verzog den Mund und hob entschuldigend die Schultern, wie um auszudrücken, dass jemand schließlich die Drecksarbeit erledigen müsse. Und schon legte er weitere Bündel auf das Förderband, drückte leuchtende Knöpfe. Eine Frau in der zweiten Reihe begann nun zu schreien und beschimpfte Arcus, der aber nicht reagierte. Erst auf die Frage, ob das etwa Kunst sein solle, antwortete Arcus, dass er das selbst nicht so genau wisse und daher unmöglich beantworten könne. Er sei hier nur der Arbeiter, der Hackler, der *Operator*. Fragen zur Kunst seien bitteschön an die Kuratorin zu richten. Die Frau reagierte nicht. Arcus seufzte, legte ein Geldbündel aufs Förderband, zwinkerte ihr aufmunternd zu und betätigte einen Hebel, der das Förderband umso schneller über die Vorrichtung rattern ließ.

Jemand löste sich aus der Gruppe der kreisförmig angeordneten Anwesenden und näherte sich Arcus mit zwei großen Schritten. Er hatte etwas Hölzernes in der Hand, das einem Knüppel ähnelte. Der junge, schmächtige Mann hob das Objekt über seinen geschorenen Kopf empor. Bevor er ein selbst gestaltetes Transparent entrollen konnte, wurde er von Security-Mitarbeitern aufgehalten. Die Sicherheitsmaßnahmen für diese Ausstellung waren enorm. Wäre Arcus nicht selbst finanziell dafür aufgekommen, hätte die Performance alleine schon deshalb nicht stattfinden können. Der Antransport des Geldes, das Hineintragen und Verstauen der Koffer, all das schien für Außenstehende ein eigenes konzertantes Skript zu haben. In Arcus' unmittelbarer Nähe standen mehrere Leibwächter, einer davon stets in Zivil. Rucksäcke und Taschen mussten in den Kästchen im Untergeschoß verstaut werden. Eigentlich sollte es nicht möglich sein, eine Waffe in den Ausstellungsraum zu schleusen. Der Mann musste kreativ geworden sein. Aber was stand nun auf dem halb entrollten Transparent? Arcus bat eine Museumsmitarbeiterin, das Geheimnis zu lüften. Ein paar Sekunden später las Arcus: JEDER MENSCH IST GLEICH. AUSSER ARCUS. DER IST BÖSE. »Sie sind lieb«, sagte Arcus zu dem Mann mit dem hochroten Kopf, den die Leibwächter inzwischen zurückgedrängt hatten. »Und sehr löblich, Ihr Engagement. Ist es als Haiku zu verstehen? Jedenfalls sind die Menschen ganz sicher nicht gleich. Sie mögen gleich viel wert sein, sind aber sehr unterschiedlich. Es gibt diejenigen, die mehr Angst haben und diejenigen, die weniger Angst haben«, gab Arcus zu verstehen. Angst sei der Schlüssel, nicht Liebe. »Abgesehen davon stimme ich Ihnen zu, dass ich... böse bin«, schmunzelte Arcus. »Ich bevorzuge das Wort *schlecht*. Böse ist doch zu aufgeladen, finden Sie nicht auch?« Der Mann schüttelte seinen Oberkörper, um sich aus dem Griff der Securitys zu befreien, die ihn aufforderten, ein paar weitere Schritte zurückzutreten. Auf einmal zitterte er am ganzen Körper, hatte Tränen in den Augen, die tief im eingefallenen Gesicht lagen. Etwas an ihm machte Arcus plötzlich Angst. Da drehte sich der Mann um und rannte in Richtung Foyer und von dort nach draußen, um in der nach wie vor lautstark demonstrierenden Menge unterzutauchen.

Arcus atmete erleichtert auf und rieb sich die Augen. Jemand, der Geld zerstörte, musste mit heftigstem Widerstand rechnen. Das wusste er. Es war ein Spiel, auf das er sich eingelassen hatte. Es war der Druck, dem er sich aussetzen wollte. Er hatte *ja* gesagt zu alledem. Weil es in der Kunst kein *Nein* geben durfte. Wach auf, sagte er sich. Arcus, wach auf! Er hob den Kopf. Regina Steinbruch war ebenfalls ins Foyer gegangen. Arcus sah, wie sie sich mit Marvin unterhielt. Wie er dabei heftig gestikulierte, während sie die Arme verschränkte und den Kopf schüttelte. Wie sie schließlich mit dem Finger nach draußen zeigte und Marvin mit hängendem Kopf das Museum verließ. Ob die Gerüchte stimmten, dass Marvin der leibliche Vater von Regina Steinbruchs Tochter war? Vom Aussehen her käme es hin. Auch zeitlich sprach nichts dagegen. Dass Regina Steinbruch so überzeugt war von sich selbst, dachte Arcus, machte sie blind. Aber wie stand es mit ihm selbst? War er nicht auch jemand, der sich gerne *sicher* war? In der Kunst? Durchaus. Aber außerhalb dieser schützenden Blase? Immer weniger.

Zwei Stunden später trat Arcus aus dem Nebenraum, wo er sich seiner Arbeitskluft entledigt hatte, in Richtung Foyer. Die demonstrierende Menge vor der Belvertina war, der Lautstärke ihrer Parolen nach zu schließen, des Rufens müde geworden. Ein paar Wohlwollende bedankten sich für die beeindruckende Performance. Arcus hatte in den letzten Monaten ein gutes Gespür für solcherlei Situationen entwickelt. Sie wollten sich bei ihm einschleimen und hatten es – große Überraschung – auf sein Geld abgesehen. Für gewöhnlich streckte er ihnen die Zunge raus. Um fair zu sein: Nicht alle, die ihn lobten, wollten an sein Geld. Manche schienen es ernst zu meinen mit ihrem gewinnenden Lächeln. Andere wiederum töteten ihn aus der Ferne mit ihren Blicken. Arcus nahm beides, Lob und Tadel, Schleim und Kälte, gleichgültig hin. Ihm war völlig egal, was andere über seine Werke dachten. Nur er selbst musste zufrieden mit ihnen sein. Und sein Ego sollte bei dem Prozess zusehen. Von dort, wo es sich befand, konnte es weder auf ein Podest gehoben noch erniedrigt werden. Arcus wusste, welchen Wert seine Kunst besaß und keine noch so wohlmeinende Bemerkung konnte ihm etwas Gegenteiliges weismachen.

Es wunderte Arcus, dass er Matthias nirgends entdecken konnte. Aber Anaïs und Tamara standen zusammen. Sie tranken Wein und lachten. Es tat Arcus gut, sie in der Nähe zu wissen. Dass seine Eltern nie zu einer Ausstellung gekommen waren. Dass sein Vater nie stolz auf ihn gewesen war. Dass seine Mutter, obschon sie mitunter anders gedacht haben mochte, als Püppchen ihres Ehemanns nicht einmal auf die Idee gekommen war, ihn umzustimmen. Dass Arcus nie die Chance bekommen hatte zu fühlen, was es bedeutet, von den Eltern Unterstützung zu erfahren für sein eigenes Tun. Warum, verdammt, tat es immer noch weh?

Er bahnte sich den Weg durch eine Menschentraube – jemand klopfte ihm auf die Schulter, jemand streckte ihm den Mittelfinger entgegen – und kam vor Tamara und Anaïs zu stehen. Ob sie wüssten wo Matthias sei, fragte er. Ob es ihm überhaupt wichtig sei, fragte Anaïs mit spitzen Lippen und zitternden, halbgeöffneten Lidern. Natürlich sei ihm das wichtig, antwortete Arcus verblüfft.

»Er wollte nicht kommen«, sagte Anaïs und nahm einen Schluck vom Wein.

»Gibt es einen bestimmten Grund?«, wollte Arcus wissen.

»Das solltest du...«, begann Tamara. Zwei junge Menschen schritten selbstbewusst und mit glitzernden Kleidern auf Arcus zu und baten ihn um ein Autogramm. Arcus schüttelte den Kopf. Ob sie dann wenigstens eine Umarmung bekämen, fragten sie. Keinesfalls, gab Arcus zu verstehen.

»Was hast du gesagt?«, fragte er Tamara und ignorierte die beiden Fans, die nicht daran dachten, von der Stelle zu weichen.

»Du solltest vielleicht besser mal...«, fing Tamara erneut an. Doch da betrat die Band die Bühne und Arcus drehte sich, als hätte er bereits genug gehört, von ihr weg. Tamara nickte und schob ihre Unterlippe nach vorne, dann zuckte sie mit den Schultern und prostete Anaïs zu.

Ein tiefer, stampfender Bass schob sich über die Menge, und dann, darübergelegt, eine feine, gedämpfte Gitarrenmelodie, die wie eine gezupfte Geige klang und in ihrer Einfachheit so perfekt war, dass sie Arcus Gänsehaut bescherte. Die Band *Smashed To Pieces* hatte die längliche Bühne betreten. Jemand am Bass, jemand an der E-Gitarre, jemand hinter dem Synthesizer. Arcus war extrem froh, dass sie seiner Einladung nachgenommen waren. Es gibt schließlich (oder eigentlich zum Glück) Dinge, die man nicht kaufen kann. Wenn man sich den Menschen schon so verletzlich präsentierte und sein Leben aufs Spiel setzte, dann wenigstens mit seiner Lieblingsband als Unterstützung. Nicht, dass die Band, die aus drei literarisch Schreibenden bestand und nach einer Installation von Lawrence Weiner benannt war, spezifisch etwas über Geld zu sagen gehabt hätte. Es war eher dieses die Eingeweide packende Gefühl, das sie in ihre post-punkigen, post-krautrockigen Songs und in ihre düster amüsanten, knallharten Texte legten: dass da etwas mit den Abläufen dieser Welt nicht stimmte, dass sich da ein Keim im Machtgefüge eingenistet hatte und das Abdriften der Demokratie in die Autokratie begünstigte, dass im gesellschaftlichen Beziehungsgeflecht ein Pilz wuchs, der das Schöne krank machte und das Kranke schön.

Regina Steinbruch nickte Arcus von der anderen Seite des Foyers zu. Sie unterhielt sich mit der Direktorin. Oder sie gab vor, es zu tun und spielte mit ihr. Ob der Kuratorin Kunst wichtiger war als persönlicher Erfolg, konnte Arcus nicht beantworten. Vielleicht war es für sie ein und dasselbe. Mangelndes Engagement konnte man ihr jedenfalls nicht vorwerfen. Die Direktorin wirkte in Steinbruchs Gegenwart kleiner, obwohl sie doch eigentlich größer sein musste. Sie hatte nicht die Strahlkraft von Regina Steinbruch. Und doch befand sie sich hierarchisch über ihr. Dass das der Kuratorin missfiel, und dass es wohl nicht mehr allzu lange dauern würde, bis sich dieses Verhältnis in sein Gegenteil verkehrte, stand außer Frage. In ein paar Jahren würde der künstlerische Direktionsposten neu ausgeschrieben. Dann würde sie zuschlagen, die Steinbruch. Wie leicht, dachte Arcus, waren Menschen, die nach Macht strebten, zu enttarnen.

Die Eiger-Nordwand..., schallte es schließlich in rhythmischem, monotonem Gesang aus den Lautsprechern, *Auf meinem Hirn... Brennendes Metall... In meiner Stirn... Muskulatur und Skelett werden*

Rauch... Während wir trudeln... Häng ich mich auf...

Nicht wenige Leute, die noch ein paar Minuten zuvor draußen Schilder mit Sprüchen wie *Eat the rich* oder *Fuck Capitalism* in die Luft gehalten hatten, drängten nun in Richtung Buffet, wo sie sich maßlos Lachsbrötchen in die Münder schoben. Alles Dunkle, dachte Arcus, kann auch hell sein. Und umgekehrt. Dazwischen liegt Zeit. Nichts ist an seiner Stelle fixiert, alles in der Schwebe. Was heute gut ist, ist morgen schlecht. Konnte es nicht irgendwo einen Punkt geben, an dem man sich wenigstens ein bisschen festhalten konnte? Arcus hatte lange geglaubt, diesen Punkt in sich gefunden zu haben. Doch es war nur der Hass auf seine Eltern gewesen, an dem er zeitweise Halt gefunden hatte. War es an der Zeit, auch diese Emotion loszulassen? Die Melodie rüttelte an Arcus' Zellen: *Versperr den Notausgang... Mit der Kaffeemaschine... Schlag das Fenster ein... Zerr die Leitgans in die Kabine... Rupf ihr die Federn aus... In der Business-Klasse... Sag meinen Eltern noch... Dass ich sie hasse...* Ja, dachte Arcus, das passt. Das passt sehr gut. Er wippte mit dem Kopf zum Beat, schloss die Augen und vergaß einen Moment lang alles um sich herum: die Menschen, die Kunst, Stéphanie und Matthias, das Gespräch von vorhin und den Safe... und das ganze beschissene Geld. Denn Musik ist größer, sagte er sich. Musik ist ganz einfach größer.

16

Arcus hatte vorgehabt, Anouk sogleich ins Innere des Safes zu folgen. Aber er schaffte es nicht, seine Beine in Bewegung zu setzen. Vielleicht hätte er das Ding niemals öffnen lassen sollen. Was ging es ihn an, welche Geheimnisse sein Vater hinter einer geheimen Tür in einem geheimen, begehbaren Safe versteckt gehalten hatte? Vielleicht ein riesiges Waffenlager für illegale Maschinengewehre rechter Gruppierungen? Kokain vom Boden bis zur Decke? Perverse Fetische? Vielleicht unzählige Mappen mit unzähligen Steuerhinterziehungen, die unentdeckt bleiben sollten? Er wusste von den Kanzleien, die den Überreichen aggressive Methoden für Steuervermeidung anboten; er wusste von den unverschämt teuren Seminaren, zu denen sein Bruder Johannes jährlich von Ulrich geschickt wurde, damit er sich dort die neuesten Tipps und Tricks von internationalen Finanzprofis aneignete. *Schädliches Vermögen* muss, wie alle wissen, die zu viel besitzen, wie es so schön heißt *unschädlich* – also steuerfrei – gemacht werden. Die simple Regel dieses perversen Spiels lautet: Wer Steuern zahlt, verliert! Johannes hatte es Judith erklärt, als er von einem dieser einschlägigen Seminare aus der Schweiz zurückgekommen war. Weihnachten stand bevor und Arcus hatte sich wieder einmal für ein paar Tage nach Hause getraut. Indem alle Firmenanteile, sprach Johannes, in kleine Subfirmen aufgespalten und einzeln verrechnet und über die ganze Welt verteilt in steuerbegünstigten Ländern angemeldet werden, würden sie – Daumen mal Pi – summa summarum nur mehr etwa ein Prozent an Steuern abführen müssen. Und das sei, sagte er, seiner Meinung nach immer noch ein Prozent zu viel. *Krasse Scheiße*, hatte sich Arcus damals gedacht.

»Krasse Scheiße«, sprach Anouk aus dem Inneren des Safes. Ihre Stimme hallte und das Gesagte klang, als wäre es nicht an Arcus, sondern an sie selbst gerichtet.

Arcus blinzelte, schnipste nervös mit den Fingern, blies stoßweise Luft durch die Nasenlöcher. Als hätte er mit dieser Codeeingabe die Steuerung seiner Beine wiedererlangt, schritt er langsam in Richtung Eingang des Safes. Er hielt sich am oberen Rand der geöffneten, kalten Metalltür fest, glitt mit der Hand die Tür entlang und klammerte sich an einen Griff an der Innenseite. Wie ein Hundertjähriger kam er sich plötzlich vor. Nicht fähig, ohne Hilfe zu gehen, nicht fähig, ohne Hilfe zu stehen. Den Kopf musste er einziehen. Vorsichtig schob er seinen Körper ins Innere. Der Boden war mit hellgrauer Farbe gestrichen. Das fiel ihm als erstes auf. Arcus ließ sich Zeit mit dem Heben seines Kopfes. Dinge, die man einmal gesehen hatte – das wusste er nur zu gut –, konnte man nie wieder *ent-sehen*. Gerade jetzt, dachte er sich, konnte ihn nur ein bewusster Akt des Schauens vor zukünftigen Traumata schützen.

»Jetzt komm doch endlich!«, zischte Anouk. »Oh boy, du bist echt so extrem crazy!«

Arcus hob seinen Kopf aus Blei. Und dann sah er es, das Geheimnis, oder eigentlich: die Geheimnisse. Und er benötigte nur den Bruchteil einer Sekunde, um zu erkennen, dass er sich inmitten einer Ausstellung befand, inmitten eines kleinen

Museums, eines Schreins. »What the fuck«, kam es aus Arcus' Mund.

»Mama sagt, wir sollen nicht fluchen«, meinte Anouk, drehte sich zu Arcus um und grinste. »Na, hast du ein Gespenst gesehen?«

»So was in der Art«, antwortete Arcus mit trockenem Mund, trat in die Mitte des Raums und drehte sich einmal im Kreis. Es war nicht irgendein Museum. Es war *seines*. Alle Werke von ihm, die sich nicht in Besitz der Belvertina oder eines anderen Bundesmuseums befanden, schienen hier versammelt zu sein. Zu seiner Linken war *Arc de Verlust*, die Projektion der Zerstörung seines eigenen Kunstwerks zu sehen, die ursprünglich von Sandré Seller gekauft worden war. Weiter vorne – der Raum war eher lang als breit und mindestens drei Meter hoch – erkannte er am Flimmern des Bildschirms seine erste ausgestellte Arbeit, als er sich dabei gefilmt hatte, wie er seine Haare und Körperflüssigkeiten in Rexgläsern aufgefangen hatte. Anouk hockte davor und schüttelte belustigt den Kopf. Zu seiner Rechten fiel ihm zuerst die Videodokumentation seiner Arbeit *Being Klaus* auf, für die er einen zwei Meter hohen Gipsblock und einen ebenso hohen Holzblock so lange bearbeitet hatte, bis nichts mehr davon übrig geblieben war außer den beiden Splitterhaufen am Boden. Eine Projektion in einem abgedunkelten Bereich weiter hinten zeigte die Videodokumentation seiner Performance *My Flex Is Your Sleep*. Am Anfang des Videos waren Parkbänke zu sehen, die von den Gemeinden in der Mitte mit perfiden Metallbügeln versehen worden waren, um zu verhindern, dass Obdachlose darauf schliefen. Mit dem Winkelschleifer machte sich Arcus an die Arbeit und entfernte einen Metallbügel nach dem anderen. Die Funken sprühten so lange, bis sich das durch das Dunkel der Nacht wirbelnde Orangerot mit den blauen Lichtern des sich näherenden Polizeiwagens vermischte. In der darauffolgenden Einstellung war zu sehen, wie er in einem Kellerraum aus den Metallbügeln neue Parkbänke schweißte. Die nächste Szene zeigte ihn beim Transport der Bank, die so schwer war, dass er sie, wie Jesus das Kreuz, mit gebeugtem Rücken von einem Transporter hievte, sich dabei am Knie verletzte, stürzte, wieder aufstand und sie noch in den angrenzenden Park schleppte, um sie am Rand eines Kieswegs abzustellen, sich darauf zu legen... und einzuschlafen. Fotografien hingen an den weiß gestrichenen Wänden, Zeichnungen, Skizzen, und sogar Notizen zur *money sells*-Ausstellung, die seine Galerie damals zu einem, wie er sich erinnerte, stolzen Preis an jemanden verkauft hatte – und nun fügten sich die Puzzleteile zusammen –, der in der Szene noch nicht als Kunstsammler in Erscheinung getreten war. Strohmänner, wie es aussah, die für Ulrich Arcus' Werke erworben hatten. Entweder direkt von der Galerie oder aber, wenn nicht anders möglich, vom Erstkäufer zu gewiss umso stolzeren Summen.

Arcus erkannte noch weitere seiner Arbeiten. So viel er wusste, sollten sie eigentlich alle im Besitz von Kunstsammelnden oder Privatstiftungen sein. Wie konnte sein Vater... und warum? Arcus hob den Kopf, blickte in einen der Deckenspots, die fachmännisch an einem Gestell an der Decke angebracht worden waren und mit der, wie es Arcus erschien, korrekten Lumenanzahl die gerahmten Fotos hinter ihm beleuchteten. Das konnte Ulrich nicht alleine bewerkstelligt haben, sagte sich Arcus. Was den

Kauf von Kitschkunst betraf, mochten seine Eltern Ahnung gehabt haben: Henriette hatte bei der Auswahl, wie sie es einmal formuliert hatte, *stets auf ihr Herz gehört*, und Ulrich hatte, allzeit bereit, mit der Kreditkarte gewinkt, sodass sich das – mittlerweile geräumte – Familiendepot Himmeltroff-Gütersloh am Rande Mödlings nach und nach mit Banksys, Lichtensteins und anderem buntem Müll gefüllt hatte. Mit Müh und Not hatten sie sich, was die Lagerung betraf, ein Know-how erarbeitet, aber vom Ausstellen selbst? Niemals, nein, sie hatten keine Ahnung.

Anouk saß unterdessen still und mit großen Augen und geöffnetem Mund vor einem der flackernden Bildschirme. Den Bügel des am Blue-Ray-Player angeschlossenen Kopfhörers hatte sie sich in den Nacken gelegt. Mit ihrem Staunen und den wechselnden Farben, die sich auf ihr jugendliches Gesicht legten, mit ihren kurzen, lässig in alle Richtungen stehenden Haaren und einem Outfit, das sich jeder Schubladisierung vehement widersetzte, wirkte sie auf Arcus, gerade in dieser künstlichen, musealen Umgebung, wie ein Mädchen, das aus einer Zukunft gekommen war, in der es keine von Menschenhand geschaffene Kunst mehr gab. Anouk schüttelte kaum wahrnehmbar den Kopf, lächelte, und verzog schließlich den Mund, als hätte sie etwas gesehen, das ihr physische Schmerzen bereitete. Aufs Blinzeln schien sie völlig vergessen zu haben. Als sie mit einem leisen Seufzer den Kopfhörer von den Ohren nahm und sich zu Arcus umdrehte, sah sie ihn schwanken. Zuerst musste sie lachen, da sie davon überzeugt war, er mache einen Scherz. Immerhin hatte sie, außer einmal einen Betrunkenen am frühen Morgen und einmal einen Clown im Zirkus, noch keinen taumelnden Erwachsenen gesehen. Arcus fiel hart zu Boden. Mit dem Kopf knallte er gegen einen vor einem Bildschirm stehenden Hocker aus Kunststoff. Es krachte laut. Schließlich landete er mit einem dumpfen Pochen am Steinboden. Anouk schnellte in die Höhe. Sie schrie seinen Namen und rannte auf seinen plötzlich leblosen Körper zu, griff mit zitternden Händen nach seiner Schulter und rüttelte daran. Sie beugte sich nach vorne und besah Arcus' Stirn. Direkt unter dem Haaransatz beulte sich der Kopf.

»Shit, shit, shit…«, murmelte sie in einem fort. Noch einmal rief sie seinen Namen, noch einmal schüttelte sie seinen Oberkörper. Da stand sie auf, griff nach ihrem Handy, und als sie sah, dass sie hier keinen Empfang hatte, lief sie schnell nach draußen…

Das war der graue Boden. Und das die weiße Wand. Das waren die Bildschirme, die leuchtende Farben in den Raum warfen. Und das hier waren die Beine von den Stühlen. Das war das leise Wispern, das aus den Kopfhörern drang, die am Boden lagen. Und das waren die Lichtstrahlen der Lampen, die sich quer durch den Raum arbeiteten, um perfekt ausgerichtet auf die gerahmten Bilder zu fallen.

Langsam setzten sich die Einzelteile des Gesehenen zu einem Ganzen zusammen. Arcus war nicht viel länger als eine Minute bewusstlos gewesen. Er stützte sich zuerst am Ellbogen ab, hockte sich dann auf die Knie und griff an seine Stirn. Die Beule brannte und versetzte ihm einen Stich. Er trat mit einem Fuß auf den Boden, legte die Arme auf den Oberschenkel und wuchtete das Gewicht seines

Körpers in eine aufrechte Position. Das Schwanken war noch da. Und sein Kopf tat ihm höllisch weh. Arcus machte zwei unsichere Schritte und hielt sich an einer Stuhllehne fest, atmete ein und aus. Ein und wieder aus. Er setzte sich auf den Stuhl, legte den Kopf in seine Hände... und dann kamen ihm Tränen: Sein Vater, er war gestorben. Seine Mutter, sie war gestorben. Seine Geschwister waren gestorben. Johannes und Judith waren zu dumm gewesen, um sich ohne Drogenkonsum ans Steuer zu setzen. Waren zu dumm gewesen, Willibald zu bitten, sie von der Party damals mit der Familienlimousine abzuholen. Hatten selbst aufs Gaspedal treten wollen. Den *Thrill* spüren. Unbedingt selbst mit dem Porsche die engen Kurven nehmen wollen, in denen sich der Weg von Gumpoldskirchen nach Mödling durch die Weinhänge schlängelt. Denn die beiden waren doch stark und unbesiegbar gewesen, immer schon, oder etwa nicht?

Arcus war alleine. Noch nie zuvor hatte er es so deutlich gespürt. Er, der Freak, war der letzte Mensch, der diesen furchtbaren Nachnamen zu tragen hatte. Auch den würde er noch loswerden müssen. Mit den Ärmeln seines Pullovers wischte er sich die Tränen aus dem Gesicht. Mit zittrigen Knien erhob er sich abermals. Vorsichtig drehte er sich im Kreis, ließ die Präsenz der eigenen Kunstwerke auf sich einwirken. Langsam schüttelte er den schmerzenden Kopf. Was zum Teufel sollte dieser beschissene, dreckige Scheißdreck hier eigentlich?!

Arcus hörte Stimmen, die von der Garage durch die schmale Tür des Safes über unzählige Reflexionen an Wänden, Boden und Decke ins Innere drangen. Anouk presste die schwere Metalltür noch ein kleines Stück weiter auf und lief zuerst hindurch, dicht gefolgt von Stéphanie, Matthias und Willibald, die allesamt beim Eintreten die Köpfe einziehen mussten. Ob man die Rettung rufen solle? Was denn geschehen sei. Ob es ihm wieder besser gehe … und was … was zur Hölle habe das hier zu bedeuten? Arcus beantwortete die Fragen der Reihe nach. Und die letzte wie folgt:

»Das hat zu bedeuten, dass Ulrich ein Arschloch ist.« Willibald zog den Rotz hoch, entschied sich dann aber doch, in seiner Montur nach einem Taschentuch zu suchen. Er schnäuzte sich. »Ja, Willibald, er war ein gemeines Arschloch, dein Chef, mein heiliger Vater. Da kannst du deine Nase rümpfen, sooft du willst. Sieh dir das nur an!« Arcus streckte die Arme aus und imitierte die Geste eines Königs, der seinen Gästen mit übertriebenem Stolz seine Schatzkammer präsentiert. Willibald blickte zu Boden, während Matthias sich von Anouk herumführen ließ. Stéphanie drehte sich kurz im Kreis, blieb aber neben Arcus stehen. »Nun gib es endlich zu, Willibald. Du warst in dieses Projekt eingeweiht!«

»Ja, war ich«, sagte er beinahe trotzig und hob den Kopf. »Natürlich war ich eingeweiht!« Willibald machte einen Schritt auf Arcus zu, ließ eine Hand in den Untiefen einer Tasche der blauen Montur verschwinden … und als er sie wieder hervorzog, lag dort, inmitten seiner rauen, geöffneten Handinnenfläche: ein Doppelbartschlüssel. Arcus schrie plötzlich laut auf und schleuderte Willibald den Schlüssel aus der Hand. Er fiel klirrend in eine Ecke.

»Ich habe gewusst, dass du mich belügst«, sagte Arcus.

»Ja«, rief Matthias. »Wir haben es gewusst.«

»Ich habe nicht… ich bin kein…«, stotterte Willibald.

»Du bist kein Lügner?«, fragte Arcus, zuckte zusammen und griff nach seiner Stirn.

Willibald schaute in eine unbestimmte Ferne, als wären dort die passenden Sätze für eine Antwort zu finden.

»Und wer«, fragte Arcus weiter, »hat die Ausstellung, wenn man das hier überhaupt so nennen kann, kuratiert?«

»Jemand von der Belvertina hat mitgeholfen«, murmelte Willibald.

»Fabian Mayernig? Der sogenannte Juniorkurator?«

Willibald nickte. Da blickte Matthias von einem der Bildschirme auf und sagte zum Hausmeister: »Gute Wahl. Der hat meine letzte Ausstellung im *contemporary claim* kuratiert.«

»Schön für Sie«, murmelte Willibald und runzelte die Stirn, hustete und sah wieder zu Arcus, der ihn nach wie vor fragend anblickte. »Jedenfalls, dein Vater«, fuhr Willibald fort. »Er war… das kannst du nicht wissen, weil er es nie offen… aber er war sehr stolz auf dich. Deshalb… deshalb hat er dies hier überhaupt erst bauen lassen.«

»Geh«, sagte Arcus. »Geh mir bitte einfach aus den Augen.«

»Ich wollte nicht…«, stammelte Willibald. »Ich habe nur…«

»Ich weiß«, sagte Arcus. »Niemand will. Niemand hat. Und doch tun es alle.«

Willibald presste die Lippen aufeinander. Dümmlich schaute er aus, als hätte er seine Hausmeister-Strenge abgeworfen. Sein an sich muskulöser Körper schien plötzlich alle Spannung verloren zu haben. Er wiegte den Oberköper ein paarmal nach links und rechts.

»Ich werde natürlich kündigen«, presste er schließlich hervor.

»Nein«, sagte Arcus. »Du kündigst nicht. Und du wirst auch nicht gefeuert. Du gehst jetzt auf Urlaub. Und denkst nach. Das ist das, was du nun machen wirst.«

Willibald schaute Arcus fragend an, doch dieser wandte sich ab. Ein bisschen wartete er noch, dann ging er endlich los. Willibalds Schritte wurden leiser. In der Garage hörte man noch ein Klimpern, dann war es ruhig. Weiter hinten kicherte Anouk beim Anblick eines Fotos. Matthias lachte mit ihr, sah dann aber einen Augenblick herüber zu Arcus und hörte auf zu lachen. Matthias, da war sich Arcus sicher, hatte keine Ahnung, was das alles hier zu bedeuten hatte. Er war eine Frohnatur. Frohnaturen hatten keine Ahnung von der Welt. Und doch war er von ihm, seinem besten Freund, abhängig. Ohne ihn wäre er längst versunken. Dass er sich noch viel von Matthias' Leichtigkeit und Unbekümmertheit abschauen konnte, war ihm in diesem Moment schmerzlich bewusst.

Arcus spürte eine Berührung an seinen Schultern. Stéphanie bewegte ihre Hände in Richtung seiner Wirbelsäule – hinter Arcus' Nacken faltete sie die Finger ineinander. Da sie beinah einen Kopf kleiner war als er, stand sie relativ nahe vor ihm.

»Ulrich«, sagte Arcus, »hat sich so für meine Kunst geschämt, dass er alles, was nicht niet- und nagelfest war, hier eingesperrt hat. Ich weiß nicht, ob ich wütend sein soll oder traurig. Oder ob ich lachen soll.«

»Was, wenn Willibald recht hat?«, fragte sie.

»Wie meinst du das?«

»Wenn dein Vater, emotional unterentwickelt wie er war, einfach keinen anderen Weg gesehen hat, um seinen Stolz zuzulassen? In der Öffentlichkeit hatte er ihn sich, wie es scheint, untersagt. Aber was, wenn er dich insgeheim... nun ja, *geliebt* ist vielleicht das falsche Wort... aber was, wenn er dich tatsächlich geschätzt hat? Zumindest deine Arbeit. Deine Entschlossenheit. Dafür, dass du das mit der Kunst durchgezogen hast? Dafür, dass du kein Mitläufer bist? Ein Mensch, der seine eigenen Entscheidungen trifft. Sind das nicht auch Qualitäten, die Ulrich in sich selbst erkannt hatte?«

»Nein«, sagte Arcus. »Hör bitte auf!«

»Ich höre nicht auf«, sagte Stéphanie. »Ich werde immer sagen, was ich sehe. Und ich sehe hier keine Fakten. Ich sehe Möglichkeiten. Fakt ist, dass deine Werke hier ausgestellt sind.«

»Eingesperrt«, korrigierte sie Arcus.

»Wie du meinst«, sagte sie. »Aber wir wissen es nicht genau. Hatte er Tagebücher?« Als Arcus nicht reagierte, sprach sie weiter: »Willibald hätte es dir sagen müssen. Das stimmt. Aber er stand Ulrich einfach zu nah. Wenn er... wenn er vom Urlaub, so er denn einen macht, zurück ist, dann rede mit ihm.«

»Das hat doch keinen Zweck«, ärgerte sich Arcus. »Für mich ist die Sachlage klar.«

»Für mich nicht«, sagte Stéphanie etwas lauter als beabsichtigt. Und sie wiederholte die drei Wörter noch einmal, diesmal etwas leiser: »Für mich nicht.« Arcus schloss die Augen. »Ich sehe das hier, den Raum, als eine Münze, die sich in der Luft dreht«, sprach sie nach einer kurzen Pause weiter. »Du kannst es als ultimativen Todesstoß sehen: Ein Wegsperren. Ein Geheimhalten. Ein Schämen. Oder du kannst es als das sehen, was es *auch* ist: Eine Art Nähe. Eine Anerkennung im Innersten. Ein Trotzdem.«

Da öffnete Arcus seine Augen. Er öffnete seinen Mund, um etwas zu sagen. Er schloss ihn wieder. Blinzelte.

Matthias legte Anouk die Hand um die Schulter und sagte in Richtung Stéphanie und Arcus: »Sieh sie dir bloß an. So schnell werden sie erwachsen. Und mit dem Erwachsenwerden kommt die Veränderung. Und mit der Veränderung die Entfremdung.« Anouk wusste nicht recht, wie sie sich dazu verhalten sollte und blickte fragend ihre Mutter an, die gerade so dastand, dass sie ihre sanften Gesichtszüge im Profil erkennen konnte. Etwas, fand sie, hatte sich verändert. Seit ein paar Tagen war sie fröhlicher als sonst. Und erfreulicherweise auch weniger streng.

Die verschränkten Hände hinter Arcus' Nacken fühlten sich warm an und weich. Sein Blick fiel auf Stéphanies Lippen. Er legte seine Hände an ihre Hüfte und zog ihren Körper vorsichtig näher an seinen heran. Er beugte den Kopf etwas nach unten. Sie kam ihm auf halbem Wege entgegen, stellte sich auf ihre Zehenspitzen, drehte den Kopf aber zur Seite und flüsterte in sein Ohr: »Sollen wir«, fragte sie. »Sollen wir es Anouk hier und jetzt verraten?«

»Ich denke ...«, sagte Arcus und schaute kurz zur Seite. Matthias hatte den Kopf gesenkt, während Anouk etwas indifferent in ihre Richtung sah. »Ich denke, wir haben uns bereits verraten.«

Als sie sich endlich küssten, klatschte Matthias leise in seine Hände, Anouk hingegen rannte knapp an ihrer Mutter und an jener Person vorbei nach draußen, die mit diesem Kuss ganz plötzlich zu ihrem Stiefvater geworden war. Sofort ließ das geoutete Paar voneinander ab. Arcus kommentierte den Augenblick mit einem *Oje*. Stéphanie verzog den Mund, als wäre ihr soeben ein wertvoller Krug auf den harten Steinboden gefallen. Hätten sie es ihr auf eine andere, weniger direkte Art sagen oder zeigen sollen? Aber hatte sie es nicht schon geahnt? Mehr noch: Hatte sie es denn nicht, für Stéphanie, gewollt?

»Ich melde mich später«, sagte Stéphanie und folgte ihrer Tochter nach draußen.

»Alles Gute«, rief Arcus ihr nach. Und leise fügte er hinzu: »Shit.«

Matthias bewegte sich schlurfend und mit den Händen in den Hosentaschen in Richtung Ausgang. Er drehte sich zweimal zu dem wie erstarrt dastehenden Arcus, wie um ihm etwas zu sagen, doch seine Lippen blieben verschlossen.

»Wie hast du das vorhin gemeint mit der Entfremdung«, fragte Arcus und kam Matthias zuvor. »Dass mit der Veränderung die Entfremdung komme. Hast du etwa ein Problem damit, dass ich nun mit Stéphanie eine Beziehung führe? Ich dachte, du stehst hinter mir.«

»Das dachtest du dir also«, sagte Matthias, blieb stehen und lachte leise. »Dass ich immer hinter dir stehe. Und ja, das habe ich auch getan. Aber ich denke, dass ich es nicht mehr kann.«

»Aber Stéphanie und ich…«

»Es hat nichts mit euch beiden zu tun«, gab

Matthias zu verstehen und nahm die Hände aus den Taschen. »Es geht darum, dass du nicht fähig bist, dich wirklich in andere hineinzuversetzen. Das will ich dir auch gar nicht vorhalten. Wäre ich an deiner statt hier aufgewachsen, mir ginge es ganz gleich. Die Sprache, die jemand in der Kindheit nicht lernt, ist später nur sehr schwer zu verinnerlichen.«

»Wie spreche ich denn mit dir?«, fragte Arcus.

»Es hat wahrscheinlich nicht einmal etwas mit mir zu tun«, meinte Matthias. »Du sprichst zu mir und zu allen anderen aus einer Position der Wahrheit. Bloß vergisst du dabei, dass es *deine* Wahrheit ist und nicht die der anderen oder eine allgemeingültige. Du hast deine Richie-Rich-Privilegien mit deiner Erziehung aufgenommen und dich damit bekleidet wie mit einer zweiten Haut. Da kannst du dich heute anziehen, wie du willst. Die Löcher in deinen Hosen und in den Schuhen machen den dich umgebenden Menschen nur noch deutlicher, dass du mit allen, mit der ganzen Gesellschaft spielst. Was soll diese Verhöhnung? Andere haben Löcher in den Schuhen und können sich keine neuen leisten. Für dich ist es ein modisches Statement, ein perfides Spiel.«

»Aber das ist doch… ich war doch immer schon so. Du weißt doch, dass ich mich nicht verstellen kann, nicht lügen. Warum sagst du mir das genau jetzt?«

»Es geht nicht darum, lügen zu können, verdammt nochmal!« Matthias wunderte sich, dass seine Stimme solch einen lauten Hall erzeugen konnte und sprach etwas leiser weiter: »Es geht darum, wie du mit mir sprichst. Zum Beispiel, wie du über mein Schaffen, über meine Kunst sprichst.«

»Wie spreche ich denn bitte über deine Kunst?«, fragte Arcus einigermaßen verblüfft, da er nicht wusste, worauf Matthias hinauswollte.

»Wie du über meine Kunst sprichst, willst du wissen?«

»Ja, das würde ich gerne wissen.«

»Das ist doch ein Witz!«, lachte Matthias bitter und klatschte sich mit der Hand auf den Schenkel. »Dass du dich immer abschätzig und herablassend darüber äußerst, ist dir nicht einmal bewusst?«

»Nein«, sagte Arcus. »Ich habe nie schlecht über deine Kunst gesprochen, sondern lediglich gesagt, was ich mir denke. Vielleicht hast du zu wenig Selbstvertrauen, dass du dich kleinmachst vor mir und dich mit mir vergleichst?«

»Du Wichser!«, sagte Matthias. Er schritt einen kleinen Kreis ab, um sich zu beruhigen.

»Wie bitte?«

»Ein Wichser bist du«, sprach Matthias, jetzt mit ruhiger Stimme. »Du hast schon richtig gehört.« Matthias atmete einmal tief ein und aus, um seine Gedanken zu ordnen und sagte dann, dass Arcus nur von oben herab mit Leuten sprechen könne, dass er nicht fähig sei, sich zu entschuldigen, weil er ja auch nie etwas falsch mache, oder genauer gesagt: keine Fehler an sich erkenne. »Du bemerkst nicht, dass deine Worte andere verletzen, auch wenn sie *nur* deine Gedanken sind. Vor allem dann. Leider ist mir das zu spät aufgefallen«, sagte Matthias. »Ich bin ja immer so fröhlich, nicht wahr? Eine sogenannte Frohnatur, die stets imstande ist, alles Schlechte, alles Verletzende, das aus deinem Mund kommt, runterzuschlucken.« Er hielt kurz inne, dann fügte er hinzu:

»Aber jetzt, wo ich es sehe, kann ich es nicht mehr sehen.«

»Ist es wegen des Erbes?«, fragte Arcus in die Stille, da er sich keinen Reim auf Matthias' Worte machen konnte. »Habe ich etwas übersehen? Du weißt doch, dass ich es nie wollte! Oder...«, fragte er. »Oder brauchst du gerade etwas Geld? Soll ich dir was überweisen?«

»Du denkst, dass du dir alles kaufen kannst«, sagte Matthias bitter. »Das war vorher anders. Da hast du es dir vielleicht auch gedacht, es aber wenigstens nicht ausgesprochen. Jedenfalls ist Freundschaft, wie du bestimmt weißt, nicht käuflich. Zumindest meine nicht.«

»Das habe ich doch nicht so gemeint«, sagte Arcus beschwichtigend. »Ich habe mich nur gefragt, ob du... aber vielleicht war das dumm von mir. Ich kann es mir nur nicht erklären... du warst doch immer so gut drauf. Noch hat dich jemals...«

»Ich habe mich unwohl gefühlt bei deinen Aktionen«, verriet ihm Matthias. »Ich wollte nicht mitmachen, aber ich hatte das Gefühl, dass mir keine andere Wahl blieb. Ich war mir einfach nicht sicher, ob ich meinen Namen mit diesen Aktionen verbunden wissen wollte, die genial oder genialst scheiße sind, peinlich sind, von oben herab. Das hat demnach gut gepasst mit der Aussichtsplattform auf dem Stephansdom. Aber es reicht über meinen Horizont hinaus, verstehst du? Ich bin ein Arbeiterkind. Für mich ist das kein fucking Game!«

»Warum sagst du mir das erst jetzt?«, fragte Arcus. »Du hättest doch...«

»Nein, hätte ich nicht!« Matthias schrie so laut, dass in den hellen Lichtkegeln der Spots etliche

Speicheltröpfchen zu sehen waren. Nachdem sie aus seinem Mund geschossen kamen, flogen sie einen kurzen Bogen in Richtung Arcus, doch bevor sie ihn trafen, änderten sie durch die Einwirkung der Schwerkraft ihre Richtung und fielen senkrecht zu Boden. »Deine Stimme ist einfach zu... zu gewichtig. Ich weiß auch nicht. Ich bin halt ebenso in einem System aufgewachsen, weißt du? In einem System, wo man die Reichen nicht berührt, ihr Handeln nicht hinterfragt, ja, diese unfassbare Macht nicht einmal versteht, weil ihr so weit über uns steht, dass wir euch gar nicht erst zu Gesicht bekommen. Ihr seid ephemer. Eigentlich nur in Medien zu beobachten. Geister. Und als wir uns auf der Akademie kennengelernt haben, da warst du für mich, keine Ahnung, du warst halt... und seit du mit dem geerbten Geld deine crazy Sachen machst, da bist du...«

»Aber das ist doch alles Kunst«, gab Arcus zu verstehen. »Das musst du doch nachvollziehen können. Dass das an sich nichts mit mir zu tun hat.«

»Und ob es mit dir zu tun hat!«, rief Matthias abermals. »Da kannst du dich rausreden, sooft du willst. Dass du mir im Café Hawelka das Geldbündel aufgedrängt hast. Dass ich dir so, wie es sich für einen Bedürftigen gehört, ein herzhaftes *Dankeschön* ins Gesicht hätte hauchen sollen. Das hat mit dir zu tun. Nur mit dir.«

»Du wolltest es nicht?«

Matthias schüttelte Kopf, lachte kalt: »Dir ist nicht mal bewusst, dass du sogar deinen besten Freunden deinen Willen aufzwingst. Aber das tust du. Und es tut weh, verstehst du? Es tut mir weh!«

Matthias schloss die Augen, atmete hörbar ein und aus, und als er sie wieder öffnete, ging er in

Richtung Ausgang, drehte sich, bevor er den Raum verließ, noch einmal kurz um und sagte: »Einen Museumsshop musst du hier noch einrichten. In der Garage sollte mittlerweile genug Platz dafür sein. Exit Through the Gift Shop.«

17

Elsbeth saß ganz vorne. Sie räusperte sich. Es war, so hatte sie es für sich entschieden, der Tag, an dem sie kündigen würde. Was gab es denn nachher noch zu verwalten? Nichts blieb übrig. Alles war verpackt, verschnürt, ging seiner Bestimmung entgegen. Sie hatte aufgeräumt. Fein säuberlich, wie sie fand. Brösel zu hinterlassen war nicht ihre Art. Dem Wunsch ihres Dienstgebers hatte sie entsprochen. Einmal noch hatte sie die Macht erhalten, ein Vermögen in die Hand zu nehmen. Ein *echtes*. Auf dem Bildschirm hatten die Zahlen mit den unverschämt vielen Nullen ihr gehört. Kurz nur. Aber dennoch. Wie durch ein Kanalsystem, das sie errichtet hatte, waren die Beträge weitergeflossen. Und nun lagen sie da. Ruhten in Auffangbecken. Bereit, durch weitere Kanäle verteilt zu werden. Es war nicht ihr Wunsch gewesen. Natürlich nicht. Sie hätte mit dem Vermögen andere Ziele angepeilt. Doch es war nicht ihre, keine vernunftbasierte Entscheidung, nein, es war die Entscheidung eines Wahnsinnigen.

Hinter Elsbeth, sie saß in einem lichtdurchfluteten Veranstaltungssaal in der Wiener Innenstadt, befanden sich mehrere Stuhlreihen, vollbesetzt mit Journalistinnen und Journalisten, die sich fragten, ob das eine ernst gemeinte Pressekonferenz werden würde oder doch eher eine schräge Performance. Fotografen (unter ihnen keine Frauen) tauschten sich über ihr neuestes Equipment aus und lästerten ängstlich über Deepfakes der neuesten KI-Bildgeneratoren. Stühle wurden quietschend vor- oder zurückgeschoben. Eine Gruppe von bunt gekleideten Menschen lachte weiter hinten über einen Insiderwitz. Zwei queere Künstler:innen, die sich mit Marvin angefreundet hatten und wie er ein Atelier in der Mödlinger Villa bewohnten, hatten ihn aufgezogen, da er nach wie vor *cute* figurativ male, anstatt die Leinwand endlich hinter sich zu lassen, um es mit Plüsch, Lametta oder Latex zu bespielen. Er solle sich an ihnen ein Beispiel nehmen. *Reality is a crazy bitch!* Marvin kaute konzentriert an seinen Fingernägeln und gab trocken zur Antwort, er sei eben ein konservativer, langweiliger Maler, was zu umso lauterem Gelächter führte. Anaïs filmte mit ihrer Spiegelreflex die Kameramänner von allen Seiten – es gab keine Kamerafrauen –, die sich, ausnahmsweise im Zentrum stehend, sichtlich irritiert zeigten. Tamara schoss ausschließlich Fotos von den Fotografen, die das zum Großteil mit Humor nahmen und Grimassen schnitten. Ein Wasserglas wurde aufs Rednerpult gestellt. Arcus betrat das Podium. Ruhe kehrte ein.

»Vielen Dank«, sagte er in die länglichen, mit Schaumstoff ummantelten Mikrofone. Ein kurzes, unangenehmes Fiepen war über die Lautsprecher zu hören. »Vielen Dank, dass Sie alle gekommen sind.« Er räusperte sich und fuhr fort: »Und trotzdem ist es unfair, dass Sie alle hier sitzen und mir zuhören, und nicht – keine Ahnung – im Gebäude gegenüber der unscheinbaren Drogerieangestellten Ihre Aufmerksamkeit schenken. Sie hätte bestimmt interessante Dinge mitzuteilen. Ich habe im Grunde nichts Interessantes zu erzählen. Mein Vermögen hingegen schon. In Wahrheit hören Sie gerade nicht mich, sondern etwas zu Ihnen sprechen, das gemeinhin Kapital genannt wird. Oder auch Privileg. Oder Klasse. Upperclass. Sie hören nicht mich sprechen, Sie hören das Überreichtum sprechen. Sie hören die ungerechte Verteilung sprechen, den auf eine kleine Gruppe, auf eine elitäre Elite konzentrierten Reichtum, der via Lobbyismus steten Einfluss auf die Politik ausübt. Von klein auf bin ich darüber informiert, da solche Hinterzimmergespräche nicht selten mit meinen Eltern in unserer Villa stattgefunden haben. Sie hören hier also den berühmten Erben sprechen, meinetwegen auch den schrägen Künstler, den verrückten Milliardär, der doch bitte endlich erwachsen werden und sein Vermögen, seinem Stand entsprechend, gescheit anlegen soll. Das alles bin ich aber nicht. Wer ich bin, das wissen nur sehr wenige.« Arcus schaute zuerst in die letzte Reihe – Stéphanie lächelte und nickte ihm aufmunternd zu – und dann in die erste, wo ihn der kalte Blick Elsbeths traf.

»Ich habe meine Buchhalterin gebeten, in meinem Namen eine Stiftungsgründung vorzubereiten. Sie muss nur noch von mir unterzeichnet werden – im Anschluss an meinen Monolog werden Sie diesem Akt beiwohnen.« Arcus deutete mit der Hand auf einen Tisch, auf dem sich mehrere Ordner und Urkunden befanden. »Wie Sie bestimmt wissen, vernichte ich dieser Tage, wenn ich nicht gerade zu Ihnen spreche, hundert Millionen Euro in der Belvertina.« Ein leises Lachen schwappte wie eine sanfte Welle durch die Reihen der Anwesenden. »Nun, über diesen Teil des Geldes verfügt meine Buchhalterin nicht. Mit einigem Glück aber wird der andere Teil, den sie sehr wohl betreut, erhalten bleiben. Erhalten im Sinne von: im Stande sein, Menschenleben zum Guten hin zu verändern. Was ist *das Gute*? Ich weiß es nicht. Wenn man es herunterbricht, kommt man eventuell zur Erkenntnis, dass Geld ein passender Partner des Guten ist, nein, sein kann. Auch des Bösen, ja, aber das wollen wir hier ausklammern. Das Internet ist ja auch gut und böse. Sogar ein Messer kann gut sein, um sich ein Butterbrot zu schmieren und böse, wenn jemand damit erstochen wird, oder sagen wir: hilfreich im Gegensatz zu destruktiv. Wie dem auch sei: Geld ist ein Katalysator, wenn Sie so wollen. Es hilft beim guten Leben. So ist das. Aber was ist das gute Leben? Es ist ein Leben mit einem Einkommen, das die Armutsgrenze deutlich übersteigt. Und da wären wir auch schon bei der Stiftung angelangt: Es gibt eine vulnerable Gruppe von arbeitenden, ja sich in einem fort selbst ausbeutenden Menschen, die davon, also vom Geld, weit weniger haben als der Durchschnitt. Ich rede von Künstler:innen. Kaum eine andere Berufsgruppe lebt derart prekär. Nur sehr wenige überschreiten mit ihrem Einkommen die Armutsgrenze. So einfach und so traurig ist das. Ein Gemälde malt sich nicht von heute auf morgen. Ein Theaterstück, eine Installation, eine Symphonie, eine Tanzchoreografie, all das braucht sehr viel Zeit. Das ist nicht mit einem Mausklick zu erledigen. Noch nicht. Nun gut. Niemand hat uns gezwungen, Kunst zu machen, nicht wahr? Pech gehabt, könnte man meinen. Wären wir doch alle Chirurg:innen geworden. Und doch: Wie stolz sind wir doch alle, und vor allem die Politiker:innen, auf unser sogenanntes Kulturland Österreich. Und wie gering wird im selben Atemzug die Arbeit jener Menschen geschätzt, die imstande sind, dieses Land überhaupt erst zu einem Kulturland zu machen, es in diesen Zustand zu heben. Ohne Kunst keine Kultur. Ohne Kultur keine Identität. Und all jene, die die Implikationen immer noch nicht verstehen und – wie soll ich sagen – etwas konservativer denken«, hier machte Arcus mit den Fingern Anführungszeichen in die Luft, »für alle jene möchte ich ausdrücklich hinzufügen: Ohne Identität kein Reiz. Ohne Reiz keine Anziehung. Ohne Anziehung kein Tourismus. Und ohne Tourismus... nun, ich schätze, da wären wir wieder beim geliebten Geld angelangt.«

Arcus klatschte in die Hände. »Um endlich zum Punkt zu kommen: Die Stiftung ist dazu da, um in Österreich lebenden Personen, die künstlerisch tätig sind, ein monatliches bedingungsloses Grundeinkommen von Tausendfünfhundert Euro zu sichern. Wer bei der Versicherung als Künstler:in aufscheint, kann sich in Kürze auf einer eigens erstellten Website für dieses Grundeinkommen anmelden. Es gibt keine Fallstricke. Mir ist bewusst, dass nicht jede Person dieses Angebot in Anspruch nehmen wollen wird. Wir sind Sturköpfe, wir künstlerisch Tätigen, wir brauchen niemanden, der uns Geld in den Arsch schiebt, habe ich recht? Aber wir sind auch eitel. Wir wollen feiern. Wir sind modebewusst. Wir wollen reisen und mit neuen Eindrücken Neues erschaffen. Wir wollen uns ein gutes Equipment zulegen, mit wertvollen Materialien experimentieren. Wir wollen uns ein Atelier leisten. Wir wollen im Winter nicht frieren, wollen die Eltern und Freund:innen nicht mehr um Geld anbetteln, wollen einen Weg finden, aus der schimmeligen Souterrainwohnung auszuziehen. Jeder entscheidet für sich selbst. Ihr könnt einsteigen, aussteigen, wieder einsteigen. Wie ihr wollt. Das ist mir erstens völlig egal und zweitens habe ich darauf, sobald ich die Unterschrift aufs Papier gesetzt habe, gar keinen Einfluss mehr. Das Kapital befindet sich dann in der Stiftung, ich habe keinen Zugriff mehr darauf. Das Geld gehört euch. Monatlich. Ohne Bedingung. Ein Leben lang. Wenn ihr es wollt. Und ich weiß, dass das keine demokratische Entscheidung ist. Es ist meine privilegierte Entscheidung, dieser Berufsgruppe das Geld zukommen zu lassen. Niemand anderer als ich hat darüber entschieden, was einmal mehr zeigt, dass es nicht gut sein kann, wenn eine Person sehr viel Geld besitzt, um sich damit seinen altruistischen, pazifistischen Ego-Traum zu ermöglichen. Im Grunde ist es Machtmissbrauch, da meine Wünsche jene der Bevölkerung ersticken, die sich sicherlich etwas anderes wünschen.«

»Warum rufen Sie keinen Bürger:innenrat ins Leben, der über die Verteilung Ihres Vermögens bestimmt?«, rief eine ältere Frau aus der dritten Reihe, die sich mühsam aufgerichtet hatte. Soweit Arcus sah, verfügte sie über keinen Presseausweis. Er fragte sich, wie sie hereingekommen war, überlegte kurz und antwortete: »Ich habe zu wenig Vertrauen in die Entscheidungen der Menschheit, ja im Grunde misstraue ich sogar meinen eigenen Entscheidungen. Sie sehen, ich bin schlecht darin, anderen das Zepter in die Hand zu geben. Jemand hat mich in der *no more money, honey*-Ausstellung böse genannt. Wären Sie so nett und könnten Sie mir beantworten, ob er recht hat?«, fragte er die Frau. Sie antwortete nicht, schüttelte wie über einen dummen Witz den Kopf und nahm unter leisem Seufzen wieder Platz.

Arcus nahm einen großen Schluck aus dem Wasserglas, sodass das Gurgeln unangenehm verstärkt über die Lautsprecher zu hören war und sagte dann: »Ich will mich mit dieser Entscheidung nicht als Philanthropen darstellen.« Niemand der Anwesenden lachte. Arcus sagte: »Sie lachen, und doch ist es wahr. Ich will nicht geliebt werden von denen, die Kunst machen. Ich will einfach nur, dass es ihnen besser geht. Aber ich weiß, ich entkomme den Giftzähnen der Schlange nicht: Ich will Einfluss nehmen, anderen *helfen*, doch entsteht dadurch ein Machtgefälle, bei dem sich auf der einen Seite der wohlwollende Überreiche befindet und auf der anderen Seite die Mittellosen, die Bedürftigen. Ich bin und bleibe ein Arschloch, weil ich Zuspruch bekommen werde von genau jener Gruppe, die ich mit dieser Aktion unterstütze. Wenn man so will, bin ich deren Lobbyist. Sie haben sonst keinen. Also habe ich hier nicht unbedingt ein schlechtes Gewissen. Und doch wird durch diese Aktion die Meinung der Vielen nicht berücksichtigt. Aber noch aus einem weiteren Grund würden die Regierenden nicht so weit gehen: Weil sie der Frage *warum die und nicht wir?* nicht entkämen. Es ist und bleibt unfair, auch wenn die erhobenen Daten und Umfragen eindeutig belegen, dass die wenigen Stipendien, die ohnehin nur einige wenige erhalten, nicht ausreichen für ein halbwegs abgesichertes Leben. Mein Beschluss also ist, weil nur von mir gefasst, undemokratisch.«

Arcus nahm abermals einen Schluck Wasser. Er blickte in die hinteren Reihen. Marvin saß dort mit offenem Mund. Hatte er Tränen in den Augen? Anaïs stellte sich mit ihrer Spiegelreflex vor die Linse eines Kameramanns, der sie leise fluchend und mit unmissverständlichen Armbewegungen wegzuscheuchen versuchte. Als hätten sie sich abgesprochen, stellte sich nun auch Tamara vor einen Fotografen und lichtete ihn ab, Objektiv an Objektiv.

»Es sind einige Milliarden, die zur Verfügung stehen«, sprach Arcus. »Und das jährlich. Wir erinnern uns: Die Politiker:innen wollen mich nicht besteuern. Sie wollen, dass ich im Vorteil bin, dass ich auf meinem Thron sitzen bleibe. Da die Regierenden aber nur die gewählten Vertreter:innen der Bevölkerung repräsentieren, könnte ich auch behaupten: Die Gesellschaft als Ganzes will mich nicht besteuern. Sie, die Sie alle hier sitzen, wollen es nicht! Das Gefälle soll offenbar erhalten bleiben. Sie wollen nicht, dass es Ihnen besser geht. Einigen wenigen soll es bestens gehen und Sie sollen währenddessen leiden. Das geilt Sie, wie es scheint, irgendwie auf, habe ich nicht recht? So wirkt es auf mich. Aber ich möchte nicht mehr Teil dieses perversen Spiels sein. Ich möchte meine Macht abgeben. Ich gebe sie ab. Genaueres über die Stiftung wird Ihnen im Anschluss meine Buchhalterin verraten und Ihnen gerne Rede und Antwort stehen.« Elsbeth erhob sich kurz vom Stuhl, blickte nach hinten und verbeugte sich, als wäre sie als eine zu ehrende Person aufgerufen worden.

»Und die Idee«, fuhr Arcus fort, »ist nicht neu. Aber das Rad muss nicht neu erfunden werden. Eine gute Idee bleibt eine gute Idee.« Arcus hielt inne, schaute nach hinten zu Stéphanie. Mittlerweile hatte sich Anouk neben sie gesetzt. Sie wirkte nicht gerade glücklich. Ihr Anblick versetzte ihm einen Dämpfer. Hatte er nicht alles richtig gemacht? Hatte Anouk nicht auch gewollt, dass er mit

Stéphanie zusammenkam? Und doch wusste Arcus: Er würde in Anouks Augen nie, egal was er tat, nie an ihren leiblichen Vater rankommen. Und das, obwohl der seine Tochter im Stich gelassen hatte, und mit ihr Stéphanie, die das Kind nun alleine großzog. Arcus hatte ihr damals geholfen, wo er nur konnte. Aber es waren ihm Grenzen gesetzt. Er war kurz davor, sein Diplom auf der Akademie zu machen und im Jahr darauf hatte er monatelange Aufenthaltsstipendien im Ausland, zuerst in Paris, dann mit kurzer Unterbrechung in Tokio. Skype-Gespräche und die eine oder andere lange Mail halfen Stéphanie nicht durch die schlaflosen Nächte, sie halfen ihr nicht beim Wickeln, beim Kochen, beim Putzen, bei der Arbeit.

Ein Murmeln setzte ein. Da wurde Arcus bewusst, dass er schon eine Weile nichts mehr gesagt hatte. »Wie dem auch sei«, meinte er und räusperte sich. »Wie ich an den erhobenen Händen erkennen kann, haben Sie viele Fragen, ich habe aber kein Interesse mehr, zu reden. Es muss auch mal genug sein. Ich will mich um andere Dinge kümmern. Das ist überhaupt meine letzte Rede, ich habe keine Lust mehr, es langweilt mich. Sie langweilen mich. Ich will einfach nichts sagen. Mehr noch: Ich will nichts mehr zu sagen haben. Ich möchte die Drogerieverkäuferin sein von gegenüber. Mehr nicht. Scheiß Geld, verficktes!«, schrie er plötzlich, mit dem Mund ganz nah am Mikrofon, sodass es verzerrt aus den Lautsprechern dröhnte. Arcus räusperte sich abermals und sagte dann mit ruhiger Stimme: »So war das nicht geplant. Es tut mir leid.« Empörtes Raunen ging durch den Saal. Abermals wanderte Arcus' Blick in die hinteren Reihen. Stéphanie sah gerade nicht in seine Richtung; sie wirkte auf ihn, als wäre sie weit weg. Woran dachte sie?

Gestern Mittag hatte er sie vom Kindergarten abgeholt. Er war eine knappe Stunde zu früh gekommen und hatte es sich mit Stéphanies Erlaubnis in ihrem Raum – der Maikäfer-Gruppe – in einer Ecke gemütlich und sich dabei so unsichtbar wie möglich gemacht. Es war leider gerade eine Kollegin krank. Die Assistenzkraft wickelte ein Mädchen. Dann versuchte sie, einen weinenden Buben zu beruhigen, der sich in die Hose gemacht hatte. Dann war sie mit Putzen beschäftigt, da sich bezüglich der Absenz des Reinigungspersonals nach wie vor nichts geändert hatte. Stéphanie wirkte angespannt. Die Verzweiflung war ihr deutlich anzusehen. Die Verzweiflung, dass sie nicht allen helfen konnte, nicht für alle Kinder da sein konnte. Dass sie versuchte, das Nötigste, das Allernötigste zu erledigen: nämlich auf die Kinder aufzupassen. Ja, das war ihr gelungen. *Wirklich* auf die Bedürfnisse der Kinder einzugehen? Sie zu *bilden*, was ihre eigentliche Aufgabe war, für die sie studiert hatte? Dazu fehlten die Ressourcen. Es war ein Auffangbecken, in dem die Kinder bleiben konnten, während die Erwachsenen ihre Erwachsenenspiele spielten. Wie viel mehr könnten die Kinder lernen, wäre mehr Wertschätzung, mehr Aufmerksamkeit für diesen Bereich vorhanden!? Um das zu erkennen, dachte sich Arcus, musste man nicht Pädagogik studiert haben. Es war offensichtlich, dass hier etwas nicht stimmte, dass hier etwas furchtbar vernachlässigt wurde...

»Fuck it!«, schrie Arcus ins Mikrofon. Plötzlich war es sehr still im Saal. Alle Gesichter wandten sich ihm zu. »Fuck it«, schnaufte Arcus leise. Noch einmal sah er zu Stéphanie. Ihre Blicke trafen sich. Dann schaute er zu Elsbeth, die mit großen Augen dasaß und nicht wusste, ob sie sich für ihren Arbeitgeber schämen sollte. »Elsbeth«, sagte er. Sein Mund war trocken. »Elsbeth.«

»Ja?«, fragte sie.

»Elsbeth, ich ... wir ...«

»Ja, was ist denn?«, zischte sie durch zusammengebissene Zähne.

»Wir werden den Plan ändern.«

»Wie bitte?« Sie stand auf, setzte sich wieder hin und hob ihre Hände. Wollte sie mit dem rechten Zeigefinger zu ihrer Stirn fahren?

»Das geht so nicht. Ach, Scheiße«, sagte Arcus. Einige Anwesende kicherten. Andere fragten sich, ob das hier nun doch eine Performance war.

»Ja, was geht denn nun nicht?«, fragte Elsbeth mit hochrotem Schädel. »Jetzt kommen Sie doch endlich runter vom Podest und unterzeichnen Sie, wie verlautbart, die Stiftungserklärung. Machen Sie sich doch nicht vor aller Welt lächerlich.«

»Aber ich bin doch längst lächerlich«, stellte Arcus fest. »Bin ich immer schon gewesen. Das alles hier ist für die meisten da draußen lächerlich.« Sein Blick schien nach innen gerichtet. Schnaubend atmete er ins Mikrofon. Er öffnete seinen Mund, schloss ihn wieder, schüttelte den Kopf, lachte über seine eigenen Gedanken und sagte dann: »Wir werden es so machen ... ja, so werden wir es machen ... wie soll ich es formulieren: Sorry, liebe Künstler:innen, Sie müssen weiterhin gratis arbeiten, Sie werden weiterhin prekär leben, Ihre Pension wird weiterhin mickrig ausfallen. Das große Risiko Ihres Lebensweges nimmt kein Ende. Es bleibt, wie es ist: unfair. Ich entschuldige mich von Herzen, aber es gibt etwas Wichtigeres als Kunst.« Aus der hintersten Reihe rief jemand *buh*. Aus den vorderen Reihen war verhaltenes Klatschen zu vernehmen. »Ja«, sagte Arcus, »das kommt mir nicht leicht über die Lippen. Ich dachte immer, Kunst sei wichtiger als alles andere, weil die Menschheit ohne Kunst nicht so weit gekommen wäre. Aber ich denke, ich liege falsch. Ohne Bildung nämlich wäre die Menschheit nicht so weit gekommen. Bildung. Das ist die Basis. Für eine starke Demokratie und für gesellschaftlichen Zusammenhalt. Und die Basis der Basis in der Bildung beginnt mit der Elementarpädagogik. Sie beginnt nicht in der Schule und ganz sicherlich nicht im Gymnasium. Sie beginnt nicht mit der Lehre und nicht mit dem Studium. Sie beginnt mit dem Kindergarten, mit der Krabbelstube. Das ist das Fundament, auf dem alles andere aufbaut. Es kann nichts Bedeutenderes geben. Wer würde ein Gebäude, wer würde *sein* Gebäude auf einem dünnen, wackeligen, schiefen Fundament errichten? Ich denke, dass sich eine Antwort erübrigt.« Arcus sagte einige Sekunden lang nichts, wiegte den Kopf hin und her: »Elsbeth?«, fragte er erneut.

»Ja«, gab sie genervt von sich.

»Wir werden das Vermögen, das in der Stiftung gebunden ist, in den elementaren Bildungsbereich lenken. Ich weiß noch nicht genau wie, denn es dürfte um einiges komplexer sein und daher schwieriger realisierbar, doch gemeinsam werden wir uns das ansehen und schaffen. Wir werden Expert:innen hinzuziehen und auch Politiker:innen, was die Umsetzbarkeit betrifft, um Rat fragen. Wir müssen das möglich machen, ja?«

Elsbeths Oberkörper zuckte. Versuchte sie ein Husten zu unterdrücken? Lachte sie? Dachte sie an ihre Kündigung, die sie nun doch nicht würde auf den Tisch bringen können?

»Wir machen alles, was Sie sich wünschen«, sagte sie schließlich und fügte wispernd hinzu: »Wie immer.«

»Danke, Elsbeth«, sagte Arcus. »Und Ihnen allen: Danke für Ihre Aufmerksamkeit. Und nicht, dass wir uns falsch verstehen: Das hier ist keine Performance«, sprach er, worauf verhaltenes Lachen folgte. »Es ist die Wahrheit... meine Wahrheit«, fügte er hinzu. Die letzten beiden Worte, die er geäußert hatte, ließen ihn an Matthias denken und versetzten ihm einen Stich in die Brust. Dass sein bester Freund – war er das noch? – heute nicht gekommen war, überraschte ihn nicht. Arcus' Anrufe hatte er seit dem letzten Gespräch nicht angenommen, seine Nachrichten blieben unbeantwortet. Arcus hob den Kopf, blickte nach hinten zu Stéphanie. Sie saß dort und sah Arcus an, als befänden nur sie beide sich in diesem Saal, als wären sie sich physisch ganz nah, als stünden sie direkt voreinander. Arcus hätte an ihrem Gesichtsausdruck nicht erraten können, was in ihr vorging. Sie hob ihre rechte Hand, schickte ihm einen Luftkuss, lächelte mit feuchten Augen.

Elsbeth schüttelte nach einer Minute, in der nichts geschah, außer, dass ein unangenehmes Fiepen über die Lautsprecher zu hören war, den Kopf, erhob sich unter leisem Stöhnen von ihrem Stuhl, schritt zum Pult und schob Arcus, als dieser – wie paralysiert – nicht Platz machte, sanft zur Seite. Als hätte er auf einmal etwas, nein, jemanden gesehen, löste sich Arcus aus der Erstarrung und lief schnellen Schrittes im Mittelgang zwischen den Stuhlreihen in Richtung Ausgang, rief *halt!*, und dann

Ich möchte doch nur mit Ihnen reden! Bleiben Sie bitte stehen! und verschwand durch die Tür nach draußen. Die Köpfe der Anwesenden hatten sich allesamt nach hinten gedreht. Stéphanie folgte Arcus. Anouk blieb sitzen und zog ihr Handy hervor. Anaïs filmte. Tamara fotografierte. Marvin weinte. Elsbeth sprach.

18

Die Knospen der Forsythien hatten sich vor wenigen Tagen geöffnet; die länglichen Blütenblätter verschleuderten ihre leuchtend gelbe Farbe, um sich vom umgebenden Braun kontrastreich abzuheben. Sonnenstrahlen fuhren durchs dicht verzweigte Geäst. Die eine oder andere Wildbiene flog noch etwas planlos durch die Gegend. Waren an der schattigen Seite des Hügels noch letzte Schneereste auszumachen? Spätestens heute Abend, dachte Arcus, würden sie verschwunden sein.

Ein Johlen kam aus den Mündern der Anwesenden, die für das Naturschauspiel des erwachenden Frühlings gerade keine Aufmerksamkeit übrig hatten. Wasser spritzte in alle Richtungen. Das Kreischen von Kindern. Wenn sie Tieren bei einer Show zusehen, dann ist für sie alles andere zweitrangig. Eine Robbe hatte sich den Fisch im Sprung von der steinernen Plattform gekonnt aus den Händen der Zoowärterin geschnappt. Ob die Robbe, als Hauptdarstellerin, das Schauspiel genoss? Oder ob sie diesen mühsamen Ablauf, dieses widernatürliche Scheingetue schnell hinter sich bringen wollte, um endlich ans Futter zu gelangen? Hatte sie denn überhaupt eine Wahl, die Robbe?

Anouk reagierte nicht auf Arcus' pseudophilosophische Fragen und starrte von Zeit zu Zeit auf den für diese Helligkeit zu dunkel eingestellten Bildschirm ihres Handys. Sie reagierte auch nicht auf Stéphanies: »Sieh nur, Anouk, ein Eichhörnchen. Dort oben! Siehst du es nicht?« Sie lachte nicht, regte sich aber auch nicht auf, als sie vom stinkenden Wasser nass gespritzt wurde. Sie hatte auch nicht beim Anblick der ulkig vor sich hin watschelnden Pinguine gelächelt. Es gab viele, sehr viele Fotos, auf denen sie genau am selben Ort, vor der von plattgedrückten Kindernäschen fettverschmierten, zerkratzten Glasscheibe stehend, mit breitem, halb zahnlosem Grinsen zu sehen war. Es war der Ort, an dem sie, auch wenn es ihr gerade nicht so gut ging, ausnahmslos glücklich sein konnte.

»Im Herbst wird allzu gerne von Vergänglichkeit gesprochen«, redete Arcus vor sich hin, als sie einige Zeit später das Wolfsgehege passiert hatten, um den Tiergarten beim oberen Ausgang zu verlassen und weiter in Richtung Gloriette zu schlendern. »Ich sehe sie hingegen gerne am Ende des Winters am Werk. Auch die Kälte, auch der Rückzug, selbst der Tod ist vergänglich und muss immer neuem Leben weichen.«

»Warum kannst du nicht normal sein«, sagte Anouk plötzlich. »Einfach mal normal sein«, hängte sie an und beschleunigte ihren Schritt, ging einige Meter voraus, drehte sich um und rief: »Denkt ihr, ich bin immer noch so vernarrt in die Robben und in die scheiß Pinguine? Hallo? Ich bin kein fucking Kind mehr!«

»Pass auf, wie du mit uns sprichst«, sagte Stéphanie.

»Pass auf, wie du mit uns sprichst«, äffte Anouk sie nach.

Jemand in einer ihnen entgegenkommenden Gruppe von jungen Urlaubsreisenden erkannte Arcus.

»Hey!«, rief er. »Das ist doch...«, hörte man ihn sagen. »Babe, guck mal«, sagte er zu seiner Freundin. »Das ist doch der crazy super-rich Ösi, der sein Geld im Museum killt.«

Mottengleich schwärmte die Gruppe näher. Einer trat vor und fragte, ob er ein Selfie mit ihm machen dürfe. Als Arcus verneinte, meinte dieser, dass er für seinen Geschmack ohnehin zu schäbig gekleidet sei. Gelächter. Schulterklopfen. Abgang.

Arcus sah an seiner Jacke hinab, entdeckte einen hellbraunen Schmutzfleck und versuchte ihn abzuputzen. Anouk drehte sich kurz um, murmelte etwas von *peinlich* und drehte sich wieder nach vorne, nahm ihr Handy aus ihrer Tasche, tippte etwas hinein.

»Aber du hast doch gewusst...«, schrie Stéphanie nach vorne. Einige Leute drehten sich zu ihr um. Sie nahm Arcus an der Hand und lief mit ihm zu Anouk. »Du hast doch gewusst, worauf wir uns einlassen und warst von Anfang an eingeweiht«, sagte sie schnaufend. »Abgesehen davon bin ich etwas enttäuscht, dass du das Wort *normal* so unachtsam in den Mund nimmst.«

»Schon okay«, meinte Arcus. »Sie sehnt sich... gerade in der Pubertät sehnt sie sich bestimmt...« Er hielt kurz inne, da ihm bewusst wurde, dass es absurd war, neben Anouk in der dritten Person über sie zu sprechen. »Du sehnst dich nach Stabilität«, sagte er zu ihr. »Habe ich recht? Und Veränderung verträgt sich bekanntlich nicht so gut mit dem Gefühl von Sicherheit.«

Sie hatten die Anhöhe erreicht. Die Gloriette, von Kaiserin Maria Theresia dem *gerechten Krieg* gewidmet, der angeblich zu Frieden führt, tat Arcus in den Augen weh mit seiner penetrant gelben Fassade. Unter ihnen in einigen hundert Metern Entfernung thronte das Schloss Schönbrunn, und dahinter erhoben sich die Wohnhäuser der westlichen Außenbezirke Wiens. Die Luft war klar, sodass die Schattierungen der Dächer auf Arcus wirkten, als hätte jemand in Photoshop den Kontrast hinaufgedreht. Eine Kirche etwas weiter hinten ließ die sie umgebenden Bauten klein und unbedeutend aussehen. Und noch etwas weiter entfernt, östlich vom Kirchturm, die zwei mit einem zarten Blauschleier versehenen, klotzig-breiten Türme des Allgemeinen Krankenhauses der Stadt.

»Touristenscheiß«, kommentierte Anouk den Ausblick und unterbrach damit Arcus' Gedankengänge.

»Ja«, sagte Arcus. »Stimme dir zu.«

»Schön ist es trotzdem«, sagte Stéphanie. »Vor allem der Park mit dem Irrgarten dort.«

»Auch dir«, sagte Arcus, »stimme ich zu.«

»Hast du auch eine eigene Meinung?«, fragte Anouk bissig.

»Allzu oft«, antwortete Arcus und wandte sich zu Anouk, sodass er gerade noch erkennen konnte, dass ein angedeutetes Lächeln in ihr vorheriges ausdrucksloses Gesicht zurückfand. Er nutzte den aufgetanen Riss in ihrer schlechten Laune und meinte: »Ich könnte mich ein wenig biegen, aber ich werde nie zu einem anderen Menschen werden. In unserem Alter sind wir bereits fertig gebacken. An der Füllung ist da nichts mehr zu ändern. Vielleicht gilt das schon ab dem Moment der Zeugung. Oder bereits davor. Und dann kommt da noch die Klasse hinzu, die über unser Leben bestimmt.« Er wisse auch nicht, sprach er weiter und dachte an seinen Lebensweg als Künstler, warum er immer bis ans Ende gehen, alles durchziehen müsse, warum es ihm nicht gelinge, auf halbem Wege stehenzubleiben, durchzuatmen und das, was sich dort befand, zu genießen.

Anouk verdrehte die Augen, blickte auf ihr Handy, steckte es wieder weg. Arcus fragte sich, ob er etwas Falsches gesagt hatte. Stéphanie ließ Arcus' Hand los und ging zu Anouk, umarmte sie von hinten. Ihre Tochter riss sich los, drehte sich um und sagte: »Ihr seht mich nicht. Hauptsache, ihr seid glücklich.«

»Aber ich dachte...«, stammelte Stéphanie. »Du hast mir doch selbst gesagt, dass du...«

»Ja«, unterbrach sie Anouk. »Ich weiß, dass ich es selbst gesagt habe. Ich habe gedacht, dass dann alles gut sein würde, okay? Ist es aber nicht. Nichts ist gut.«

»Aber Arcus und ich, wir...«

»Es geht nicht um euch, verdammt nochmal!«, schrie Anouk.

Arcus schob seine Hände in die Hosentaschen. Er wusste nun tatsächlich nicht, worauf Anouk hinauswollte. Was ihm aber einleuchtete, war, dass sein Monolog vorhin unpassend gewesen war. Womöglich all seine Monologe? Arcus war stets davon ausgegangen, dass ihm die Menschen, die ihn umgaben, wichtig waren, aber Anouk hatte mit ihren letzten Aussagen doch irgendwie ins Schwarze getroffen. War er, ohne es bewusst mitzubekommen, zu einem dieser Männer geworden, die das unablässige Verlangen verspürten, den Frauen die Welt zu erklären? Er dachte an Rilkes Vers: *Du musst dein Leben ändern.* Aber war er dazu überhaupt in der Lage? War er nicht vielmehr – wie eben selbst geäußert – längst fertig gebacken?

Stéphanie schien ebenfalls nicht mehr weiter zu wissen. Sie tauschte mit Arcus vielsagende Blicke.

»Ich denke, wir kapieren es nicht«, sagte sie schließlich. Und dann: »Klär uns doch bitte auf. Wir halten den Mund, okay?«

»Das schafft ihr nicht«, meinte Anouk trocken. Sie schaute durch die Fenster ins Innere der Gloriette. Dort konnte sie einen Teil des Kaffeehaus-Interieurs ausmachen. Eine Frau zog gerade Schal und Mantel aus. Ein Mann legte seinen Hut ab. Sie setzten sich. Eine Kellnerin nahm die Bestellung auf.

»Ich war dort mal mit Papa«, meinte sie schließlich. Dem Gesagten hängte sie ein leises *Fuck* an.

»Ich mag es nicht, wenn du fluchst«, gab Stéphanie ihr zu verstehen.

Anouk drehte sich zu ihr. Blickte ihr in die Augen, sagte: »Ach ja? Magst du also nicht? Du selbst darfst fluchen, wenn es dir gerade passt und ich nicht, weil ich ja noch lange nicht erwachsen bin?«

»Ich... also wenn ich einmal fluchen sollte, was ich sehr selten tue, dann...«, stammelte Stéphanie.

»Fuck!«, schrie Anouk mit nach vorne gebeugtem Oberkörper und den Händen vor ihrem Mund, den sie zu einem Schalltrichter geformt hatte. »Fuck! Fuck! Fuck!« Eine asiatische Reisegruppe entfernte sich fluchtartig in Richtung des zum Schloss abfallenden Hügels. Ein älteres Pärchen, das sich etwas näher befand, schaute zuerst verwundert, dann regelrecht schockiert in ihre Richtung, gefolgt von einem strengen Blick, mit dem sie Stéphanie und Arcus bedachten, um Ihnen nonverbal mitzuteilen, dass sie ihrer Tochter gefälligst Manieren beizubringen hatten. Anouks Aussage schien so gar nicht zur Fassade der Prunkbauten zu passen. Das Pärchen hob die Augenbrauen wie um zu sagen, dass es für jedes Wort auch einen passenden Ort gebe und ging mit winzigen, vorsichtigen Schrittchen weiter zum Eingang des Cafés. »Ficken!«, feuerte Anouk nach. »Ficken, Drecksau, Bitch!« Ein jüngerer Mann mit einer asymmetrisch geschnittenen Frisur, einem nicht minder asymmetrisch geschnittenen Designermantel und einer Trage mit schlafendem Baby darin entfernte sich im Laufschritt. »Scheiß Arschloch!«, schrie Anouk ihm nach. »Wichser allesamt!«

Arcus musste schmunzeln. Er sah zu Stéphanie. Sie blickte ihm todernst entgegen. Er hörte auf zu schmunzeln.

»Bist du dann fertig?«, fragte Stéphanie ihre Tochter.

»Die Frage ist nicht, ob ich fertig bin«, antwortete sie, nach wie vor schreiend, »sondern ob ihr fertig seid. Ich sagte doch, ihr schafft es nicht, mich nicht zu unterbrechen... enttäuschend«, fügte sie nach einer kurzen Pause leise hinzu. Stéphanie konnte es gerade noch hören und biss sich auf die Lippen. Arcus trat von einem Bein aufs andere. Er hatte, wie so oft, das drängende Bedürfnis, sich zu äußern, hielt sich diesmal aber zurück.

Eine Weile schwiegen die drei. Ein zischendes Einatmen durch Stéphanies verstopfte Nase war zu hören. Arcus räusperte sich. Vom Waldrand war das Husten eines Kindes zu hören.

»Wie gesagt«, begann Anouk erneut. »Ich war dort mal mit Papa.« Anouk wartete, ob sie wieder von jemandem unterbrochen wurde. Stéphanie nickte bloß. Arcus blinzelte. »Es gibt da nicht viel zu erzählen. Ich hab einen Kakao getrunken. Mit viel Schlagobers und Schokostreuseln oben drauf. Das weiß ich noch. Aber es ist nichts Besonderes geschehen an diesem Tag. Außer vielleicht Papas Besuch an sich.«

Stéphanie hob ihre Hand, streckte wie in der Schule den Zeigefinger in die Luft.

»Was ist?«, fragte Anouk.

»Ich würde gerne hinzufügen, dass dich dein Papa an jenem Tag nicht besuchen gekommen ist, sondern dass wir ihn besucht haben. Die Philharmoniker haben ihr alljährliches Sommernachtskonzert gegeben. Er war kurzfristig als Monitortechniker engagiert worden und ist wegen der guten Bezahlung extra aus Prag angereist. Er hat dich in seiner Mittagspause getroffen.«

»Aha«, machte Anouk. »So war das also.« Sie spitzte die Lippen, dachte nach. »Papa ist aber nicht immer ein Arschloch«, sagte sie. »Du hättest gerne, dass ich ihn nicht mag. Das weiß ich.« Stéphanie öffnete ihren Mund. »Nein«, rief Anouk. »Ich bin dran.«

»Okay«, sagte Stéphanie mit angespanntem Oberkörper. »Okay.«

»Ich weiß ja, dass er mich ... also, dass ihm die Arbeit und die Touren seiner Bands wichtiger sind, als ... jedenfalls ist er nicht ganz weg. Er schreibt mir. Das wisst ihr ja. Und dann frage ich mich manchmal, ob es nicht leichter für mich gewesen wär, wenn ich erst gar nie mit ihm Kontakt gehabt hätte«, sinnierte sie. »Er ist halt nun mal da«, sprach sie weiter. »Als Kontakt auf meinem Handy. Keine Ahnung. Das ergibt keinen Sinn.« Sie schob mit den Füßen die Kieselsteinchen des Spazierwegs nach vorn, dann zu Seite und wieder zurück. Formte sie ein geheimes Zeichen? »Und als mir klar wurde, dass ihr beiden ... als du mir gesagt hast, dass du eigentlich gerne mit Arcus zusammen sein würdest, da hab ich mich zuerst extrem gefreut und gehofft, dass das klappt. Weil ich ja haben will, dass es dir gut geht, Mama. Und weil ich dich gern hab«, sagte sie und blickte nur ganz kurz in Arcus' Augen. »Aber dann, als wir im Tresor waren...« Sie schaute abermals zu Arcus. Dieser lächelte, sagte aber nichts. »Jedenfalls, als ihr euch dann dort geküsst habt. Da hab ich gewusst... ach Scheiße, warum ist das so schwer?«

Stéphanie hob die Schultern, ließ sie wieder fallen, trat einen Schritt auf Anouk zu, nahm sie in die Arme und sagte: »Über Gefühle zu reden, das fällt uns allen schwer.« Sie hob ihren Kopf, sah zu Arcus.

Anouk fing, geschützt durch die Umarmung, an zu weinen. Schluchzend fuhr sie fort: »Ich hab dann plötzlich gewusst, dass du nicht mehr mit Papa zusammenkommen wirst«, presste sie hervor. »Ich weiß auch nicht«, sagte sie, »vielleicht war das so eine Kindheitsfantasie oder so. Dass du irgendwann wieder mit ihm zusammenkommen könntest. Es hätte doch sein können, oder?« Anouk löste sich, nach wie vor unter Tränen, kurz aus der Umarmung, um ihrer Mutter in die Augen sehen zu können.

Stéphanie sagte nichts und strich mit der Hand über Anouks Kopf.

»Zumindest hab ich mir das halt so gewünscht irgendwie«, sagte Anouk, nun wieder mit an Stéphanies Brustkorb angelehntem Kopf. »Dass dann alles gut wär. Und richtig. Aber dann habt ihr euch geküsst. Und dann war dieser Traum urplötzlich zerstört. Ich weiß auch nicht. Es hat sich angefühlt, als wäre meine Kindheit vorbei oder so. Wie früher, als ich noch ans Christkind und den Weihnachtsmann und an den Osterhasen geglaubt hab. Das sind Geschichten, die man den Kindern halt irgendwann wegnimmt. Und diese Geschichte mit Papa. Diese klitzekleine Chance, dass ihr beide...« Sie sprach noch weiter, aber durch das Schluchzen konnte man nichts mehr verstehen. Stéphanie hielt ihre Tochter etwas fester. Nach einigen Minuten ließ das Weinen nach – und das Zittern ihres Körpers. Anouk öffnete langsam die Augen und wischte sich die Tränen von den Wangen. Sie stand so Arcus direkt gegenüber. Als dieser mit einer ungewohnten Sanftheit in seinem Blick zu ihr hinübersah, wechselte ihr Gesichtsausdruck von traurig auf wütend.

»Sieh mich nicht so verständnisvoll an!«, warf sie Arcus ins Gesicht. »Geh!«, legte sie nach. »Bitte geh einfach.«

»Anouk«, sagte Stéphanie, drehte sich zur Seite und hielt ihre Tochter an den Schultern, sodass sie gezwungen war, ihr in die Augen zu sehen. »Anouk, du kannst doch nicht einfach von ihm verlangen, dass er...«

»Doch«, meinte Arcus. »Das kann sie. Und sie hat alles Recht dazu.«

»Aber...«, begann Stéphanie und ließ Anouks Schultern los, um sich zu Arcus zu drehen. »Wir sollten das in Ruhe besprechen.« Stéphanie wollte nach Arcus' Hand greifen. Arcus schüttelte den Kopf.

»Ich denke«, sagte er, »ich denke, es ist für alle das Beste, wenn ich erst mal gehe.«

Stéphanie ließ ihre Arme sinken; die Hände klatschten gegen ihre Schenkel. Anouk wirkte erleichtert und formte mit ihren Lippen ein lautloses *Dankeschön*.

Arcus drehte sich am Absatz um und ging hügelab in Richtung Schloss. Er hörte die beiden noch ein paar Sekunden lang miteinander reden, dann nur noch das Knirschen seiner Schuhe auf den Kieseln. Wenige Minuten später, er ging an den hohen Hecken des Irrgartens entlang, passierte er ein kleines Loch, wo die Äste der Hecke brachlagen. Nachdem er sich vergewissert hatte, dass ihn niemand beobachtete, schlüpfte er, auf dem kiesigen Boden kriechend, ins Innere. Er richtete sich auf, putzte sich den Schmutz von den Jackenärmeln und den Hosenbeinen. Ja, hier wollte er sich verirren. Immerfort ein Ziel vor Augen zu haben, das war doch leicht. Und langweilig. Und konservativ. Und – wer weiß? – vielleicht sogar schädlich. Er sah sich als Jungen. Welchen Weg würde er durch den Irrgarten nehmen? Wohin würde er sich treiben lassen? Und der nächste Gedanke trug ihn auch schon zurück in seine Kindheit, zurück zu Ulrich, wie er an seinem überdimensionierten Schreibtisch saß, der von Arcus – und wohl auch von ihm selbst – als unüberbrückbares Hindernis wahrgenommen wurde; er sah Henriette, wie sie sich mehr über die Inneneinrichtung der Villa sorgte als um Arcus' psychisches Wohlergehen. Er sah seine Schwester Judith, die ihr Leben mit dem Kämmen ihrer Barbie-Puppen und später mit dem Striegeln ihres Pferdes verlebte und in der *echten Welt* nichts mehr wahrnehmen konnte, das nicht ihrer Definition von Perfektion entsprach, was im Grunde bedeutete, dass sie Arcus allenfalls als Abfallprodukt betrachtete; schließlich sah er Johannes, dessen Kinn so hochgereckt war, dass er seinen Bruder von dort oben längst nicht mehr unverzerrt erkennen konnte und wohl auch nicht wollte.

Nach einigen Minuten hatte Arcus – in seiner Absichtslosigkeit – doch das Ziel des Irrgartens erreicht. Was nun? Arcus machte den letzten Schritt hinein ins Zentrum: »Ein kleiner Schritt für die Menschheit«, sagte er sich beim Gehen, »aber ein großer Schritt für einen Menschen.« Er wusste, dass es gelogen war. Er wusste, dass er sich nicht so leicht lossagen konnte von seinen Prägungen. Dass mit diesem Schritt nichts getan war. Überhaupt nichts. Dass es kaum ein Anfang war. Und als er einen Wärter über die Hecken hinweg rufen hörte, dass das Betreten des Irrgartens zu dieser Jahreszeit strengstens verboten sei, wusste er, dass das Ziel nicht das Ende war, sondern der Beginn – und dass es an der Zeit war, sich im Leben zu verirren. Aber diesmal so richtig.

19

An diesem Abend gab es keine *wilde Party*, wie es Willibald auszudrücken pflegte. Niemand hatte große Lust gehabt zu feiern. Warum nicht? Immerhin war es Freitagabend. Die Lichter der Villa waren ausgeschaltet, ungewohnte Ruhe war nach dem geschäftigen künstlerischen Treiben eingekehrt. Die Hälfte aller Anwesenden schlief längst in ihren Arbeitsräumen. Arcus konnte es ihnen nicht verübeln. Er starrte an die Zimmerdecke und dachte zuerst an den gestrigen Tag, an Anouks Zögern, an Stéphanies enttäuschten Gesichtsausdruck beim Verabschieden und wie er sich später im Irrgarten gekonnt vor dem Wärter versteckt hatte. Dann dachte er an den morgigen Tag: Es war der letzte seiner *no more money, honey*-Performance. Noch einmal würde er eine Million Euro zerfetzen, danach würden ein paar Leute den *Apparat* zerlegen und andere die Teile abholen, um von weiteren Menschen am Schrottplatz verteilt zu werden, damit später jemand das Metall einschmelzen konnte, um es im recycelten, nächsten Leben, als Bauteil einer Banknotendruckmaschine zu verwenden, sodass der Kreislauf wieder von Neuem starten konnte. Es hatte sich nicht komisch angefühlt, die Performance zu beginnen. Nun fühlte es sich aber komisch an, sie zu beenden. Dass es nie aufhören, immer weitergehen würde, beruhigte Arcus fürs Erste. Und gleichzeitig war er froh über seinen letzten *Arbeitstag*. Als Arcus die Augen schloss, wusste er, dass es keinen Sinn hatte, hier noch länger liegen zu bleiben und auf das Sandmännchen zu warten. Stunden würden vergehen, ehe ihn die Erschöpfung nach unten durch die Matratze in die Unbewusstheit des Schlafs ziehen würde. Er öffnete die Augen, stand auf, zog sich wieder an und ging mit leisen Schritten in Richtung Haustür. Als er an Marvins Zimmer vorbeikam, hörte er die Stimme von Maria, wie sie ihrem Freund Argumente an den Kopf warf und lautstark ihre Meinung kundtat, während Marvin mindestens dreimal hintereinander *'tschuldigung* entgegnete. Insgeheim freute sich Arcus schon auf den ersten *richtigen* Beziehungsstreit mit Stéphanie. Dass die Mehrheit davon überzeugt ist, Streiten könne nichts Gutes sein, hatte er noch nie verstanden. Ist es nicht ein Zeichen der Nähe, ein Indiz für Vertrauen, wenn man streiten kann, ohne Angst zu haben, verlassen zu werden? Aber vielleicht hatten sie alle Angst, die Menschen. Und streiten ist ja auch nicht streiten. Genauso, wie reden nicht reden ist und denken nicht denken. Das eine beflügelt und ermöglicht Wachstum, das andere dämpft und zerstört.

Arcus durchquerte das ehemalige Jagdzimmer und ging ins nunmehrige Gemeinschaftsatelier. Einige Malereien hingen bis an die Decke, eine Plastik war an die Backsteinwand gelehnt. Sein Blick schweifte über die Kunstwerke. Sofort fiel ihm auf, dass die Pistole nicht mehr an der Wand hing, die ihm noch vor einiger Zeit während der Projektion der Aufnahmen von Anaïs schräg, aber doch irgendwie passend vorgekommen war. Er vermutete, dass die altertümliche Waffe als Requisite für ein Video oder als Objekt für ein Stillleben genutzt worden war und nahm sich vor, später eine Nachricht an die Atelier-Gruppe zu verfassen.

Arcus trat ins Freie. Die Luft war wärmer als erwartet. Er atmete tief ein und aus und stellte überrascht fest, dass sein Herz raste. Das Gittertor war verschlossen. Da Arcus seinen Schlüssel im Zimmer vergessen hatte, stieg er kurzerhand über den Zaun. Wann hatte er das das letzte Mal gemacht? Es musste am Abend jenes Tages gewesen sein, als er seiner Familie seinen Entschluss mitgeteilt hatte, Künstler zu werden. Wie viele Jahre waren seither vergangen? Zwanzig? Er konnte sich noch genau daran erinnern, wie die Eltern und die Geschwister im Speisesaal gesessen waren, wie Henriette zu Judith gesagt hatte, sie wünschte, Judith würde sich nicht so leger kleiden. Zumindest zum Abendessen sollten gewisse Kleidervorschriften eingehalten werden. Wie Judith an sich hinabsah und bemerkte, dass der Träger der Bluse zum Ellbogen heruntergerutscht war. Wie sie ihn mit einem genervten *pfft* wieder über die Schulter gezogen hatte. Wie Vater monoton auf Johannes einredete, als hätte er ihn nicht schon seit seiner Geburt mit seinen Monologen einer Gehirnwäsche unterzogen. Der große Vater zum großen Bruder. Ein Gefälle, das, wäre alles nach Plan verlaufen, bald kein Gefälle mehr gewesen wäre. Der eine wichtiger als der andere. Wie die Wörter aus seinem Mund sprudelten. Keine Zahlen, nein. Über Geld wird in einer überreichen Familie nicht gesprochen. Was gäbe es da großartig zu besprechen? Was ohne Ende vorhanden ist, muss nicht täglich erwähnt werden. Nichts ist leichter, als Geld hin und her zu schieben, zu parken, zu investieren und auszugeben. Wenn man es hat, versteht sich. Arcus hatte mit Wucht die Gabel in das dicke Fleisch des Steaks gerammt. Henriette hatte vor Schreck ihre Maske fallen lassen, wenn auch nur für wenige Sekunden. Ulrich hatte gefragt, was zur Hölle in ihn gefahren sei. Da hatte sich Arcus erhoben. Er werde ausziehen, hatte er verkündet. Johannes hatte in die Hände geklatscht. Er werde ausziehen, er werde nicht länger das Geld der Familie verwenden, er werde arbeiten gehen, wie jeder andere echte Mensch auch; und er werde Kunst studieren, ja, und von diesem Moment an wolle er ... er wolle nicht länger Marcus genannt werden. Sein Name sei von nun an *Arcus*. Johannes hatte, nachdem einige stille Sekunden vergangen waren, laut aufgelacht und gesagt, dass er gedacht habe, Arcus würde sich als *Homo* outen. Da sei er sich noch nicht sicher, hatte Arcus ernst geantwortet. Judith hatte keine Reaktion gezeigt und dann, als wäre nichts geschehen, mit einem in die Küche gerichteten Befehl eine neue Flasche Rotwein verlangt. Henriette hatte den Kopf zu Ulrich gedreht und ihn angestarrt, um auf eine Rückmeldung von ihm zu warten, da sie nach all den Ehejahren mit ihrem dominanten Gatten verlernt hatte, selbst eine Meinung zu einem Thema zu haben. Dieser hatte mit der flachen Hand auf den Tisch geschlagen, sodass das das Besteck auf den Tellern ein kurzes Klirren von sich gab. Er werde nichts von alledem machen, hatte er Arcus befohlen. Außer er wolle enterbt werden. Arcus hatte geantwortet, dass er mit dieser Androhung gerechnet habe. Andere Eltern würden mit dem Entzug ihrer Liebe, mit dem Entzug ihrer Aufmerksamkeit und ihrer Zuneigung drohen. Ulrich hingegen bliebe nur die lächerliche Drohung des Entzugs seines Vermögens, weil das vorhin Genannte wegen seiner generellen Abwesenheit ja gar nicht zur Disposition stünde. Seine Enterbung nehme er somit gerne in Kauf. Dass alles im Leben etwas koste, immerhin dies habe er von Ulrich gelernt. Im Unterschied zu seiner Familie aber wolle er dafür etwas bezahlen, ein Opfer bringen. Freiheit wachse schließlich nicht auf Bäumen. Die Gabel im Steak hatte eine Schräglage bekommen und war mit dem Griff in der zerronnenen Kräuterbutter gelandet. Arcus hatte gelächelt und sich nicht mehr an den Tisch gesetzt. Lange nicht.

Tief in Gedanken versunken war er viel weiter spaziert als beabsichtigt – die Fürstenstraße hinab in Richtung Stadtzentrum, vorbei am Beethovenhaus, durch die Fußgängerzone und darüber hinaus. Irgendwann bog er nach rechts ab, machte eine Schleife zurück und blieb vorm Arnold-Schönberg-Haus stehen. Das war also die Geburtsstätte der Zwölftonmusik? Arcus fragte sich, wie etwas derart Außergewöhnliches in solch einem konservativen, kleinen Städtchen hatte entstehen können... und fand vorerst keine Antwort.

Das Telefon in Arcus' Hose vibrierte. Er zog es hervor und las überraschend eine Nachricht von Matthias, der, wie er schrieb, soeben einen Albtraum durchlebt hatte. Welchen Albtraum, wollte Arcus wissen. Dass er das wohl lieber nicht erfahren wolle, antwortete Matthias. Arcus war es leid, auf dem kleinen Display herumzutippen und rief Matthias an.

»Dass du dich meldest«, sagte Arcus, nachdem Matthias abgehoben und erst mal nichts gesagt hatte. »Es tut gut, zu wissen, dass du an mich denkst. Wir sollten vielleicht über das Ganze reden. Ich möchte nämlich nicht...«

»Du bist...«, stammelte Matthias. »Du hast...«

»Was habe ich?«, fragte Arcus, nachdem Matthias nicht weitergeredet hatte.

»Ach, egal, ich bin müde«, sagte Matthias. »Es hat eh nichts zu bedeuten. Schön zu hören, dass du wohlauf bist. Und nur, damit das klar ist: Dass ich mich bei dir melde, heißt nicht, dass zwischen uns alles wieder gut ist.«

»Was ist denn passiert in deinem Traum?«, fragte Arcus schnell, bevor Matthias auflegen konnte. »Hat Stéphanie mich verlassen? Ist Anouk etwas zugestoßen? Nun sag schon.«

»Du bist... wie soll ich sagen«, stammelte Matthias. »Du bist auf grausame Weise gestorben«, drückte er nach einigen Sekunden hervor. »Genau genommen bist du ermordet worden.«

»Aha«, machte Arcus. »Und von wem?«

»Deshalb habe ich dir geschrieben«, sagte Matthias. »Ich war's. Ich habe dich ermordet. Wobei, genau genommen war es kein Mord«, berichtigte Matthias. »Es war eher ein sehr blöder Unfall. Ich habe dich bei deiner Performance besucht und da haben wir uns gestritten. Ich weiß nicht mehr worüber. Jedenfalls warst du sehr aufgebracht und hast mich geschubst, und dann habe ich dich wohl zu fest von mir weggedrückt, um mich zu verteidigen oder zu schützen oder was weiß ich, und da bist du... also da bist du dann in deinen eigenen Apparat gefallen. Rückwärts ins Loch hinein. Und dann hat das Ding – es war eingeschaltet und das Geld war wie immer auf dem Förderband –, das hat dann halt seine Arbeit verrichtet, das Gerät, wenn du verstehst, was ich meine.«

»Ich verstehe«, sagte Arcus und stellte sich das ganze Blut vor. »Danke, dass du mich anrufst.«

»Was gibt es da zu danken?«, gab Matthias zu verstehen. »Außerdem hast du ja mich angerufen.«

»Mhm«, machte Arcus. »Und was jetzt?«, fragte er vorsichtig. »Sind wir ... sind wir wieder ...?«

»Fuck«, nuschelte Matthias. »Ich bin nicht gut im Streiten. Das weißt du. Deshalb habe ich mich zurückgezogen. Das kann ich gut. Habe ich von meinen Eltern gelernt. Immer besser, sich einzuigeln, als etwas gründlich auszudiskutieren.«

»Du hast mir von deinen Erfahrungen erzählt«, bestätigte Arcus.

»Ich bin mit solchem Herzrasen aufgewacht«, meinte Matthias. »Ich weiß auch nicht. Vielleicht solltest du morgen nicht ins Museum.«

»Wie meinst du das?«, fragte Arcus.

»Du könntest doch jemand anderen das Geldzerstören erledigen lassen. Wie bei einer delegierten Performance oder so. Vielleicht hat Marvin Lust?«

»Es wird mir nichts geschehen«, beruhigte ihn Arcus. »Wir haben Sicherheitsbeauftragte. Außerdem ist ein abschließendes öffentliches Gespräch mit Regina Steinbruch geplant. Und dann die Party danach im *Einbaumöbel*. Willst du ... willst du vielleicht auch hinkommen?«

»Eher nicht«, sagte er. »Und ich werde ganz sicher nicht in die Ausstellung gehen.«

»Warum solltest du auch?«, meinte Arcus. »Ich verrichte dort lediglich meine langweilige Arbeit. Und danach wird gefeiert. Du kannst dich ja ... also wenn du Lust hast, dann kannst du dich ja mit Stéphanie absprechen. Wobei ich nicht weiß, ob sie kommen wird. Wegen Anouk. Aber das erzähle ich dir ein andermal. Jedenfalls wollten Anaïs, Tamara, Marvin und Maria kommen. Eigentlich alle Bewohner:innen der Villa.«

»Mal sehen«, murmelte Matthias.

»Du kannst natürlich auch Richard mitnehmen. Warum hast du ihn mir eigentlich noch nicht vorgestellt?«

»Weil du nicht meine Mama bist, der ich meinen Freund vorstellen muss. Er ist, wie du weißt, viel im Ausland. Und wenn er mal da ist, möchte ich lieber...«

»Ja, ja«, sagte Arcus. »Ich kann es mir vorstellen.«

»Marcus?«, sagte Matthias nach einiger Zeit. »Pass auf dich auf, ja?«

»Du hast mich gerade *Marcus* genannt«, stellte Arcus fest, wobei nicht klar auszumachen war, ob er es als Aussage oder Frage formuliert hatte.

»Ja«, meinte Matthias. »Genau das habe ich. Komm damit klar.« Arcus sagte nichts. Er hörte nur den Atem seines Freundes durch den Hörer zischeln. »Ich denke, du bist nun alt genug, um deine Maske fallen zu lassen«, sprach Matthias weiter. »Mit der Zeit sammelt sich so viel Lebensmasse an. Und jedes Mal, wenn du glaubst, etwas gewonnen zu haben, hast du im selben Moment etwas verloren.«

»Wie meinst du das?«, wollte Arcus wissen.

»Es ist niemand mehr da, vor dem du dich schützen müsstest«, erklärte Matthias. »Sei doch einfach du selbst, Marcus.«

Arcus atmete in den Hörer, sagte nichts. Matthias legte auf. Hinter Arcus' Rücken, in einem ungepflegten Garten, hörte er eine streunende Katze. Die Einfahrt gegenüber, die Bäume, die sich dunkel vor dem matten Sternenhimmel erhoben, die verwilderte Hecke daneben und die im Stillen ruhenden Häuser hatten auf einmal etwas Düsteres an sich. Ihm war kalt geworden. Ohne zu zögern war er schnellen Schrittes zurück in die Innenstadt und hinauf zur St.-Othmar-Kirche gegangen, um vom oberen Waldrand kommend an einer abschüssigen Gasse am letzten Wohnort von Anton Webern vorbei zu gehen. Ob die unruhigen Geister dieser Stadt dort drüben, auf der anderen Seite, noch weiterkomponierten?

Arcus hob müde den Kopf. Von dort, wo er war, sah er die spitzen Dächer seiner protzigen Villa, deren Umrisse in der hellen Mondnacht umso mehr nach Sichtbarkeit schrien. Er brauchte nur noch ein paar Meter bergab zu gehen, in die Fürstenstraße einzubiegen und über den Zaun zu klettern. Das war machbar, das würde er schaffen; morgen war sein großer Tag, dann würde man weitersehen.

20

Noch einmal waren viele Leute gekommen: Schulklassen, Pensionistinnen und Pensionisten, Studierende, Reisende, zu keinem geringen Anteil aber auch Menschen, die sich ansonsten offensichtlich nicht für Kunst interessierten oder in ihrem Leben überhaupt noch kein Museum betreten hatten; allesamt drängten sie sich um den *Apparat*, schritten andächtig im Kreis wie die Gläubigen um die Kaaba. Zu den Stoßzeiten wurden sie, ähnlich wie im Louvre vor der Mona Lisa, von den Security-Beauftragten mit sanftem Druck weiter in Richtung Ausgang geschoben. Wie oft würde sich in Zukunft noch die Möglichkeit ergeben, bei der Zerstörung von derartig viel Geld dabei zu sein? Die Chancen standen gering. Äußerst gering.

Arcus kehrte soeben von seiner Mittagspause zurück. Regina Steinbruch hatte darauf bestanden, ihn zum Essen einzuladen, was Arcus etwas absurd erschien, aber da er auf das noch absurdere Erwachsenenspiel *ich zahle, nein, ich zahle, nein, ich möchte dich einladen, nein ich...* keine Lust und außerdem großen Hunger hatte, ließ er ihr ihren Wunsch. Während er sich in einem angesagten vietnamesischen Restaurant umständlich eine Sommerrolle in den Mund schob, kamen aus ihrem Mund Zahlen: noch nie so viele Besuchende! Sogar die *money sells*-Ausstellung habe man getoppt. Unfassbar. Dass Leute auf die Vernichtung von Geld geiler waren als auf geschenktes, sei nicht erwartbar gewesen. Warum die Menschheit so leicht zu durchschauen sei, frage sie sich manchmal. Wie eine Murmel verhielten sie sich. Einmal an der richtigen Stelle berührt – und schon rollten sie in den für sie vorbereiteten, gelenkten Bahnen. Regina Steinbruch meinte, dass sie nicht überrascht wäre, wenn Arcus demnächst Anfragen von der Londoner Tate oder gar vom New Yorker MoMA erhalten würde. Arcus rann währenddessen die Sojasoße übers Kinn, tropfte auf den Teller und bildete dort dunkelbraune Flecken. Wenn man nur halb hinhörte, schmeckte das Essen vorzüglich.

»Darf ich Sie fragen«, sagte Arcus mit vollem Mund. »Darf ich Sie fragen, was Sie für ein Problem mit Erfolg haben?«

»Wie meinen Sie das?«, fragte die Kuratorin und nahm einen Schluck vom Glas Rotwein, der allem Anschein nach ihr Mittagessen darstellen sollte. »Ich habe keine Probleme mit Erfolg. Wie kommen Sie darauf?«

»Nun«, sagte Arcus, nachdem er hinuntergeschluckt hatte, »ich habe nicht das Gefühl, dass Sie Erfolg haben. Es ist vielmehr umgekehrt: Der Erfolg hat *Sie*. Vergessen Sie nicht: Auch Sie gehören zur Menschheit. Auch Sie sind durchschaubar, auch Sie sind lenkbar. Sie wollen Direktorin sein.« Arcus formulierte den Satz nicht als Frage.

»Na und?« Regina Steinbruch lachte laut auf, sodass die Essenden vom Nebentisch ihre Köpfe hoben. »Das ist in Kunstkreisen kein Geheimnis mehr. Und wenn der Erfolg, wie Sie es ausdrücken, *mich* hat, dann soll es mir recht sein, so lange mir mein jetziger Lebensstil erhalten bleibt und für die Zukunft meiner Tochter gesorgt ist.«

»Ihre Determiniertheit macht Sie aber auch angreifbar«, meinte Arcus. Er griff die nächste Sommerrolle in der Mitte mit Daumen und Zeigefinger an und rüttelte daran, sodass sie sich an den beiden Enden leicht baumelnd auf und ab bewegte. »Und wenn Sie Ihr Ziel endlich erreicht haben«, sagte Arcus, »dann werden Sie, nehme ich an, glücklich sein?«

Sie schaute Arcus lange an, das aufgesetzte Lächeln war aus ihrem Gesicht verschwunden. Sie wollte etwas sagen, hustete stattdessen aber in ihre Armbeuge, nahm einen großen Schluck vom Wein.

Arcus hörte Regina Steinbruch auf einmal über etwas völlig anderes sprechen. Über die Kündigung von Fabian Mayernig, ihren Kollegen, oder eigentlich Ex-Kollegen, den sie nun endlich los sei. Sie werde dafür sorgen, dass nun eine Frau oder eine queere Person seinen Platz einnehme. Arcus fragte sich, ob er ihr vom geheimen Tresor-Ausstellungsraum in der Mödlinger Villa erzählen sollte, und dass Fabian die Arcus-Personale – zugegebenermaßen gar nicht einmal so übel – kuratiert hatte, doch er beschloss, diese Information für sich zu behalten und zudem ihren Worten fürs Erste nicht mehr zu folgen.

Lieber dachte er an seine eigenen Ziele, und da kam ihm unmittelbar die Erkenntnis, dass er keine mehr hatte. Dieser heutige Tag würde enden, sagte er sich. Ja. Davon konnte man ausgehen. Der ging gewiss vorüber. Aber was dann? Was, wenn ihn das ganze Drecksgeld so abgestumpft hatte, dass er danach nicht besonders viel, jedenfalls nichts Wertvolles, nichts Brauchbares mehr zu sagen hätte? Arcus schaute durch seinen Teller hindurch, durch die mit Sojaspritzern verunreinigte Tischdecke, durch den Tisch selbst, und sah darunter langsam ein dunkles, tiefes Loch sich auftun. Plötzlich packte ihn etwas von hinten am Nacken und breitete sich aus, bis es auch seinen Kehlkopf umschlungen hatte und ihm die Luft abschnürte; es fühlte sich unangenehm kalt an, und – war das überhaupt möglich? – es roch nach Angst.

Erst nachdem Regina Steinbruch zweimal laut seinen Namen gerufen hatte, war Arcus wieder in der Gegenwart angekommen. Den Kopf zu heben, gar aufzustehen schien momentan unmöglich. Er musste es schließlich doch geschafft haben, denn schon schleppte er seinen Körper kläglich neben der Kuratorin in Richtung Ausstellungsraum. Sie meinte, dass sie dann kurz vor Ausstellungsende zu ihm kommen würde für die abschließende Diskussionsrunde. Außerdem wolle sie sich die endgültige Deaktivierung des Apparats nicht entgehen lassen. Bevor es dann zum Feiern ginge. Arcus gab ihr keine Antwort.

21

»Das haben Sie nicht verdient«, sagte eine angenehme, tiefe Stimme aus geringer Entfernung.

»Wie bitte?«, fragte Arcus. Zwei Stunden mussten vergangen sein. Wie in Trance war er am Apparat gesessen. Die Menschen um ihn hatte er, wie sonst auch, wenn er am Gerät mit den Hebeln hantierte, vergessen. Im Grunde wollte er nur eines: seine Arbeitsstunden erledigt haben. Ausstechen sozusagen. *Sich* endlich ausstechen. Und ohne zu feiern nach Hause gehen. Stéphanie sehen. Sie küssen. Mit ihr schlafen? Ja, das würde ihm seine heutige Schwere nehmen. Ganz bestimmt.

»Das alles«, wiederholte der Mann. »Sie haben es nicht verdient.«

Arcus ließ den Hebel los, der die Geschwindigkeit des Förderbands regelte. Die Eisenstange rastete in der Ausgangsposition ein, das Förderband blieb stehen. Die darauf liegenden Geldbündel zitterten kurz, bevor sie sich in eine ruhende Position begaben; sie befanden sich, konnte man meinen, im Fegefeuer. Die Maschine surrte nach wie vor, die Messer in der Öffnung weiter oben drehten sich mit hoher Geschwindigkeit. Arcus betätigte vier Knöpfe an der Seitenwand des Apparats. Das Surren wurde leiser, die Ringe mit den Messern verlangsamten sich und die Saugkraft des Gebläses, das die zerfetzten Geldscheine in den seitlich angebrachten, riesigen Plastiksack beförderte, ließ nach, sodass der Sack knisternd in sich zusammenfiel und sich wie eine schützende Hand auf die Überreste legte. Von weiter hinten war eine Security-Mitarbeiterin an den Mann herangetreten, um ihn darauf hinzuweisen, dass der Künstler während der Performance bitte nicht angesprochen werden wolle. Wer unbedingt mit ihm sprechen müsse, könne später an der Abschlussdiskussion teilnehmen.

Erst jetzt drehte sich Arcus um zu dem Mann. Er war klein, aber kräftig. Das braune, dichte, gepflegte Haar reichte ihm bis zu den Schultern. Ja, das war er, *der Mann*, dem Arcus jetzt schon mehrmals vergeblich gefolgt war. Er war nicht alt, aber auch nicht jung. Auf den ersten Blick wirkte er nicht gerade freundlich, aber auch nicht abweisend, sondern eher wie jemand, der an einem gewöhnlichen Tag – was auch immer das sein sollte – keine Rolle spielte. Ein Statist etwa in einem Film, der möglicherweise etwas weiter hinten sitzt, alleine an der Bar an einem Bier nippend. Und da der Fokus des Kameraobjektivs nicht auf ihm lag, sondern auf die Hauptdarstellenden im Vordergrund adjustiert war, musste dieser Unbedeutende im Hintergrund verschwommen erscheinen. Er war da, und zugleich nicht da. Ein Surrogat, ein Stand-In für etwas, das bald eine KI übernehmen würde.

»Lassen Sie ihn reden«, sagte Arcus, der lange brauchte, um seine Gedanken zu ordnen. »Mir ist es lieber, wir diskutieren jetzt gleich. Was haben Sie eigentlich damit gemeint, dass ich all das hier nicht verdiene?«, fragte Arcus den Mann. »Und warum bitteschön verfolgen Sie mich seit über einem Jahr?«

»Sie sind ein arrogantes Arschloch«, sagte dieser, verzog den Mund und spuckte auf den Boden.

Arcus zuckte mit den Schultern und sagte: »Ja, das bin ich wohl.«

Der Mann schüttelte daraufhin den Kopf wie jemand, der etwas nicht glauben kann. Und dann zog er aus der Seitentasche seiner Weste eine Pistole heraus, richtete sie gerade nach oben in die Luft und feuerte. Ein lauter Knall hallte durch die Ausstellungsräumlichkeiten. Er feuerte ein weiteres Mal. Der Verputz der Decke bröselte dort, wo die Patronen in die Wand gefahren waren, feinkörnig zu Boden. Es dauerte einen Moment, bis die Besuchenden verstanden hatten, dass dies nicht Teil der Performance war. Panische Schreie waren zu hören. Die Menschen rannten los, schlugen wild um sich, trampelten ohne Rücksicht auf am Boden herumliegende Körper, die zu alt oder zu jung waren für solcherlei Hektik. Drei Security-Beauftragte waren an den Mann herangetreten.

»Hey, nicht so hastig«, sagte dieser und richtete den Pistolenlauf direkt auf Arcus' Kopf. »Niemand kommt mir zu nahe, oder euer geliebter Retter ist schneller tot, als ihr *Millionärssteuer* sagen könnt. Ihr habt ohnehin einen schlechten Job gemacht. Wie komme ich mit einer Waffe überhaupt bis in den Ausstellungsraum? Amateure, allesamt! Verschwindet.« Als sich niemand von den Sicherheitsbeauftragten regte, brüllte der Mann: »Raus!«, und feuerte eine weitere Patrone ab, die in geringer Entfernung an Arcus' Kopf vorbeisauste und wenige Meter hinter ihm krachend in die Wand fuhr.

Arcus' Herzschlag setzte für einen Moment aus. Dann pumpte der Muskel wieder Blut durch seine Kammern, als wäre nichts Besonderes geschehen. Aber auch die Sicherheitsbeauftragten zuckten zusammen, blickten sich an und schienen sich relativ rasch und wortlos einig geworden zu sein, dass es für Arcus' Wohlergehen wohl tatsächlich besser war, den Wunsch dieses Wahnsinnigen zu erfüllen. Mit vorsichtigen Schritten verließen sie den Ausstellungsraum, sodass Arcus alleine mit dem Mann zurückblieb.

»Es gibt eine Bank«, sagte Arcus, doch weiter kam er nicht, denn ihm versagte die Stimme. Er hustete, dann räusperte er sich. »Etwa dreihundert Meter stadtauswärts«, begann er von neuem. »Da gibt es eine Bank. Die haben sicherlich mehr Geld lagernd. Ich habe ja, wie Sie bestimmt wissen, bald das ganze Geld vernichtet.«

Arcus konnte sich nicht erinnern, jemals so konzentriert und innerlich ruhig gewesen zu sein. Wohin war die Angst verflogen, wenn man sie brauchte? Er wollte zittern, er wollte seinen Körper spüren, das rasende Herz. Doch zu seiner Überraschung spürte er, nun, da jemand vor ihm stand und ihm eine Pistole an den Kopf hielt, Erleichterung. Arcus drehte sich vorsichtig im Kreis. Die Menschen hatten sich, wie er zufrieden feststellte, zu guter Letzt doch noch gegenseitig geholfen. Niemand war liegen geblieben. Gemeinsam waren sie nach draußen gestürmt und hatten den Raum dem Wahnsinn überlassen. In ein paar Minuten, rechnete sich Arcus aus, würde das Einsatzkommando der Polizei mit schwerem Geschütz und Spezialausrüstung *antanzen*. Vom Dach aus würden sie sich abseilen. Ja, so würde es in einem Actionfilm inszeniert werden. Das sieht immer gut aus, wenn sich bewaffnete, unfassbar gut trainierte Männer voller heroischem Mut von hohen Dächern warfen. Und er, der Held, wäre am Ende des Tages gerettet.

»Ich habe kein Interesse am Geld«, sagte der Mann mit ruhiger Stimme. »Ich nehme mir etwas, das weniger wiegt als ein Geldschein und doch wertvoller ist als alles Geld zusammen.«

Arcus hob die Augenbrauen. »Ja?«, fragte er. »Dann kommt der Apparat wohl nicht infrage. Was wollen Sie denn mitnehmen? Die museale Aura?«

»Nein«, antwortete dieser. »Ich nehme mir lediglich Ihr Leben. Oder um genau zu sein: Ihre Seele.«

Arcus atmete ein und wieder aus. Das war also der Weg, um seine Schuld ein für alle Mal zu begleichen? Eine Abkürzung ins Nichts? Er hätte gerne mit Matthias gesprochen. Einmal noch. In Gedanken sah er sich schon in den aktivierten Apparat steigen. Dass ihn dieser Wahnsinnige zwingen würde, sich aufs Förderband zu setzen, lag aus seiner Sicht auf der Hand. Er jedenfalls hätte es verlangt, wäre er der Mann mit der Pistole. So viel stand fest. Sein Tod wäre ein schmerzhafter und blutiger, aber es wäre, sollten die Messer noch scharf genug sein und die Mechanik der Maschine mit seinem Gewicht und dem Widerstand seiner Haut und Sehnen und Muskeln und Knochen gut zurechtkommen, zumindest schnell vorbei. Matthias' prophetischer Albtraum hätte sich auf grausamste Weise realisiert.

»Tief in meinem Inneren«, meinte Arcus mit trockenem Mund, »habe ich immer gewusst, dass ich das hier, das alles hier, wie Sie es nennen, nicht verdiene. Die Kunst, würde ich meinen, die verdiene ich, ja, und sie duldet mich, aber alles andere? Es stimmt schon. Ich habe es nicht verdient. Aber dafür ermordet zu werden? Das kommt mir übertrieben vor, wenn man die moralischen Implikationen eines Mordes jetzt erst Mal beiseitelässt. Sie müssen nämlich wissen, dass ich nun so etwas wie eine Stieftochter habe...«

»Was Sie haben oder nicht haben, ist mir scheißegal«, schrie der Mann, sodass der Nachhall seiner Worte ähnlich lange wie in einer Kirche durch den Saal geisterte. »Sie als Person sind mir scheißegal! Ihr Gesicht steht für etwas anderes. Ihre Existenz ist doch nur die Spitze des Eisbergs. Hätten Sie sich ruhig verhalten, wer weiß, ob ich Sie auserkoren hätte. Aber Sie mussten ja, wie alle anderen Überreichen, denen beim Sprechen das Geld aus dem Maul herausklimpert, unbedingt im Rampenlicht stehen. Ihr könnt gar nicht anders! Ohne auf euch gerichtete Scheinwerfer könnt ihr nicht existieren. Und nun stehen Sie hier, die glänzende Spitze des Eisbergs, der reichste Millennial-Erbe der Welt, und Sie wollen mir weismachen, dass Sie nicht korrupt und amoralisch sind? Und wer weiß, vielleicht stimmt das sogar, da Sie seit Ihrer Pressekonferenz von den linken Medien, ja eigentlich von fast allen als neuer Heiland gepriesen werden. Aber unter Ihnen, dort, wo man nichts mehr sieht, im Dunkel des Wassers, dort sieht der Eisberg anders aus. Dort glänzt er nicht. Dort hat er nie geglänzt. Und ob Sie nun Ihr Geld verschenken, wegwerfen, spenden, investieren oder zerstören, all das macht überhaupt keinen Unterschied. Sie sind Teil eines gnadenlosen, inhumanen Systems, das sterben muss.«

»Und Sie glauben tatsächlich, das ist die richtige Art, ein System zu verändern, es zu stürzen?«

»Sicherlich nicht die beste, aber die schnellste«, entgegnete der Mann und fügte hinzu, dass Arcus seinen Tod doch einfach als Kunstprojekt ansehen solle. Ein Mord in einem Museum könne ebenso performativ gelesen werden. »Schade, dass Sie das Geld aus Ihrer Stiftung dann doch nicht den Kunstschaffenden haben zukommen lassen. Ob ich, als Mensch, der in einem Museum mit Ihrer Leiche ein Kunstwerk erschafft, dann auch Anspruch auf ihr Grundeinkommen gehabt hätte?«, fragte der Mann und lachte leise.

»Ein Mord bleibt ein Mord«, erklärte Arcus trocken und fügte hinzu: »Kunst ist nicht etwas, das man sieht, etwas, das gekauft werden kann, sondern etwas, das gelebt werden will. Es ist eine innere Haltung. Aber ich befürchte, dass meine Gedanken nun keine Rolle mehr spielen, habe ich recht?«

Der Mann antwortete nicht. Aus dem Foyer hörte man dumpfe Schreie, die durch die Türritzen hereindrangen. War die Polizei etwa schon da? Oder war es die Rettung, die einer verletzten Person half? Der Mann fuhr sich mit der freien Hand durchs dichte Haar, griff an die linke Ohrmuschel und zog daran.

»Wer sind Sie?«, fragte Arcus.

»Wer ich bin, spielt keine Rolle«, sagte der Mann. »Das verstehen Sie aus Ihrer privilegierten Perspektive ohnehin nicht. Dass es jemanden geben kann auf dieser Welt, der nicht in der ersten Reihe stehen möchte. Dass es jemanden geben kann, der etwas verändern will, ohne dass man seinen Namen in allen Zeitungen liest.«

»Sie machen doch Witze«, entgegnete Arcus. »Ihren Namen wird man, sollten Sie mich tatsächlich ermorden, in allen Zeitungen lesen. Eigentlich sogar dann, wenn Sie mich nicht ermorden.«

»Da werde ich dann aber schon nicht mehr am Leben sein, um es mitzubekommen«, sprach er und kicherte. »Nicht was man hat, ist entscheidend, sondern was man hinterlässt.«

Arcus spürte, wie das Leben, das noch vor wenigen Minuten in ihm pulsiert hatte, über die Zehenspitzen in den Boden sickerte. Das war es also. Hier und jetzt würde sein Leben enden. Und künstlerisch hatte er ja tatsächlich alles gesagt, was er sagen wollte. Und von der Liebe hatte er immerhin kurz gekostet. Viel mehr hatte er sich ohnehin nie erwartet. Er konnte loslassen. Er durfte. Die Linie Himmeltroff-Gütersloh würde enden.

Arcus fiel auf, dass der Mann den Pistolenlauf gesenkt hatte. Wenn er jetzt abdrückte, würde das Projektil höchstens seine Kniescheibe durchbohren. Die Pistole muss schwer sein, dachte er. Alt sieht sie aus… und da erkannte er sie: Es musste die entwendete Pistole aus seiner Villa sein. Ja, da blieben keinerlei Zweifel. Er konnte sogar die Verzierung am Pistolenlauf ausmachen.

»Darf ich fragen«, meinte Arcus mit erhobener Hand. »Also, ich hätte gerne Ihr Motiv gewusst. Ich werde es niemandem verraten. Ich nehme es ja mit in den Tod.«

Der Mann fing an zu lachen, zuerst leise, dann immer lauter. Es war kein Lachen, wie man es von stereotypen Bösewichten aus Hollywood-Thrillern kennt. Es war ein nettes, äußerst sympathisches Lachen. »Sie denken…«, sagte er schließlich. Aber weiter kam er vorerst nicht, lachte wieder. Als er sich einigermaßen beruhigt hatte, fuhr er fort: »Sie denken also nach wie vor, dass Sie im Mittelpunkt stehen? Dass sich alles um Ihre Person dreht? Merken Sie denn nicht, wie gefangen Sie in Ihrer eigenen Berühmtheit sind? Nicht alles dreht sich um Sie. Nicht alles, nein. Dass die Wahl auf Sie gefallen ist, war ein Produkt des reinen Zufalls. Sie hatten Glück, könnte man behaupten.«

Ein Pochen war zu hören. Hatte jemand an die große Tür geklopft, die ins Foyer führte?

»Sie lügen«, sagte Arcus. »Die Pistole gehört mir. Sie verfolgen mich schon seit Längerem. Es muss etwas Persönliches sein und hat wohl etwas mit den Geschäften meines Vaters zu tun. Was hat er Ihnen angetan? Nennen Sie mir Ihr Motiv!«

»Oder was?«, fragte der Mann, der mit der Pistole inzwischen wieder auf Arcus' Kopf zielte. »Sehen Sie es denn nicht?«, fragte er. »Wir beide sind Chiffren. Ich sehe Sie nicht als Person. Sie sind der, der hervorsticht aus der Menge, und ich bin der, der darin untertaucht. Sie sind ein Singular, ich ein Plural. Sie sind der Prototyp einer Klasse, ich das Montagsprodukt einer Massenware. Wir sind beide Teil einer Münze, wenn man so will, bloß ist Ihre Seite mit dem Kopf auf Hochglanz poliert, während man auf meiner Seite die Zahl vor lauter Grünspan nicht mehr erkennen kann. Sie beuten aus, ich bin der Ausgebeutete. Wir brauchen, wir bedingen einander.«

»Das ergibt keinen Sinn«, meinte Arcus. »Sie reimen sich da etwas zusammen, das nicht zusammenpasst.«

»Sie hätten also gerne, dass sich das alles harmonisch auflöst? Wie in den seichten Büchern und Filmen, ja? Alles soll zu einem befriedigenden Abschluss kommen. Damit sich der Kreis schließt, weil er sich als gottgegebenes Gesetz immer zu schließen hat. Weil niemand etwas tun kann, das keinen Grund hat. Alles muss immer Sinn ergeben in dieser scheiß Welt. Und bevor man stirbt, soll das Leben von A bis Z logisch aufgeschlüsselt und ohne Fragezeichen vor einem ausgebreitet werden? Nun«, sagte er, »diese Befriedigung werde ich Ihnen nicht schenken.«

Arcus konnte es sich nicht erklären, aber plötzlich begann er, stark zu zittern.

»Sie haben Angst, zu sterben«, sagte der Mann. »Das habe ich mir gedacht. Dass Sie ein Feigling sind. Und es ist völlig normal. Ich habe auch Angst davor. Ich bin auch ein Feigling. Aber gemeinsam schaffen wir das. Sie gehen voraus, ich komme ein paar Sekunden später nach, ja?«

»Ich habe keine Angst, zu sterben«, gab Arcus zu verstehen. »Es ist andersrum, ich habe Angst, zu leben. Ich weiß nicht, ob ich bereit bin für ein neues Kapitel.«

»Nun«, sagte der Mann. »Sie werden es so oder so nicht mehr erleben.«

In diesem Moment piepste Arcus' Handy. Langsam griff er danach. Ob er die Nachricht noch schnell lesen dürfe, fragte er. Wenn das sein letzter Wunsch sei, sagte der Mann, dann bitte er darum. Es war eine Nachricht von Anouk. Er las sie. Dann las er sie ein zweites und ein drittes Mal, um sich jedes einzelne geschriebene Wort einzuprägen. Arcus lächelte mit weichem, verklärtem Blick und spürte, wie ihm ein paar Tränen über die Wangen glitten.

»Also gut«, meinte Arcus und richtete sich zu voller Größe auf. Er ließ das Handy fallen. Das Display zersplitterte. Dann fixierte er die dunklen Augen seines Gegenübers und sprach: »Ich habe alles Neue, das gekommen wäre, mit ziemlicher Wahrscheinlichkeit nicht verdient. Sie gewiss ebenso wenig. Wir sind beide schlechte Menschen. Jeder auf seine Art. Möchtegern-Mörder wie Sie und Fake-Philanthropen wie ich haben kein Anrecht auf echte Nähe. Sie können jetzt abdrücken.«

Arcus wollte soeben die Augen schließen – und sie nie wieder öffnen –, da bemerkte er eine Bewegung am oberen Rand seines Sichtfelds. Vorsichtig hob er den Kopf. Er sah die Läufe zweier Gewehre, die sich im ersten Stock langsam über das Geländer der Galerie schoben. Sie waren auf den Rücken des Mannes gerichtet. Arcus senkte den Kopf und kniff die Augen fest zusammen.

Der Knall hallte laut und scharf durch die musealen Räumlichkeiten; die Schallwellen breiteten sich aus, brachen sich an den Wänden, um zurückgeworfen zu werden und abermals am Sichtbeton abzuprallen; sie streiften über die Klingen der Messer, verschwanden im gefräßigen Loch des Apparats, drangen ein in den zu Boden sackenden, leblosen Körper, wo sie mit ihm den letzten Rest ihrer Energie verbrauchten und endlich zur Ruhe kamen.

Dank

Ich möchte mich sehr herzlich bei Martin Hacksteiner bedanken, der mir mit seiner Expertise bei meinen zahlreichen Fragen monetärer Natur stets bereitwillig beigestanden hat.

Mein ganz besonderer Dank gilt außerdem der kongenialen Band »Smashed To Pieces« (Verena Dürr, Jakob Kraner, David Hoffmann aka Dada Hoffi), die mir dankenswerterweise erlaubt haben, einen Textauszug aus ihrem Song »Plane Crash« (siehe Kapitel 16) zu verwenden. (soundcloud.com/smashedtopieces)

Außerdem möchte ich mich beim Kremayr & Scheriau-Team für die gute Zusammenarbeit bedanken (insbesondere bei Paul Maercker für das umsichtige Lektorat).

Für die finanzielle Unterstützung während des Schreibprozesses bedanke ich mich bei der Kulturabteilung der Stadt Villach, beim Land Kärnten und bei der Stiftung Literatur mit Sitz in München.

Norbert Maria Kröll bei Kremayr & Scheriau

Norbert Maria Kröll
Die Kuratorin

Als Kuratorin eines renommierten Museums sorgt Regina Steinbruch für Aufsehen in der Kunstwelt. Sie ist Karrierefrau durch und durch; um ihre Ziele zu erreichen, geht sie rücksichtslos ihren Weg – flink vorbei an den verachteten männlichen Kollegen. Als Regina bei einem One-Night-Stand schwanger wird, gerät ihre Welt aus den Fugen, und selbst, als sie entscheidet, das Kind ihrer besten Freundin zur Adoption zu übergeben, findet sie nicht zur Ruhe. Baby Toms unwiderstehlicher Geruch bringt die knallharte Fassade der Kuratorin zum Bröckeln und Stück für Stück tritt ein empfindsamer und verletzlicher Mensch in Erscheinung.

Norbert Maria Krölls dritter Roman ist eine schwarzhumorige Satire auf den Kunst- und Kulturbetrieb und stellt provokant weibliche und männliche Rollenzuschreibungen infrage. In einem schrankenlosen Gedankenstrom erzählt »Die Kuratorin« vom Mut, stark zu sein, und der manchmal noch größeren Herausforderung, auch Schwäche zeigen zu können.

> »*Mit* Die Kuratorin *ist Kröll ein gesellschaftskritischer Roman gelungen, der nicht nur traditionelle und moderne Geschlechterrollen provokant in Frage stellt, sondern zugleich den verklärten ›Mythos Mutterschaft‹ ins 21. Jahrhundert überführt.«*
> Sabrina Gärtner, Die Brücke

304 Seiten | ISBN 978-3-218-01336-9 | € 24,-

Die Arbeit an diesem Roman
wurde durch ein Stipendium des Landes Kärnten
gefördert.

LAND ▎▘ KÄRNTEN
Kultur

www.kremayr-scheriau.at

ISBN 978-3-218-01444-1
Copyright © 2024 by Verlag Kremayr & Scheriau GmbH & Co. KG, Wien
Alle Rechte vorbehalten
Cover und Umschlaggestaltung: Tine Fischer
Unter Verwendung der shutterstock-Grafik Nr. 619345460; Nr. 1435206017
Typografische Gestaltung und Satz: Ekke Wolf, typic.at
Lektorat: Paul Maercker
Herstellung: vielseitig.co.at
Druck und Bindung: FINIDR, s.r.o., Czech Republic